추워도
향기를 팔지 않는
매화처럼

추워도 향기를 팔지 않는 매화처럼

초판발행	2014년 4월 25일
6판 발행	2019년 1월 10일
지은이	법현 스님
발행인	조현수
펴낸곳	도서출판 프로방스
사진	고해영(하후)
표지 & 편집 디자인	Design CREO
마케팅	최관호 최문섭
ADD	경기도 고양시 일산동구 백석2동 1301-2
	넥스빌오피스텔 704호
전화	031-925-5366~7
팩스	031-925-5368
이메일	provence70@naver.com
등록번호	제2016-000126호
등록	2016년 06월 23일
ISBN	978-89-89239-86-4 03810

정가 16,500원

추워도
향기를 팔지 않는
매화처럼

수행도, 전법도 저잣거리에서

법현 스님

추위도 향기를 팔지 않는 매화처럼

　저는 주로 총무원, 종단협의회 가까이에서 30년 가까이 살면서 행정을 할 때에도 교류를 할 때에도 늘 수행하는 방편으로 해왔습니다. 이루어 놓은 것은 없어 부끄럽지만 그동안의 삶에서 관심을 크게 가지는 것은 수행과 전법 두 가지입니다. 붓다의 제자들은 붓다의 가르침을 듣고(聞),그것을 체화하기 위해 조용한 곳에 앉아 골똘히 사유(思)하는 것 두 가지를 했습니다. 그것이 수행입니다. 그러나 현대에까지 이르는 동안 여러 가지 변화, 발전을 이루어 수행법도 다양해졌기에 하나로 뭉쳐서 수행이라고 한 것입니다. 그 수행은 조용한 곳에서 해야 잘 된다는 것은 당연한 말씀입니다. 그러나 조용한 곳에서 이뤄낸 수행의 결과도 시끄러운 곳이나, 여러 가지 복잡한 관계에 얽히면 깨어지는 것이 다반사입니다. 실제로 살펴보면 수행이 제대로 되지 않아서 그런 것이지만 처음부터 제대로 살펴서 하자면 조용한 곳에서만 수행할 것이 아니라 주로 조용한 곳에서 하드라도 복잡한 저자에서도 해야 한다는 것입니다.

2005년도에 50여년 된 전통시장 건물 2층 일부를 세내어 '열린 선원'이라는 이름의 수행, 전법도량을 내었을 때 많은 이들이 걱정하였습니다. 강남의 번듯한 건물에 깃발을 꽂아도 될까 말까인데 뭐가 모자라서 이런 곳에 터를 잡느냐는 것이었습니다. 이렇게 낙후한 지역, 낡은 건물에 주차장도 없으니 찾아와서 '절도 아니잖아요'라는 말을 해댑니다.

　그러나 꾸준히 인사하고 자료 나눠주고 교육을 시작한 이래 18번째의 교육생들을 배출해 정회원불자를 배출하고 19번째의 교육생들을 가르치고 있습니다. 50분 강의하고, 50분 명상하는 방식으로 진행합니다. 각종 문화행사와 사회활동 그리고 지역사회 공동체 복원에 관심을 가지고 살았습니다.

　이 책을 엮으면서 '추워도 향기를 팔지 않는 매화처럼'이라고 이름 붙이고, 부제를 '수행도, 전법도 저잣거리에서'라고 하였습니다. 평소에 잘 새겨보는 말씀인 상촌 신흠 선생의 7언 절구에서 가장 기개가 높아 보이는 구절입니다.

　전체를 다섯으로 나누어 1. 숨 쉬는 데에도 삼천 가지 품위가 들어있다 2. 스님도 때를 미는가? 3. 목적이 있으면 죽음도 비껴간다 4. 꽃들에게 희망을 주기 위하여 5. 추워도 향기를 팔지 않는 매화처럼 의 다섯 주제로 묶었습니다. 오랜 기간 동안 이 신문, 저 잡지에 썼던 글들의 묶음이므로 주제별로 정확하게 맞아떨어지지는 않으나 비슷하다고 느껴지게 묶었을 따름입니다. 첫 째 주제그룹에서는 출가수행자의 향기와 자세 등에 관한 이야기들을 다뤘습니다. 둘째 주제그룹에서는 수행에 관련한 글들을 주로 엮었습니다. 셋째 그룹에서는 청소년을 위한 자기계발서처럼 준비하는 글들을 묶었습니다. 넷째 주제들에서는 사회적 소통에 관해 다뤄보았습니다. 다섯째 무리에서는 불교와 사회적 메시지가 만나는 글들을 모았습니다.

부족하기 짝이 없는 글을 보시고 종교계의 어른들께서 추천서를 기꺼이 써주셔서 대단히 고마운 마음 다 할 길이 없습니다. 전 KCRP 대표회장이시고 천주교의 종교간대회위원장이신 김희중대주교님, 한신대총장이신 기독교의 채수일목사님, 조계산의 대선사이신 금둔선원 지허스님께 진심으로 엎드려 고마운 마음을 드립니다. 그리고 사진 작가인 하후 고해영님에게도 고마움을 표합니다. 그는 제가 한 사찰의 지도법사 시절 청년회장으로 가르침을 받은 제자이며 당시 부회장이던 여 법우와 혼인할 때 주례법사를 맡았던 인연입니다. 또, 변변치 않은 글을 가려서 세상에 내놓게 하는 인연을 지어주신 프로방스 출판사 조현수사장님께도 감사드립니다.

　필요에 의해서 분류한 것일 뿐 반드시 그 내용으로만 가지 않는다는 것을 독자께서는 아실 것입니다. 편안하게 순서 없이 읽으시고 잠이 오지 않을 때 쓰는 수면 도우미로라도 쓰였으면 하는 바람을 가져봅니다.

2014년 봄, 열린선원에서

무상법현 합장

추천의 글

　법현 스님과의 첫 인연은 2008년 5월 순천 선암사에서였습니다.

　당시에 한국천주교주교회의 종교간대화위원회 위원장인 저는 교황청 종교간 대화평의회의 부처님오신날 봉축메시지를 전달하기 위해 선암사에 주석하고 계신 태고종 종정 혜초慧草 큰 스님을 방문하였습니다. 그때 태고종 교류협력실장이던 법현 스님과 첫 만남의 자리를 가지게 되었습니다. 스님은 저의 일행들에게 섬세한 배려와 친절하고 따뜻한 환대로 맞아주었습니다. 그리고 역사, 불교문화와 더불어 이웃종교인 천주교에 관한 해박한 지식과 열린 마음을 지녔던 법현스님에 대하여 좋은 모습으로 기억되고 있습니다. 제가 한국종교인 평화회의(kcrp)의 대표회장직을 수행하는 동안에도 종단간의 여러 행사와 학술세미나에도 적극적으로 참여하는 모습을 보여주었습니다.

　스님은 교황 베네딕도 16세께서 선출되셨을 때 불교계를 대표해서 교회신문에 축하메시지를 실어주었고, 그리고 교황 프란치스코 성하를 한국에 소개하는 책자 『세상 끝에서 오신 교황 프란치스코』의 서평을 '종교문화'와 '평화신문'에 싣는 등 우리 천주교회와 많은 나눔의 장도 마련하였습니다.

법현 스님의 책 『추위도 향기를 팔지 않는 매화처럼』은 제목에서도 느껴지듯이 각박한 삶의 현장인 저잣거리 한 가운데서 수행하고 전법하는 스님의 모습이 엿보이는 줄거리들로 처음부터 끝까지 재미와 감동을 느낄 수가 있습니다. 한편 스님이 계시는 태고종이나 불교만의 지평이 아니라 범종교적인 지평을 지니고 살아가는 삶의 역동속에서 비록 종단은 다르고 세대가 달라도 참 진리로 나아가는 따뜻한 마음을 느끼게 됩니다.

아무쪼록 법현 스님의 수행과 전법이 더욱 활발하게 전개되어 이 땅에 많은 이들이 간절히 염원하는 평화와 행복의 삶을 추구해 나가는 아름다운 세상이 되기를 축복합니다.

2014년 4월

한국천주교 주교회의 교회일치위원회 및 종교간대화위원회 위원장

김희중 대주교

돌이켜보니 제가 법현 스님을 만난 지도 10년이 넘었습니다. 한국종교인평화회의(KCRP) 종교간대화위원회에서 처음 만났습니다. 주로 회의시간에 만나서 스님 사시는 모습은 정작 볼 수 없었지만, 2005년 역촌중앙시장 한 복판에 있는 '열린선원' 개원식에 참석했다가 스님께서는 선원 이름만이 아니라 자신의 삶도 온전히 열어놓으신 분이라는 것을 알게 되었습니다. 본래 공학도였다가 1985년 운산 스님을 만나 출가한 이야기, 태고종 총무원에서 사회부장, 교류협력실장 등 여러 가지 중책을 맡아 활발하게 활동하면서도 작은 회의조차 결코 놓치지 않는 성실하신 모습을 저는 지금도 기억하고 있습니다.

자신의 종교와 신념에 든든하게 뿌리를 내리고 있으면서 이웃종교를 배우려는 겸손한 자세는 물론 뛰어난 유머까지 두루 갖추고 계십니다. 중국의 양개 선사(807-869)가 '수행자는 높은 이들에게 한없이 높고, 낮은 이들 앞에서 한없이 자기를 낮춰야 한다'고 가르친 것을 스스로 실천하시는 분이지요. 재가 불자 10년, 출가수행 30년의 경륜이겠지만, 스님은 어려운 일에 부딪혀도 유머를 잃지 않으실 뿐만 아니라, 새로운 깨달음의 길을 여십니다.

굳이 어려운 말을 해서 자신의 유식을 뽐내는 이들이 많습니다. 겉은 화려하지만 요란한 빈 수레 같은 사람들이겠지요. 그런데 법현 스님 말씀은 이해하기가 어렵지 않고 우리가 몸담아 살고 있는 현실과도 동떨어져 있지 않아 편합니다. 그러나 말씀이 가리키는 곳은 편한 길이 아닙니다. 아무나 갈 수 없는 길, 그러나 생명과 평화로 이끄는 길이기에 감사하지 않을 수 없습니다.

　우리 주변에는 가까이 있지는 않지만 생각만 해도 미소를 짓게 만드는 사람이 있는데 제게는 법현 스님이 그런 사람 가운데 한 분입니다. 책 제목, '추워도 향기를 팔지 않는 매화처럼' 사시는 그런 분이기 때문입니다. 그러나 저는 스님이 언제나 추위 한 가운데 계시지 않았으면 좋겠습니다. 가끔 따뜻한 온돌방에서 이불 뒤집어쓰고 빈둥거리기도 했으면 좋겠습니다. 날씨가 나쁘든 좋든 더 중요한 것은 향기를 팔지 않는 것이니까요. 그러나 이 책만큼은 많이 팔렸으면 좋겠습니다. 그래야 추워도 향기를 팔지 않는 매화의 향기가 더 넓은 세상으로 퍼질테니까요.

　매화 향 같은 좋은 글, 출간하게된 것을 다시 한번 마음으로부터 축하하고 감사합니다.

2014년　4월

한신대학교 총장　채수일 목사

매화는 선비 기개요, 수행자의 표상이며 그의 향기는 천지가 무너져도 불생불멸하는 영원한 실체이고 본질이라 팔고 살 수 없어 팔지 않는다 한 것이라 짐작한다. 온전한 부처의 가르침이 상구보리 하화중생이라 하니 위아래가 있으면 성문이고 연각이요, 상하가 없이 보리菩提와 교화를 함께하면 대승보살이라 할 것이다. 이에 '수행도 전법도 저잣거리에서'는 참으로 위대한 사섭법의 실행으로 정한 곳이 없이 몸을 낮추는 보살의 헌신을 표방한 술어이다.

법현스님은 불교의 진리를 누구에게나 알기 쉽게 피력하고 있다. 윤회가 뭔지, 49재의 의미는 뭔지에서부터 어떻게 살아야 하는가, 변화의 아름다움과 평화의 가치관으로서의 불살생계 등 우리 인생살이에 올곧은 방향을 제시하고 있다.

그의 글은 언제 어디서나 자상하고 다정하다. 그의 글을 읽으면 꼭 시골집 사랑방에서 초저녁에 둘러앉아 차를 마시며 도란도란 이야기 소리를 듣는 것 같다. 복잡한 도시를 떠나 잠시 짙은 녹색의 4월 보리밭 들녘을 하염없이 바라보는 듯하고, 아름드리 편백나무 굽이진 산길을 걸으며 숲에 밴 향 내음을 맡는 듯하다.

100년을 산다한들 깜빡 졸다 꾼 꿈같아서 지나보면 찰라인데 탐욕하고, 성내고, 어리석음이 점철된 인생은 허무하다. 우리의 사회는 그 인생들이 모여 자기 고집에 집착함으로써 오염된 이기주의로 나날이 각박해지고 있다. 이런 현실 속에서 우리는 잠시라도 안정된 쉴 곳이 필요하다. 많은 사람들은 이지가 높고 마음이 넓은 친절한 이웃사람 같은 스님을 대 하기를 기대한다.

　　번뇌망상 벗는 것 쉽지 않은 일이니
　　밧줄 끝을 움켜잡고 한 바탕 겨루게나
　　뼛속 사무치는 독한 추위 거듭 겪지 않았다면
　　코를 찌르는 매화향기 다투었을까보냐
　　–황벽희운(?-850)

　　　　　　　　　　　　　　　　불기 2558. 4.

　　　　　　　　　　　　금전산 금둔사 석지허 스님

차례

01 숨 쉬는 데도 삼천 가지
품위가 들어있다

02 | 스님도 때를 미는가?

04 목적이 있으면 죽음도 비껴간다

05 추워도 향기를 팔지 않는 매화처럼

01

숨 쉬는 데도 삼천 가지
품위가 들어있다

01
어떻게 살 것인가

어디서 그렇게 훌륭한 진리의 소식을 얻었소? 그 소리를 듣고 내 마음은 매우 기뻤소
아무래도 다음 구절이 있을 것 같은데 그 나머지마저 읊어주실 수 없겠소?

한국전쟁 당시 한암(법명; 중원) 스님은 오대산 상원사에 주석하고 계셨다. 스님은 현재 태고종이 되어 있는 당시 조계종의 제2세 종정으로 추대되었으며, 지금의 조계종에서도 제1세 종정으로 모시고 있다. 지금 조계종은 한암, 석우, 효봉 스님의 세 분 초대 종정을 모시고 있어서 세인들의 의아심이 있으나 이는 당시의 사정에 따라 그렇게 된 것이다. 어쨌든 한암 스님은 조계, 태고 양 종단에서 모두 추앙 받고 있는 큰스님이다.

한암 스님에 관한 일화가 많지만, 그 중 한국 전쟁 때 스님께서 주석하고 있는 상원사가 인민군의 은신처가 될지 모른다는 이유로 사찰을 불태우려는 것을 막은 일화는 특히 유명하다.

당시 군사 작전에 따라 상원사를 불태우려고 온 국군 장교에게 스님은 '장교님은 군의 임무에 충실하시고 나는 부처님 제자로서 나의 임무에 충실할 뿐이니 괘념치 말고 절을 불태우라.' 하시며 법

당 안에서 가부좌를 틀고 선정에 들었다.

국군 장교는 너무나 숙연하여 차마 상원사를 태우지는 못했으나 군사 작전 명령을 무시할 수만도 없어서 법당 문짝만 떼어내 병사들과 함께 태우고 돌아갔다. 뒷날 수복이 되어 돌아와 보니 법당에 한암 스님이 그대로 앉아서 열반에 드신 상태로 계셨다.

그때 열반에 드신 모습을 그 군인이 찍은 사진이 지금도 남아 있다. 신앙의 지조를 지키고 자신의 할 바를 다하기 위해 목숨을 아끼지 않은 스님을 생각하면 내 자신이 부끄러워진다.

히말라야 산 속에 진리를 탐구하는 청년이 있었다. 어려서 그는 설산동자라고 불렸다. 그는 커서 부처가 되기 위해 피나는 수행을 하고 있었다. 눈 덮인 히말라야 산록에서 정진을 하고 있던 어느 날, 어디선가 청량한 진리의 소리가 들려 왔다.

세상 모든 것은 덧없으니
그것은 곧 나고 죽는 이치일세
諸行無常
是生滅法

청년은 시 읊는 소리를 듣고 무한한 기쁨을 느꼈다. 소리가 나는 쪽을 살펴보았으나 아무리 둘러보아도 그 시를 읊었을 만한 사람은 보이지 않았다. 다만 나무 위에 사람 잡아 먹는 귀신인 나찰이 있을 뿐이었다. 설마 저런 나찰이 그런 시를 읊었을까 하면서도 청년은 나찰에게 다가가 정중하게 말했다.

"어디서 그렇게 훌륭한 진리의 소식을 얻었소? 그 소리를 들

고 내 마음은 매우 기뻤소. 아무래도 다음 구절이 있을 것 같
은데 그 나머지마저 읊어주실 수 없겠소?"

그러나 나찰은

"무슨 소리야? 내가 시를 읊다니…… 나는 그런 적이 없어.
배가 고파 헛소리를 했다면 몰라도."

하고 뚝 잡아뗐다.

청년은 더욱 더 정중하게 말했다.

"그러지 말고 제발 나머지를 알려주시오. 일러만 준다면
평생동안 당신을 스승으로 잘 모시겠습니다."

그러자 나찰이 말했다.

"나는 배가 고파 죽을 지경인데 그래 너는 시나 들려 달라는
게냐?"

청년이 그 말을 듣고 물었다.

"당신은 어떤 음식을 먹습니까?"

"내가 먹는 것은 사람의 살덩이고 마시는 것은 더운 피다."

이 말을 들은 청년은 결심하고 말했다.

"나머지 구절을 들려준다면 내 몸을 당신에게 바치겠습니다."

그랬더니 나찰이 물었다.

"시 한 구절과 몸을 바꿔? 그 말을 어떻게 믿을 수가 있는가?"

무상無常한 몸을 버려서 금강과 같은 굳센 진리의 몸을 얻자고
생각한 청년은 결연히 말했다.

"내 말을 믿지 못하오? 그러면 내가 나무 위로 올라갈 테니
그대가 나머지 구절을 들려주고 나면 떨어지는 나의 몸을

그대가 먹으시오."

이 말을 듣고 나찰이 나머지 구절을 들려주었다.

나고 죽음이 없어지면

고요하고 쉬어 즐거움이 되리

生滅滅已

寂滅爲樂

청년은 나머지 게송을 듣고 더욱 환희심이 나서, 다음 사람을 위해 바위 위에 그 시를 다 새겨놓고 높은 나무 위로 올라가 몸을 던졌다. 그러자 나찰이 안전하게 받아서 모셨다. 나찰은 제석천이 변한 모습이었던 것이다.

설산동자라는 이름의 청년은 석가모니 부처님의 전생이다. 이렇게 부처님은 아침에 도를 듣고 저녁에 죽는 것이 아니라 진리를 얻으면 금방 죽어도 여한이 없다는 철저한 구도 정신으로 수행을 하셨다. 지금 이 순간 마음 공부를 하고 있는 그대의 이름은 설산인저. 그런데 오늘 우리는 어떠한가, 나는 어떠한가. ⚘

더럽혀진 물은 아까워하지 않는다

부처님께서는 라홀라에게 한 대야의 물을 떠오게 한 뒤 발을 씻고 나서
그 물을 마시라고 했다.

부처님의 10대 제자 중 남몰래 착한 일을 많이 하기로 이름난 제
자는 라홀라다. 그는 석가모니 부처님이 출가하기 직전에 낳은 아
들이다. 우리말의 '애물단지' 정도의 뜻을 가진 '라홀라'가 본명이
며, 밀행제일은 그의 별호이다. 석가모니가 애물단지를 뒤로 하고
왕궁을 떠나 출가한 것도 대단한 결심이었지만, 깨달음을 얻어 부
처가 된 뒤 그 애물단지를 머리 깎여 제자로 만든 것 또한 보통 결
심으로는 어려운 것이다.

한편, 부처님과 마찬가지로 왕자로서 부족함과 아쉬움이 없었던
어린 라홀라가 어떻게 밀행제일의 수행자가 되었는지도 되새겨볼
문제이다. 당시에 라홀라는 많은 말썽과 문제를 일으켰는데, 이를
안 부처님이 아들 라홀라를 지도하는 모습이 요즘의 세간사와 비교
할 수 있어 흥미롭다.

라홀라는 어려서부터 성품은 착했으나 장난기가 매우 심하였다.

예나 지금이나 높은 사람, 교육자 등의 자식이 잘 되기가 쉽지 않은 데 라훌라도 마찬가지였던 모양이다.

출가해 아버지인 부처님 곁에 있으면서 때로는 계신 곳을 달리 일러주거나, 부르지도 않은 제자를 찾았다고 하여 골탕 먹이는 등 행패가 심했다.

하지만 그가 부처님의 친아들이었기 때문에 선배 승려들이나 손님들은 나무라지도 못했다. 속으로 또는 뒤에서 비판의 소리를 전할 뿐이었는데 부처님도 드디어 알게 되었다.

부처님께서는 라훌라에게 한 대야의 물을 떠오게 한 뒤 발을 씻고 나서 그 물을 마시라고 했다. 마실 수 없다는 라훌라에게 부처님께서는 '수행하는 데 힘쓰지 않고 계율을 지키지 않으면 더럽혀진 물과 같다.'고 꾸짖는다.

한 걸음 더 나아가 '더러운 물을 쏟아버린 대야에 음식을 담아 먹을 수 있겠느냐?'고 물으시고는, 거짓말을 하여 속이는 것은 마음의 양식과 도를 담을 수 없는 더러운 그릇이라며 대야를 던져 깨버렸다. 대야가 깨져도 아까워하지 않는 라훌라에게 부처님께서는 '그처럼 보잘것없는 삶을 살 것인지, 쓸모 있는 삶을 살 것인지를 선택하라.'고 엄하게 이르셨다.

드디어 라훌라는 잘못을 깨닫고 일생동안 착한 일을 많이, 그것도 남이 알세라 아무도 모르게 선행을 한 훌륭한 수행자, 밀행제일이 되었다는 이야기다. ❀

03
모름지기 다섯 가지를
갖춰야 비구이다
———

높은 이들에게 한 없이 높고, 낮은 이들 앞에서 한 없이 자기를 낮춰야 한다.

불교계에는 나라와 국민을 위한 기원법회라는 형식의 행사가 있다. 이 법회는 대통령 내외와 정관계 인사들 및 불교계 종단의 총무원장을 비롯한 수장들, 스님 및 재가불자 지도자들이 모여 담소도 나누고 나라와 국민을 위해 기도를 올리는 의미 있는 행사이다.

그런데 행사장에서 특이한 것이 하나 있다. 다른 불교 법회와는 달리 대통령 내외가 헤드테이블 한 가운데 빛나는 의자에 앉고 그 옆으로 약간 비켜서 불교계 대표인 종단협의회 회장이 앉고, 각 종단의 대표 등은 다시 그 옆으로 죽 늘어앉는다. 하지만 이는 격에 맞지 않는 처사인 것 같다. 한낱 자리 배치에 연연해서 하는 말이 아니다.

적어도 불교계 주최의 기원법회 행사에는 불교계 대표가 중앙에 앉거나 정부 대표와 같이 앉아야 한다. 부처님 당시에 부처님께서도 제자 가섭과 자리를 함께 앉지 않았는가. 또 실제로 그렇게 행사를 진행한 선례가 김대중 정부 때 있었다. 그리고 그런 행사장에서 대통령과 인사를 나누는 장면을 보면, 죽 늘어서서 고개를 많이 숙이는 모습이 일반적이다. 절집에서 대종사, 선사라고 일컬어지며 존경을 한 몸에 받고 있는 스님들도 대개 그런 모습들이다.

모름지기 수행자들은 뭇 중생들에게 자비로우면서도 잘난 이들 앞에서 더욱 당당해야 한다. 중국의 동산 양개(807~869) 선사가 말했듯이 수행자는 높은 이들에게 한 없이 높고, 낮은 이들 앞에서 한 없이 자기를 낮춰야 한다. 그것이 비구의 특성이다.

송나라의 고승 법운(1088~1158)이 산스크리트어로 된 불교 용어를 중국어로 번역한 책인 『번역명의』에는 '모름지기 다섯 가지를 갖춰야 비구'라는 뜻의 '필추초오덕芯芻草五德'이라는 말이 나온다. 필추는 서역에서 나는 아주 질기고도 부드러우며 얇게 펴지는 성질이 있는 풀이다. 마치 붓다의 제자인 비구들이 그 풀과 같은 특성을 지녔다 하여 불교 수행자를 필추라고도 부른다. 『번역명의』에 나오는 '히말라야의 향기로운 풀'인 필추는 다섯 가지의 덕성이 있다. 비구 또한 그와 같은 덕을 갖추어야 한다.

비구는 생산 활동을 하지 않으므로 남에게 음식물과 옷가지를 빌어서 먹고 추위와 더위를 가리기 때문에 '빌어먹는 이 乞士'라는 의미를 갖고 있다. 요즘에는 '하루라도 일하지 않으면 먹지 않는다 一日不作 一日不食'는 말을 수행자의 본분사로 여기고 금과옥조처럼 새기기도 한다. 하지만 초기불교에서는 비구의 하루 일과가 먹고 자는 시간 외에는 붓다의 가르침을 듣고聞, 조용한 곳에 홀로 앉아 골

똘히 사유思했기 때문에 생산 활동은 오히려 파계 행위라고 여겼다.
시대와 사회의 흐름에 따라 수행의 덕목도 바뀌어가지만 근본 의미
를 잊어서는 안 될 것이다.

　　필추의 다섯 가지 특징을 비구의 덕성으로 비교해 보면 그 의미
가 각별하다. 첫째는 부드럽다. 부드럽다는 것은 몸과 말과 뜻의 세
가지 업의 거침을 능히 절복시키는 것과 같다. 둘째는 얇게 펴면 널

따란 천이 된다. 그것은 비구가 가르침을 전해 중생을 제도함이 끊어지지 않는 것과 같다. 셋째는 향내를 멀리서도 맡을 수 있다. 비구가 계를 잘 지킨 공덕의 향내가 대중에게까지 퍼진다는 것과 같다. 넷째는 아픔을 치료한다. 이는 능히 번뇌의 독한 고통을 끊는다는 것과 같다. 다섯째는 햇볕을 등지지 않는다. 이를 비유하면 비구가 바른 견해正見와 바른 생각正思惟으로 늘 부처님의 지혜를 지향하고 어긋나지 않는 것과 같다.

이처럼 비구의 덕성은 생사의 파도를 넘기 위해서는 부드러운 풀의 속살처럼 몸과 입과 뜻으로 짓는 업을 정화하면서도, 속에 심이 있는 것처럼 악행에 대항하는 힘은 질겨야 한다. 또한 어느 한 존재라도 포기하거나 편애하지 않고 넓게 펼쳐지는 풀처럼 원만해야 한다. 게다가 맑고 향기롭게 산 삶의 자취가 널리 퍼져야 하며, 나의 번뇌와 남의 고통을 지혜와 자비로써 해결하고, 햇볕처럼 만병의 근원을 없애고 뭇 생명의 원천이 되어야 하는 것이다.

모름지기 머리를 깎았다 할지라도 지녀야 할 다섯 가지 덕성을 제대로 지니지 못했다면 올바른 수행자라 할 수 없다. 머리를 기르고 속가에 살지라도 이 같은 덕성을 지니고 산다면 비구와 같거나 오히려 더 나은 수행자라 할 수 있을 것이다. 여기에서 몸의 출가身出家와 마음의 출가心出家의 구분이 생기는 것이다. 🏵

04
숨 쉬는 데도 삼천 가지
품위가 들어있다

눈이 왔을 때 첫 길을 가는 이 발걸음을 어지럽히지 말라

고타마 싯타르타는 세속 생활에서는 참 평화를 얻을 수 없다고 판단했다. 그리하여 왕궁을 떠나 출가를 결행하여 수행자들이 많이 살고 있는 곳을 향해 가다가 왕사성 앞을 지나게 되었다. 당시 왕사성의 성주는 빔비사라였다. 그는 싯타르타의 의젓한 모습을 보고 반해서 같이 살면 나라의 절반을 나누어 주겠다고 하였다. 하지만 싯다르타가 이 제안을 거절하자 그렇다면 깨달음을 얻어 붓다가 되면 잊지 말고 구제해 달라고 부탁하였다.

드디어 깨달음을 얻어 붓다가 된 그는 200킬로미터나 걸어가서 다섯 수행자에게 자기처럼 깨달음을 얻어 붓다가 되는 법을 설법하였다. 한때는 깨달음을 얻는 정확한 방법이라 믿어 의심치 않았던 고행을 포기한 듯한 싯다르타의 모습을 보고 타락하였다고 하여 실망하고 떠나간 그들이었지만, 붓다의 자상한 사랑에 힘입어 아라한이 될 수 있었다.

산자야라는 외도를 따르고 있던 사리뿟따가 그들 다섯 중의 한 명인 앗사지가 걸어가는 모습을 보았다. 저렇게 위의를 갖춘 이는 틀림없이 깨달음을 얻었을 것이라 생각하여 물었더니 앗사지는 긍정하며 자기를 이끌어 준 스승이 붓다라고 하였다. 앗사지의 행동거지 하나에서 사람 됨됨이와 그 수행집단의 수준을 판단한 사리뿟따는 곧장 친구인 목갈라나와 수많은 동료들을 이끌고 붓다에게로 가서 엎드렸다.

이렇게 출가 수행자는 자신의 생각 한 점, 말 한 마디, 동작 하나, 표정 하나도 수행의 정도와 깨달음의 과위를 나타내주는 법어라는 것을 깊이 생각하여야 한다. 그래서 출가자가 가장 먼저 읽고 외우며 마음가짐을 가다듬는 거울로 삼는 『초발심자경문』에 '한 마디 말, 한 가지 동작에도 삼천위의三千威儀가 서려 있고 팔만세행八萬細行이 깃들어 있다.'고 한 것이다.

중국의 영가 현각대사가 설법하고 있던 육조 혜능대사에게 절하지 않고 가까이 다가가 제 소식을 전하는 엉뚱한 모습을 보였다. 이에 육조대사가 '삼천위의 팔만세행을 갖추지 않고 경거망동을 하느냐?'고 크게 꾸짖었다. 영가 현각이 한 행동은 자신의 수행을 드러내는 대장부의 행동 양식이지 무모하고 무례한 행동이 아니었음은 그 뒤에 이어진 둘 사이의 법거량에서 증명된다.

하지만 범부들의 어리석은 눈으로 바라볼 때는 뱀인지 용인지 가려 낼 재간이 없으므로 늘 바른 생각에서 우러나오는 바른 말과 바른 행동을 보여야 한다. 숨을 고르게 하고 호랑이가 사냥감을 노리듯이 정확하게 제대로 살펴보고, 소가 움직이듯이 묵직하고 바르

게 천천히 움직이는 행동거지 하나하나가 후학의 교육 자료가 되고 모범이 되는 것이다.

그래서 서산대사는 '천지에 눈이 덮인 뒤 맨 처음 길을 가는 이는 발걸음을 어지럽히지 말아야 한다'고 하였다. 복잡다기한 21세기의 정보화 시대에 살고 있는 수행자의 모습은 그래서 더욱 더 정갈하여, 공중에 나는 기러기가 흔적을 남기지 않듯이 깔끔하게 살아야 한다. ⑦

화내는 이는 도를 이루지 못한다

수행하는 데 견디고 참는 것이 제일이라

부처님의 아들인 라훌라가 사리뿟따 존자를 따라 수행정진하고 있을 때의 일이다.

왕사성으로 들어가 걸식을 하고 있는데, 어떤 키 큰 사내가 길 한복판에 서서, '야, 내가 주는 공양을 고맙게 받아라.' 하고 큰 소리로 외치면서 사리불의 발우에 큰 돌을 던졌다. 그러자 발우는 땅에 떨어져 산산조각이 나고 말았다.

"하하하, 그 꼴이 정말 보기 좋구나."

그 사나이는 크게 비웃었다. 사리뿟따의 곁에 섰던 라훌라는 깜짝 놀라 그 악한의 얼굴을 물끄러미 쳐다보았다. 그 사내는, '요런 까까머리가 건방지게 왜 남의 얼굴을 쳐다봐' 하고는 큰 주먹으로 라훌라의 머리를 때렸다.

어린 라훌라의 머리에서는 피가 흘러 내렸지만 꾹 참고 있었다. 사내는 무어라고 욕설을 하면서 가버렸다. 잠깐 동안에 일어난 일인지라 사리뿟따도 그저 멍하니 보고만 있을 뿐이었다. 조금 있다가 사리뿟따 존자는 라훌라를 위로하면서 조용히 말했다.

"라훌라야, 잘 참고 있었다. 적어도 불제자가 된 사람은 어떠한 일이 있더라도 성내는 마음을 일으켜서는 안 된다. 겉으로뿐만 아닌 마음속까지도 말이다. 우리 부처님께서는 언제나 욕됨을 참는 것처럼 좋은 행은 없다고 말씀하셨다. 나도 그 가르침을 따라 인욕을 보배로 삼고 있다. 불도를 바르게 지켜 수행하는 사람에게 악행을 하는 자는 횃불을 들고 큰 바람을 거슬러 가는 것과 같아서 반드시 그 몸을 불태울 것이다. 부디 라훌라여, 상대를 원망하지 말고 그 욕을 견디어 참아라."

라훌라는 조용히 머리를 끄덕이고 냇가로 가서 얼굴의 피를 씻었다. 이러한 모습을 보고 있는 사리뿟따의 마음은 너무나도 아팠다.

라훌라는 참고 또 참았다. 금새라도 울음이 터질 것만 같았지만 이를 악물고 참고 있었던 것이다. 허락만 한다면 곧 어머니 곁으로 달려가고 싶었으나 그것도 잠깐의 생각이었다. 바로 눈앞에 아버지인 부처님의 자비로운 모습이 나타나 다정하게 손으로 머리를 쓰다듬어 주실 것 같은 생각이 들었기 때문이다.

그런 생각을 하고 있던 라울라가 사리뿟따 존자에게 말했다.

"스승이시여, 저는 이 상처가 아파짐에 따라 오랫동안 고통하는 사람들의 일을 생각하게 됩니다. 왜 이 세상에는 악한 사람이 있게 되는 것입니까? 실로 이 세상은 더러움이 많은 곳입니다. 그러나 저는 성내지 않습니다. 부처님께서 저에게 큰 자비의 마음을 가르쳐 주셨습니다. 악한 자가 아무리 미친 듯 사나워도 불제자는 성내는 마음을 참고 높은 덕을 쌓아야 하는 것입니다. 그러나 어리석은 사람은 그것을 도리어 업신여깁니다. 그래서는 악은 언제고 끝나지 않습니다. 우리들이 아무리 부처님의 가르침을 말해도 그들은 조금도 거기에 귀를 기울이지 않습니다. 부처님이 아무리 정성을 다해 설법하셔도 악한 사람에게는 아무런 효과가 없다고 생각합니다."

사리뿟따는 라훌라를 데리고 부처님께 나아가 이 사정을 전부 말씀드렸다. 그러자 부처님은 라훌라에게 이렇게 말씀하셨다.

"라훌라야, 너는 참으로 잘 참았다. 수행하는 데 있어서는 견디고 참는 것이 제일이니라."

이처럼 라훌라는 국왕의 손자이자, 부처님의 아들로 태어났지만 어릴 때부터 갖은 고난의 길을 걸었다. 그것은 나이 많은 스님네들도 따르지 못한 수행 정진이었다. 그 결과 라훌라는 열두 살이 되었을 때 무상無常을 깨닫고 성인의 지위에 올랐던 것이다. 🏵

06
높은 이에게는 떳떳이,
낮은 이에게는 따뜻이

높은 사람에게는 당당하게, 반대로 낮은 사람에게는 겸손하고
따뜻하게 하는 것이 수행자의 모습이다

서릿발같은 계율 지키기로 유명한 스님이 신라의 자장율사이다.

자장율사가 중국 유학 중 오대산에서 문수보살을 친견했다. 꿈에 나타난 문수보살은 태백산 칡넝쿨이 엉켜있는 곳에서 다시 만나리라 하셨다. 뒷날 자장스님이 태백산을 찾아가니 칡이 우거진 곳이 있어서 그 곳에 절을 세웠다. 오늘날의 정암사이다. 그 곳에서 자장스님은 기도를 하며 문수보살을 기다리고 있었다.

시자 한 사람을 데리고 열심히 기도를 하고 있는데 웬 허름한 차림의 노인이 죽은 개를 망태기에 메고 와서는 소리쳤다.

"자장이 있느냐? 자장을 만나러 왔다."

시자가 보니 스님이 직접 만나 볼 사람이 아닌 듯해 보였다. 천하가 다 아는 큰스님의 이름을 함부로 부르고 고함을 치니 미친 사람이 틀림없다고 생각하여 무시해 버린 것이다. 그런데도 계속 스님을 만나겠다고 고집하여 하는 수 없이 스님께 이야기를 했다.

자장 율사도 시자의 이야기만 듣고 이렇게 말씀하셨다.

"아마 미친 사람인 듯하니 그냥 돌려보내라."

시자는 이에 다시 돌아가 큰소리로 꾸짖으며 노인을 내쫓았다.

"돌아가리라, 돌아가리라, 아상我相을 가진 자가 어찌 나를 보리오."

노인은 이렇게 중얼거리며 짊어지고 왔던 망태기를 내려 놓으니 죽은 개가 사자로 변했고, 노인은 사자를 타고 빛을 내면서 하늘로 날아가 버렸다. 그 소리를 듣고 뛰어나온 자장 스님은 크게 잘못을 뉘우쳤다고 한다. 『삼국유사』에 나오는 이야기이다.

우리 스님들도 관공서의 장이나 국회의원, 장관, 대통령 등을 만나는 일이 있다. 이때 간혹 스님들이 필요 이상으로 몸을 낮춰 민망하게 보일 때가 있다. 그래서 나는 늘 스스로에게나 다른 스님들에게, 일반인이나 아랫 사람을 만날 때는 한 없이 겸손하게 대해도 세상에서 유명하고 권력이나 재력이 있는 이를 만날 때는 자존심을 가지고 인사를 나누라고 말한다.

높은 사람에게는 당당하게, 반대로 낮은 사람에게는 겸손하고 따뜻하게 하는 것이 수행자의 모습이다. 🪷

07
발의 때를 바라보며

—

가끔은 미안하고 부끄러운 마음으로 맑디 맑은
물과 양말 속의 발을 비교해 본다

내 고향은 전라남도 화순군 남면 검산리라는 산골 마을이다. 산길을 지나 몇 개의 마을 너머로 어머니가 어린 시절을 보내신 외갓집이 있었다. 이바지 가시는 어머니 따라 외가에 갔을 적 이야기다. 정이월이 다 갈 무렵이라 날씨는 쌀쌀했지만 어머니 따라 간다는 것도 그렇고 엿이며, 고구마, 곶감이며, 가래떡에 찍어 먹는 조청 맛도 추억으로 남아 있고 해서 기쁜 얼굴로 따라갔다. 그런데 외갓집에 도착해서 어른들께 인사드리고 맛있는 것도 다 얻어먹고 잠자리에 들었는데 복잡한 문제가 생겼다. 그 시절은 다들 그렇듯이 방이 많지 않아서 한 방에 여럿이 끼어 자야 했다. 잠자리에 들어 양말을 벗다가 슬그머니 다시 신어야 했다.

아뿔싸! 발이 글쎄 '까마귀 사촌은 저리 가라'가 되어 있는 것이었다. 저녁마다 씻어야 하는데 지금처럼 따뜻한 물이 나오는 것도 아니고 여간 귀찮은 일이 아니었던 것이다. 그래서 추운 겨울 방학을 지내느라 발이 새까매진 것을 그제야 발견한 것이다. 누가 볼 새라 다시 양말을 신고 잠을 청하는 나에게 그야말로 화두話頭가 잡혔다.

'어떻게 남모르게 깨끗이 씻는다?'

다음 날 점심 먹고 외갓집 앞을 흐르는 개울가에 나갔더니 동네 아주머니들이 겨울 지나오는 봄물에 빨래하러 나와 있었다. 아주머니들의 걱정하는 소리도 아랑곳하지 않고 그저 물이 좋아서 이 발 저 발 담그면서 한나절을 물에서 놀았다. 해질녘이 되어서 미끌거리고 간질거리는 발 감각을 안고서 고무신 안에 들어있는 양말을 살짝 벗어 내렸다. 그랬더니 웬만한 때들은 다 물을 따라 가버리고 그야말로 몽글거리는 돌멩이로 조금만 문질러도 다 벗겨질 때만 남아 있는 것이 아닌가? 마음속으로 환호를 하며 나머지 때를 씻었다. 그런 뒤에 외갓집으로 달려가서 큰 소리로 말했다.

"외할머니! 발 씻게 물 주세요."

외할머니는 사정을 아시는지 모르시는지 '우리 손주 착하구나' 하시면서 기르고 있는 소에게 먹이로 줄 소죽 쑨 따뜻한 물을 한 대야 주셨다. 자랑스럽게 발을 씻고서 그날 밤은 양말을 벗고 편히 잘 수 있었다.

아무도 보지는 못했지만 스스로는 알았던 발의 때처럼 내 마음에 낀 때를 바라보며 사는 것이 수행의 삶이다. 얼음장 밑으로 맑게 흐르는 냇물을 생각하면서 가끔은 미안하고 부끄러운 마음으로 맑디맑은 물과 양말 속의 발을 비교해 본다. ✿

08
생활 속에 깨달음이 있다

생활 그대로가 진실이며,
사물을 있는 그대로 알 때 진실을 알게 된다

진실을 떠나서 따로 우리 생활의 장이 있는 것이 아니라 생활 그 대로가 진실한 것이다. 어떻게 진실을 깨닫는 길이 멀리 있다고 하는가? 각각의 사물을 있는 그대로 알 때 진실이 있다. 어떻게 성스러운 길이 멀리 있다고 하는가? 생활 그대로가 진실이라는 것을 터득하면 그가 바로 성인이다.

중국의 승조(383~414) 스님이 하신 말씀이다. 그는 처음에 노장의 학설을 좋아하였으나 뒤에 『유마경』을 읽고 나서 불교에 귀의하였다. 서역 출신으로 경전 번역에 힘쓴 구마라지바 밑에서 역경에 이바지하였다. 그의 저술로 『조론』이 있는데, 위의 글은 거기에 나오는 말씀이다.

우리는 팔만대장경을 한글로 번역하는 일을 1900년대 중반에 시작해서 2000년대에 와서야 결실을 보았다. 그나마 노고에 비해 쓰임새가 적은 것으로 평가되고 있어 안타깝다. 중국의 역경승 구마라지바나 현장, 법현 스님 등이 번역할 때는 번역을 책임지는 훌륭한 스님이나 학자 밑에 외국어, 중국어, 사회, 문화, 의식, 유학, 노장사상 등 여러 분야에 걸쳐서 전문적인 식견이 있는 수십 명이 함께했다. 이들이 서로 토론하여 가장 적합한 단어를 찾아내 가장 알맞은 문장으로 옮기는 방식으로 진행하였다. 그래서 수백 년 이상이 지난 오늘날 다른 나라에서도 그것을 기준으로 삼고 있는 것이다. 그러나 우리는 정부의 많지 않은 지원과 불교계의 부족한 관심, 그리고 관련 학문의 전공자가 부족한 까닭에 혼자 또는 몇 사람만으로 경전을 번역하기 때문에 그런 결과를 낳은 것이다.

승조 스님의 말처럼 '생활 그대로가 진실이며, 사물을 있는 그대로 알 때 진실을 알게 되며, 생활 그대로가 진실이라는 것을 알게 되면 그를 일러서 성인'이라고 하는 것이다. 부처님께서는 29년 동안을 세속 생활을 하다 삶과 죽음의 문제를 해결하기 위해 출가 하셨다. 출가하여 당시의 유명한 사상가인 알라라깔라마와 웃다가라 마뿟따의 지도를 받아서 생각이 끊어지는 경지에까지 이르렀다. 그렇지만 궁극적인 깨달음을 얻지 못했기에 만족하지 못하고 고행 수도에 들어갔다. 그야말로 진리를 위해 몸을 돌보지 않는 엄청난 고행에 들어가 6년여를 정진했으나 역시 깨달음을 얻지 못했다.

그 결과 고행과 쾌락에 빠지는 것은 깨달음을 얻는 씨앗이 아니라는 판단을 하고서 보리수 아래에 자리를 깔고 나름의 수행정진을 한 것이다. 일주일간의 명상 수행 끝에 '이 세상 모든 존재와 현상

은 홀로 존재하지 않고 어떤 존재와 현상과 밀접한 관련이 있다'고 하는 연기緣起의 진리를 깨달아서 부처님이 되신 것이다.

부처님께서 깨달으신 연기의 진리는 이른바 '이것이 있으므로 저것이 있고, 이것이 없으면 저것이 없으며, 이것이 일어나므로 저것이 일어나고, 이것이 없어지면 저것이 없어진다'고 하는 관계성의 법칙이다.

부처님은 '이 진리는 누가 만든 것도 아니고, 누구나 알기만 하면 그 법의 주인이 되어 부처가 된다'고 말씀하셨다. 그러기에 누구나 깨달음을 얻으려고 열심히 정진하면 부처가 될 수 있다는 근거가 되고 있다. 그것은 '연기를 보면 나를 보고, 나를 보면 연기를 본다.' 는 말씀에 잘 나타나 있다.

어떠한 존재나 현상도 반드시 서로 밀접한 관계가 있다고 하는 부처님의 말씀은 곧 생활 속에서 깨달음을 얻을 수 있다고 하는 생활불교나 생활수행의 근거가 되기도 한다. 부처님께서 29년 동안을 세속생활을 했고, 출가하여 두 사람의 수행자에게 공부를 하고 6년 동안의 고행을 한 것의 결과가 깨달음을 얻게 하지는 못했다고 하지만, 그것은 수행과 전혀 관계가 없다는 말씀이 아니라 최후의 수행이 아니라는 뜻이다.

그래서 부처님이 활발한 세속생활을 하지 않았다면 깨달음에 대한, 아니 삶과 죽음에 대한 진지한 고민을 하지 않았을 것이고, 깨달음을 얻겠다는 철저한 의지도 없었을 지 모른다. 그리고 두 사람의 수행자에게 배운 것도 부처님의 차제법문次第法門에 자주 등장하며, 고행 또한 수행의지를 북돋우며 수행할 때 생기는 몸과 마음의 변화, 특히 심리적 혼란이나 산란 상태를 극복하는 데 큰 도움을 주었음이 틀림없다. 그래서 오늘의 수행자들도 장좌불와의 수행을 하는 것이다.

승조 스님이 강조한 생활 속에서의 진리 찾기는 부처님의 연기 사상에서도 긍정하고 있는 말씀이다. 재가 불자들은 스님들처럼 출가수행을 할 수 없기 때문에 생활 속에서 수행정진을 해야 하는데, 부처님의 연기사상과 합치되는 승조 스님의 말씀은 참으로 좋은 귀감이다. 우리의 일상적인 삶 속에서 얻는 깨달음! 이 얼마나 좋은가? ✿

09

꾀하는 것도 나요, 이루는 것도 나다

모사도 재인이요 성사도 재인謀事在人 成事在人

흔히 큰일을 도모해 놓고 그 결과를 기다리는 자세를 겸허하게 표현해서 '진인사대천명盡人事待天命'이라고 한다. '사람이 할 일을 다 해 놓고 하늘의 명을 기다린다'는 뜻이다. 또 '모사는 재인이나 성사는 재천謀事在人 成事在天'이라 말하기도 한다. '일을 꾀하는 것은 사람이지만 일을 이루는 것은 하늘'이라는 뜻이다.

부처님께서는 『아함경』에서

"연못에 돌을 빠뜨려 놓고 마을 사람들이 빙 둘러서서 '돌아 떠올라라. 돌아 떠올라라.' 하고 소리치거나 '돌이 떠오르게 해 주십시오.' 하고 신에게 빈들 돌이 떠오르겠느냐?"

고 하시면서 물에 빠진 돌을 건지려거든 물을 퍼내야 할 것이라고 가르치고 있다.

한편 '타고 남은 재가 다시 기름이 된다'고 역설적인 시어를 써서 조선 사람들뿐만 아니라 전 세계인의 심금을 울렸던 만해 한용운 선사는 '모사도 재인이요 성사도 재인謀事在人 成事在人'이라 말한다.

그 뜻을 풀어서 보면 '일을 꾀하는 것도 사람, 즉 나에게 달려 있고, 그것을 이루는 것도 다른 존재나 다른 사람이 아닌 바로 나에게 달려 있다'는 적극적인 의지가 깃들어 있는 말씀이다.

부처님께서는 『중아함』 업상응품 「도경」에서, 세상에는 '구원'에 관한 설이 셋 있는데 그 중 하나는 절대자가 구제한다는 설이고, 둘째는 운명이 구제한다는 설이고, 셋째는 아무나 구제한다는 설이라고 하셨다.

절대자가 구제한다는 것은 '존우조론尊祐造論'이라고 하여 당시의 브라만교나 오늘날의 절대자를 믿는 종교에서의 주장이다. 운명이 구제한다는 설은 '숙명조론宿命造論'이라 하여 예나 지금이나 사주, 팔자, 관상 등을 믿고 따르는 것을 말한다. 아무나 구제한다는 것은 '무인무연론無因無緣論'이라 하여 아무렇게나 대충 산다는 자들의 주장이다.

부처님께서는 이 셋을 따르면 5계戒를 어기는 것과 같은 잘못된 길을 가는 것이며, 그 셋을 따라가서는 윤회를 끊을 수 없다고 하셨다. 만해 스님의 말씀이나 부처님의 말씀이 뜻하는 바는, 바로 행위를 하는 나 자신이 자유 의지와 도덕적 책임을 가진 창조자라는 점이다.

자기 자신이 바로 주인공인 것이다. ❀

10

비 오는 날은 마음 공부 하는 날

남방에서 우기雨期에 안거安居 하듯 비오는 날은
마음 공부 하는 날로 삼자

빗소리 좋게 들리는 곳
띠집茅屋에서 낮잠에 드니
포구浦口에 비는 흩뿌리며
비스듬히 부는 실바람을 따르니
버들은 늘어져 푸르디 푸르고
꽃은 촉촉히 붉음을 머금으니
농부는 웃음으로 대하며
집집마다 풍년들기를 기대하누나.

—정도전鄭道傳

　겨울에 눈 내리는 것은 비단 어린아이나 강아지뿐 아니라 윤기
있는 가슴을 가진 이들은 모두 좋아한다. 물론 교통사고의 위험을
걱정하는 이나 길을 내기 위해 눈을 치워야 하는 전방의 병사들, 산

사의 행자들은 싫어할 수도 있다. 여름에 비가 오는 것은 어떤가. 작물에 필요한 비를 기다리는 농부는 반가울 것이요, 이야기에 나오는 짚신장수 어머니는 미울 것이다.

이렇게 내리는 비나 눈을 보고도 각자의 처지나 하는 일에 따라 또 마음가짐에 따라 보는 눈이 달라지게 마련이다. 정도전의 시에서처럼 평화로운 기분으로 낮잠 자듯 마음 공부를 하고 풍년을 꿈꿀 수 있다면 얼마나 좋을까.

요즘 사람들에게 비오는 날 생각나는 것을 물으면 보통 '따뜻한 아랫목에 배 깔고 엎드려 만화책 보기', '지지직 자작거리는 프라이팬에 부침개 부쳐 먹기', '막걸리 마시며 시 읊조리기', '친구들과 고스톱 치기', '등받이 의자에 기대어서 클래식 음악 듣기', '친구와 뜰이 내려다보이는 창가에 앉아 차 마시기'… 등등의 이야기를 한다.

그런데 '비오는 날은 공치는 날'이라는 말의 뜻을 물으면 대개 그 의미를 안다는 눈치다. 흔히 '손해 보는 날', 허탕 치는 날', '먹거리나 돈을 벌 수 없는 날' 등으로 이해하고 있다. 그런데 그 이해는 잘못된 것이다. '비오는 날은 공치는 날'이란 말은 원래 '비오는 날은 공空의 진리를 궁구하고 다스리는 날'이라는 뜻이다. 그것을 쉽게 풀이하면 '비오는 날은 마음 공부 하는 날'이라는 말이다. 그 유래는 다음과 같다.

영조 때 낭파라고 하는 고승이 있었다. '물결 낭浪, 물결 파波'를 쓴 이름에서도 알 수 있듯이 파도를 가르고 물 위를 걸을 수 있을 정도의 도력을 지닌 분이었다.

어느 날 영조가 신하들과 함께 궁궐 뜰을 거닐고 있는데 저쪽에서 오색찬란한 서기가 하늘로 치솟고 있지 않은가. 신하들을 시켜 알아보라고 했더니 기운이 뻗친 곳에서 어떤 꾀죄죄한 늙은이가 물지게를 베고 잠들어 있어서 데리고 왔다며 부복시켰다.

영조가 누구냐고 묻자 낭파라는 이름을 대며 승려라고 밝혔다. 궁금증이 더해진 영조가 계속 물었다.

"승려인데 그 복장에 웬 물지게인가?"

"승려는 도를 깨쳐 중생들을 구제해야 합니다."

"그래서?"

"그런데 아시다시피 태종대왕 때부터 승려들의 도성 출입을 금지하여 도성 안의 백성들에게 부처님의 위대한 가르침을 전할 수 없어서 이렇게 변복을 하고 물을 길어다 주면서 진리의 말씀을 전해주고 있습니다."

영조는 기특하게 여기고 불교의 가르침을 청했다. 연기緣起의 진리를 통해 통치자와 백성의 도리를 배운 영조는 낭파 대사에게 감사의 표시를 하고 싶었다. 그래서 대사에게 물었다.

"소원이 무엇인지 말하면 들어주겠소."

"무집착의 수행자에게 소원이 어디 있겠습니까."

"그러지 말고 하나만 이야기해 주시오."

"그러시다면 온 나라의 수행자들이 수행도 못하고 성 쌓고 길 내는 등 나라 공사에 부역만 하고 있어서 걱정이니 그들에게 수행할 시간을 주십시오."

"그렇다고 나라 일을 하나도 안 하면 어떻게 하나?"

"매일 수행하면 좋겠지만 나라의 사정도 있으니, 비 오는 날만이라도 공 도리를 다스리는 치공일治空日로 정해주십시오. 그러면 밥 먹기를 잊고 마음 공부에 매달리겠습니다."

이렇게 해서 비오는 날은 공 치는 날이 되었다. 용맹정진하는 의미에서 밥도 안 먹게 된 것인데, 참뜻을 모르는 이에겐 밥 굶는 날이 되어버린 것이다.

인도에서도 안거安居라 하여 우기 때 밖에 나다니지 않고 한곳에 거하면서 수행에 집중하였다. 우리 한국 불교에서는 더 나아가 여름과 겨울 두 차례에 걸쳐 3개월씩 안거를 하고 있다.

비오는 날은 그냥 흘려보내는 날이 아니라 '공空 치治는 날'로 진리를 탐구하는 좋은 날인 것이다. 🪷

⑪
가장 바쁘게 해야 할 일

'지금 바로' '이 곳' 에서 하지 않고 어느 날을 기다려
수행을 한단 말인가?

한 수행자가 세속의 친구를 찾아가 말했다.

"무엇보다도 중요한 것은 마음을 닦는 일이야. 집안을 꾸미
고 아내를 꾸미고 단속하듯이 마음을 닦아 영혼도 가꾸어야
지?"

친구는 반색을 하면서 응답했다.

"그렇지 않아도 요즈음 자꾸 그런 생각이 들었네. 집안을 꾸
미고 아내를 단장하고 아이들을 길러도 마음속이 허전한 것
은 영혼을 꾸미지 못한 것이라고. 그래서 나도 이제는 마음
을 닦기로 했네."

수행자는 기뻐하며 말했다.

"그럼 빨리 시작하게. 지금부터라도…"

친구는 눈빛을 반짝이며 말했다.

"아니, 그런데 급히 해야 할 일이 있어. 간단한 것인데, 세 가

지만 해 놓고 마음을 닦으려고 해."

수행자는 물었다.

"그 세 가지가 도대체 무엇인가?"

친구는 말했다.

"부자가 되어서 자식들 좋은 데 혼인시키고 출세하는 걸
보아야지."

수행자는 꾸짖었다.

"그걸 언제 다 보고 마음을 닦는단 말인가?"

친구는 웃으며 말했다.

"조금만 기다려 봐."

하지만 친구는 얼마 지나지 않아 세 가지 일을 다 마치지 못하고
죽음에 이르고 말았다. 수행자가 왔을 때 친구는 숨을 헐떡이며 말
했다.

"나는 그대의 가르침을 헛되이 하고, 무엇이 바쁘게 해야 할
일인지를 제대로 모르고 오늘에 이르렀네. 안타까운 일이네."

친구는 눈물을 흘리며 눈을 감았다.

'지금 바로' '이 곳' 에서 하지 않고 어느 날을 기다려 수행을 한
단 말인가? 🪷

차 한 잔의 여유, 그것이 명상이다

아무리 쓰라리고 어려운 현실이라 하더라도 차 한 잔 마실 여유가 있다면
마냥 어렵게만 다가오지는 않을 것이다

마들렌 효과 −

마르셀 프루스트Marcel Proust의 『잃어버린 시간을 찾아서』라는
소설에 나오는 이야기다.

주인공이 조개모양으로 구워진 마늘빵이라 불리는 마들렌 과자
를 홍차에 찍어먹는데 아득한 과거의 일이 아스라이 떠올랐다는 데
에서 이야기되는 심리학의 한 현상이며 사회학적 용어로 쓰이고 있
다. 홍차에 찍어 먹은 마들렌 과자의 맛이 주는 자극 또는 여유에
의해 상기되는 과거... 그 과거는 아름다운 추억이라는 것이다. 과
거가 반드시 아름다웠을 리만은 없지만 과거가 쓰라린 현실이었을
지라도 추억이라는 여과장치를 통과하면 아름다운 것이다. 이는 시
간의 흐름과 함께 하는 의식의 흐름, 즉 변화를 상기시킨다. 즉 지
나갔다는 말이다.

생사生死는 오랜 세월의 전이나 후를 말하므로 짐작하기 어렵고

느끼거나 나타내기도 어렵다. 그것들은 서로 연결되어 있어서 어느 한 부분을 딱 잘라서 말하기도 어렵다. 그래서 그것을 바로 지금現今 卽時이라고 말한 이도 있다. 그런데 아무리 쓰라리고 어려운 현실이라 하더라도 차 한 잔 마실 여유를 부린다면 마냥 어렵게만 다가오지는 않을 것이다.

미국의 육군사관학교라고 할 수 있는 웨스트포인트의 졸업 및 임관식에는 졸업하고 임관하는 초급장교들에게 특별한 기념품이 지급된다고 한다. 바로 담배 파이프라고 하는 것이다. 우리나라 사람들에게 익숙한 인천상륙작전의 영웅 맥아더장군이 선글라스에 담배 파이프를 물고 있는 사진을 알고 있을 것이다. 바로 그것이다. 절체절명의 순간 군산으로 가면 몰라도 인천은 어렵다고 하는 전망 속에 인천으로 향한 작전의 수장인 군인이 왜 그것을 물고 있었을까? 그것은 바로 '차茶 한 잔 마시는 여유' 비슷한 '담배 한 대의 여유'를 부린 것이다.

사방이 적으로 둘러싸인 사면초가四面楚歌의 상황에 놓이면 병사나 장교나 마음이 복잡하기는 마찬가지일 것이다. 그런데 그 때 지휘자마저 절망하고 허둥대는 모습을 보인다면 그 부대는 싸우지도 못하고 전멸할 것이 뻔하다.

전쟁을 하다보면 그런 상황에도 놓이게 된다. 그럴 때 마음속으로는 '죽겠네, 환장하겠네, 무서워...'를 연발할 지라도 겉으로는 태연한 체하며 담배 파이프를 서서히 꺼내 물고 담배에 불을 붙여 한 모금 깊게 들이마신 뒤 연기를 내뿜는 지휘관을 보면 묘하게도 위안이 되고 그를 따라 죽겠다는 믿음이 생긴다는 것이다. 모두 죽겠다는 각오로 싸워 잘하면 살아날 수도 있고 그렇지 않으면 저지선이라도 지켜주고 시간을 끌기라도 한다는 것이다. 그래서 담배파이프를 선물하는 것이다. 그렇게 담배 한 대의 여유, 차 한 잔의 여유...그것이 명상이다.

간단한 명상의 기법을 익히고 자주 해보라. 🪷

⑬ 정말로 윤회할까?

깨달아 부처가 되지 않는 한 모두 윤회한다
윤회를 벗어나기 위해 수행하는 것이다

　사람들에게 불교를 생각할 때 제일 먼저 떠오르는 단어가 무엇이냐고 물으면 여러 대답을 하겠지만, 많은 이들이 윤회를 꼽는다. 영화 '리틀 붓다' 나 '쿤둔' 에 나오는 티베트 승왕 달라이 라마의 환생을 보면 더욱 큰 느낌을 갖게 된다. 때론 전생이 텔레비전 프로그램의 흥미있는 소재가 되기도 한다. 참으로 신기하다는 생각과 함께 그것이 사실일까 하는 의심을 가지기도 한다.

　인도를 정복한 메난드로스(미린다)왕이 나가세나 존자에게 부정적인 뉘앙스를 풍기며 윤회가 사실인가를 물었다. 그러자 존자는 다음과 같이 명쾌하게 대답한다.

　"윤회란, 어떤 사람이 잘 익은 망고를 먹고 씨를 땅에 심어 그 씨로부터 망고나무가 성장하여 열매를 맺고, 다시 그 나무에 열린 망고를 따 먹고 씨를 땅에 심어 다시 나무로 성장하여 열매를 맺게 되는 것과 같이 계속 끝이 없는 것을 뜻합니다."

『심지관경』에서는 보다 더 직접적으로 표현한다.

"유정有情은 윤회하여 육도六道에 태어난다. 대개 수레바퀴의 끝과 시작이 없는 것과 같이, 혹은 부모도 되고, 혹은 남녀도 되어 세세생생 서로에게 은혜가 있다."

여기에서 유정은 중생, 즉 깨달음을 얻지 못한 존재중에서 생각하는 존재, 즉 사람이나 동물을 의미한다. 요즘 일각에서는 식물도 생각을 한다고 하는데, 그렇다면 식물은 유정일까 무정일까? 불교적 관점에서는 무정無情에 속한다.

윤회는 인도 고대어로 '삼사라samsara' 이다. 사람 · 동물 · 초목을 막론하고 몸은 죽어 없어지더라도 그가 한 행위인 업은 영원히 다른 육체로 옮아가 수레바퀴가 돌듯이 여러 가지 환경과 삶의 모습으로 다시 태어나 어리석음의 생사를 끝없이 되풀이한다는 사상이다. 그런데 윤회를 믿을 수 있느냐고 물으면 일반인은 물론 불자나 스님들까지도 확실히 믿지 못하겠다는 표정이다. 윤회는 불교만의 이론은 아니지만, 불교인이 모르거나 믿지 않는다면 곤란한 일이다. 반면, 윤회를 믿다가 윤회 자체가 불교 수행의 목적인 것으로 잘못 알아서도 안 된다.

그러면 윤회를 쉽게 이해할 수 있는 방법은 없을까? 물론 있다. 그것은 바로 자연과 과학적인 방법을 활용하는 것이다. 물은 영상 0도에서 녹고, 섭씨 100도에서 끓으며, 영하 0도에서 언다. 같은 물이 녹았다가 끓고 수증기로 변해서 하늘로 올라갔다가 비나 눈, 우박 등의 모습으로 내려와 기온이 내려가면 얼음으로 변했다가 다시 녹는 모습을 '물의 순환' 이라고 부른다. 유기 물질은 식물의 양분으로 흡입되고, 식물은 초식동물의 먹이가 되며, 초식동물은 육식동물의 배를 채우게 된다. 또 육식동물은 사람에게 먹히거나 죽어서 미생물에게 먹히고 분해되어 원소로 돌아가게 된다. 이 관계를 먹이사슬이라 하고, 먹이사슬이 돌고 도는 것을 '생태계의 순환'이라고 한다.

사람이 태어나서 어린이가 되고 청년으로 성장하여 장년으로 변하고 노인이 되는 것처럼, 지구 또한 유년기, 성년기, 장년기, 노년기의 세월을 보내는데, 그것을 '지구의 순환'이라고 한다. 이렇게 돌고 도는 존재의 형태를 자연 과학에서는 순환이라 부른다. 비슷한 형태나 성질의 것들이 그 삶의 형태를 바꿔 가는 것은 이해하기도 쉽고, 자연과학의 용어를 써서 얼른 마음에 와닿는다. 그런데 사람과 동물, 동물과 식물 등 얼핏 전혀 관계가 없는 것으로 생각되는 것들이 어떤 관계 속에서 삶의 모습을 달리해 만난다는 것은 얼른 이해되지 않을 수 있다. 하지만 내용이 같고 이름만 다르다면 같이 볼 수 있는 것 아닌가? 홍길동은 부하들에게는 대장이지만 홍 판서에게는 아들이다. 홍길동이 결국 같은 인물인 것처럼, 윤회와 순환은 다 같이 돌고 도는 삶이라는 의미에서 같은 것이다.

깨달아 부처가 되지 않는 한 모두 윤회한다. 따라서 윤회를 믿고 거기서 벗어나는 것이 목표이다. 이 윤회를 벗어나기 위해 불교를 믿고 수행을 하는 것이다. ❀

14

왜 49재를 지내는가?

극락세계에 왕생하기를 바라는 마음으로 이승에 남아 있는 친속들이
정성으로 49일 동안 재를 모시는 것이다

49재를 왜 지내는지를 알려면 죽은 뒤 우리가 갈 길에 대해 대략이나마 알아야 한다. 죽은 뒤의 일을 제대로 알려면 부처님과 같은 깨달음이 있어야겠지만, 표준적인 길을 아는 데는 인류가 발견한 과학과 사상의 힘도 유효하다.

우리가 살고 있는 지구의 역사는 약 50억 년이라고 한다. 50억 년 전 지구는 어떤 과정을 거쳐 우주 공간에 태어났을까? 유일신을 믿는 기독교나 천주교에서는 바이블의 기록에 따라 여호와 하나님이 만들었다고 한다. 불교에서는 보통 사람의 인식과 증거 능력의 한계를 뛰어넘는 질문에는 답하지 않는다. 그래서, 초기 불교 경전에는 이 문제에 대한 대답이 보이지 않으나, 후대의 논서에는 자연법이自然法爾의 법칙에 따라 홀연히 생겨났다고 말한다.

현대의 자연과학에서는 수소와 헬륨의 혼합 기체 덩어리인 태양의 내부 구조적 모순에 의한 폭발 때 떨어져 나온 기체 덩어리가 우

주 공간의 수증기 등 부유물을 빨아들여 식으면서 굳은 것이라고 한다.

어느 설을 따르든지 처음엔 사람 등 생물이 없었다는 것을 다 긍정하고 있다. 그렇다면 50억 년이 지난 지금 지구에는 어떤 변화가 있는가.

현재 전 세계 인구는 60억을 헤아리고 있으며, 수없이 많은 식물과 동물 그리고 건물과 구조물 등이 생겨났다. 사람의 평균 몸무게를 50킬로그램이라고 가정했을 때 처음보다 50×60억=3,000억 킬로그램이 늘어났다. 다른 식물과 동물, 건물 등의 무게를 생각하면 헤아리기 힘든 천문학적인 양의 무게가 늘어났음을 생각할 수 있다. 그러면 그 많은 것들이 존재하게 된 지금 지구의 무게와 맨 처음 지구의 무게 사이엔 어떤 변화가 있을까. 지구의 무게가 늘었을까 줄었을까? 늘어났다면 과연 얼마나 늘었을까?

결론부터 말한다면 지구의 무게에는 변화가 없다. 처음이나 지금이나 무게가 같다는 말이다. 지구의 무게를 재는 방법은 과학자들의 몫이지만, 쉽게 무게 변화가 없었음을 알 수 있는 방법이 있다. 그것은 지구의 공전궤도와 공전주기의 변화를 살펴보는 것이다. 엄청난 양의 무게 변화가 있었다면 공전의 궤도와 주기에도 영향을 주었을 것이고, 따라서 옛날과 지금의 궤도와 주기는 많이 다를 것이다. 그러나 지금까지 관측한 바에 의하면 지구의 공전궤도와 주기에 변화가 없었다고 한다. 그렇다면 지구의 무게 또한 변화가 없었다는 것을 의미한다.

지구 안에 천문학적인 숫자의 존재들이 천문학적인 무게를 가지

고 새롭게 존재하고 있는데도 지구의 무게가 변하지 않았다는 것은 무엇을 뜻하는가? 그것은 지구상에 존재하는 모든 것들이 지구 안에서 나왔다는 것을 의미한다. 지구에서 나서 죽는다는 말이다. 사람뿐만 아니라 다른 동물과 식물들의 몸을 구성하는 요소들을 분석해 보면 수소, 헬륨, 리튬, 베릴륨 등의 수많은 원소들이 유기적으

로 결합해 있다고 한다. 이들 원소는 지구를 구성하는 원소들에 다름 아니다. 그렇다면 우리는 지구 안에서 나서 지구 속으로 사라지는 존재들의 변화 모습을 다음과 같이 가정해 볼 수 있을 것이다.

기본 원소들은 식물의 뿌리나 광합성 작용을 통해 흡수되어 식물을 구성하고, 이 식물은 채식동물의 먹이가 되며, 다시 채식동물은 사람을 비롯한 육식동물이 잡아먹고, 육식동물이 죽으면 미생물에 의해 원소로 분해되는 과정을 밟게 된다.

이렇게 원소로 출발해 다시 원소가 되는 과정을 흔히 생태계의 순환이라고 부른다. 순환을 불교에서는 윤회라고 하는데, 순환이든 윤회든 돌고 돈다는 의미 외에 다른 것은 아니다. 원소가 미생물이 되고, 미생물이 식물이 되며, 식물이 채식동물로, 채식동물이 육식동물로, 육식동물이 사람으로, 사람이 미생물로, 미생물이 원소로 되는 이 사이클에서 앞의 과정은 전생이요, 뒤의 과정은 후생이라고 할 수 있다.

이렇게 과학적으로 증명이 가능한 윤회 과정에서 사람이 죽으면 어떻게 되는가? 사람의 존재 형태는 태어나는 순간 생유生有, 살아 있는 존재인 본유本有, 죽음의 순간인 사유死有, 죽은 뒤 다시 태어나기 전까지의 존재인 중유中有의 네 가지로 나눈다.

이 중에서 중유의 상태를 중음신中陰身이라고 하며, 흔히 귀신이라고 불리는 존재가 바로 중유이다. 이 중유의 상태에서 보통 7일 단위로 새로운 삶의 형태로 태어나게 되는데, 늦어도 49일째 되는 날에는 모두 다 새 몸을 받게 되므로 49재를 지내 불보살님의 위신력을 빌게 되는 것이다. 다시 말해 이왕 태어날 존재이면 괴로움이 적고 즐거움이 많은 세상에 태어나도록 기원하는 것이다.

즉 중음신의 상태에 있는 영가가 불보살의 가피를 입어 극락세계에 왕생하기를 바라는 마음으로 이생에 남아 있는 친속들이 정성으로 49일 동안 재를 모시는 것이다. 🪷

02

스님도 때를 미는가?

이미 용이 되어 승천했는데

죽을 힘을 다해 뛰어 오르다 죽은 줄 알았던
물고기 한 마리가 용이 되었다

강남에 봄바람이 불기도 전에
자고새는 꽃 속에서 지저귀네
삼단의 폭포를 뛰어오른 물고기는
용이 되었건만
어리석은 이는 한밤중까지 물을 퍼내는구나

江國春風吹不起　鷓鴣啼在深花裏　三級浪高魚化龍　痴人猶戽夜塘水

설두雪竇라는 중국 스님의 시다.

중국 산시성山西城 용문현龍門縣 용문산에 우문禹門이라는 곳이 있다. 이곳은 협곡이 깊어서 그런지 비가 오면 물이 많이 불어나 홍수해가 자주 났다. 그래서 하夏나라의 우왕禹王은 그곳의 물을 삼단三段으로 끊어서 강의 범람을 막았다. 그러자 하류에서 강물을 거슬러 온 물고기들이 우문의 삼단 물길, 즉 폭포 앞에 모두 모인다. 오르려 해도 오르지 못하기 때문에 모인 것이다. 고기들은 모두 있는

힘을 다해 뛰어오르지만 바위에 부딪쳐 떨어지고만다. 이렇게 뛰어오르다 바위에 부딪쳐 다친 고기들을 점액點額이라고 부른다. 수없이 많은 물고기들이 점액의 신세로 생을 마감하고 점액의 신세를 맞이하기 싫은 물고기들은 하류로 돌아간다. 끝내 점액의 신세로 전락할 지라도 용문에 오를 꿈을 포기하지 않는 물고기만이 죽을 힘을 다해 솟구쳐 오르기를 반복한다.

　봄바람 불기 전 이미 피어버린 진달래 꽃사태 속에서 울어대는 두견새처럼 죽을 힘 다해 뛰어오르다 죽은 줄 알았던 물고기 한 마리가 용이 되어버렸는데 그것도 모르는 어리석은 사내가 밤 늦게까지 물을 퍼내고 있다는 말이다. 🪷

점심이나 제대로 먹세 그려

답을 하시면 떡을 그냥 드리겠지만 못하시면
한 개의 떡도 줄 수 없습니다

　　중국의 덕산(782~865) 스님은 『금강경』을 잘 해석하기로 유명해
서 주금강周金剛으로 불렸다. 남쪽 지방에 선종이 일어나 크게 융성
한다는 말을 듣고 마음이 상했다. 오랑캐들의 조잡한 짓거리들을
한 마디로 깨버리겠다는 다짐을 하고 바랑에 경전과 해설서 몇 권
을 넣고 길을 떠났다. 때는 마침 무더운 여름인데 어느 마을 어귀
에 이르니 당산나무 그늘 아래서 한 노파가 떡을 팔고 있었다. 시
장끼를 느끼던 덕산이 떡을 청하자 노파가 등에 진 바랑 속에 무엇
이 들었느냐고 물었다. 금강경 해설서가 들었다고 대답하자 노파
가 되물었다.

　　　　"금강경에 과거의 마음도 얻을 수 없고 현재의 마음도 얻을
　　　　수 없으며 미래의 마음도 얻을 수 없다過去心不可得 現在心不可得
　　　　未來心不可得고 했지요?"
　　　　"허, 노파가 제법 경전을 보신 모양이로구만."

"제가 한 말씀 여쭤서 대사께서 답을 하시면 떡을 그냥 드리겠지만 대답을 못하시면 천금을 주어도 한 개의 떡도 줄 수 없습니다. 자신 있으십니까?"

"노파, 내 별호가 주금강이라는 것을 모르는구만. 어디 물어보시오."

덕산은 자신 있게 말했다.

"스님은 과거, 현재, 미래 어느 마음으로 점심을 드시렵니까?"

노파의 이 한 마디에 덕산은 그만 말문이 콱 막혀 버렸다 . 과거의 마음은 지나가 버린 것이며, 현재의 마음도 머무르는 것이 아니며, 미래의 마음은 아직 오지 않았으니 어느 마음으로 점심을 먹는다고 이야기해야 옳을까 고민스러웠던 것이다.

결국 입맛만 다시며 쩔쩔매는 꼴을 노파에게 보이고 말았다. 덕산은 대답을 못하고 노파에게서 용담 숭신스님에게로 가보라는 말을 듣고 찾아가, 밤늦게까지 법을 물어 깨달음을 얻은 뒤『금강경소초』를 다 태워버렸다. 어디 한 번 줘 보라든지, 무조건 집어서 먹어버리면 그것이 과거든 현재든 미래든 상관 없었을 텐데, 공연히 아는 대로 실행하지 못한 덕산 때문에 아까운 책들만 불 속으로 들어가 버렸다.

이 일화는 진리는 말이나 글에 있는 것이 아니라 체험에 있다는, 깨달음의 치열함을 이를 때 하는 이야기다. 그런 한편 시간의 속성을 잘 이야기해 주고 있다.

그것은 시간이 고정 불변한 것이 아니고 흐르고 변화하는 것이라는 이야기다. 즉 연기하는 존재인 것이다. 그래서 용수의『중론』관시품觀時品에서는 시간도 중도中道적으로 살펴보고 안 뒤 체득해서 뛰어넘을 것을 가르치고 있다. 그러면 현실적으로 시간을 뛰어넘는 방법은 무엇이고, 실제로 가능하기는 한 것일까? 시간을 뛰어넘는 길은 시간을 벗어나는 데 있지 않고 시간 속에서 열심히 시간을 활용하는 길밖에 없다. ⑩

03
제자에게 절을 하다

산중의 모든 대중을 모아 놓고 계현 법사는 상좌에게 절을 하고 법문을 청하였다
그러자 신찬스님은 서슴지 않고 상당하여 설법하였다

중국 당나라 때 복주 고령사에 신찬선사라는 이가 있었다. 처음 출가하여 고향의 대중사에서 은사이신 계현법사를 모시고 있었다. 계현법사가 불경만 볼 뿐 참선은 하지 않으므로 생사문제를 해결하기 위해 당대의 고승인 백장스님 문하로 갔다.

그곳에서 마음을 깨쳐 견성하고 다시 계현법사에게로 돌아왔다. 스승과의 문답이 시작되었다.

"내 곁을 떠난 뒤 무엇을 하다가 왔느냐?"

"달리 한 일은 없습니다."

"고얀 놈, 아무 일 없이 나를 떠나 네 마음대로 돌아다니다니. 산에 가서 나무나 해 오너라."

신찬스님이 나무를 해 오자 이번에는 목욕탕에 물을 데우라고 하였다. 물이 데워지자 계현법사는 목욕을 하면서 등을 밀라고 하였고, 신찬선사는 등을 밀면서 말했다.

　"쯧쯧, 좋고 좋은 법당이로구나. 그런데 부처님이 영험하지 못하구나."

　계현법사가 그 소리를 듣고 뒤돌아보자 선사는 나지막이 속삭였다.

　"부처가 영험은 없으나 방광은 하는구나."

　계현법사는 이 말들을 그냥 지나쳐 버렸다.

　얼마 후 계현법사가 창문 앞에서 불경을 보고 있는데 벌 한 마리가 열린 쪽문을 놔두고 닫힌 창문으로 나가려고 바둥거리고 있었다. 그것을 보고 있던 신찬스님이 게송을 읊었다.

열린 문으로 나가려 하지 않고
봉창을 두드리니 참으로 어리석다.
백년 동안 옛 종이를 들여다본들
어느 날에나 나갈 수 있겠는가.

空門不肯出　投窓也大痴

百年鑽古紙　何日出頭日

계현법사가 그 게송을 듣고 생각해 보니, 지난번 목욕탕에서 들은 말과 함께 왠지 예사롭지가 아니한 것 같아 신찬선사를 불렀다.

"바른대로 말하여라. 어느 스님을 찾아다니며 공부를 했느냐?"

"예, 백장스님 문하에서 공부를 하고 한 생각 달라졌습니다."

계현법사는 그 말이 끝나자마자 밖으로 뛰어나가 대종을 울리며 외쳤다.

"내 상좌가 성불했으니 법문을 들으러 오시오."

산중의 모든 대중을 모아 놓고 계현법사는 상좌에게 절을 하고 법문을 청하였다. 그러자 신찬스님은 서슴지 않고 상당하여 설법하였다.

신령한 광명이 홀로 드러나서
육근육진의 분별 멀리 벗어났네.
그 자체가 항상 참됨을 드러내어
언어 문자에 걸리지 않는다.
진성은 더럽혀지지 않고
본래부터 원만히 성취되어 있네.

다만 허망한 인연만 떨쳐 버리면

곧 그대가 부처이니라.

靈光獨露　迴脫根塵

體露眞常　不拘文字

眞性無染　本自圓成

但離妄緣　卽汝如佛

그리고서 주장자를 두드리자 계현법사는 크게 발심하여 다시 절을 하고 눈물을 흘리며 말하였다.

"내 이렇게 늙어서 상좌에게 극치 법문을 들을 줄 기대나 했겠는가? 모두 부처님의 은혜로구나."

모름지기 수행자는 그래야 한다. 태어남의 선후나 머리 깎은 선후는 평시에 차례를 정하기 위함이지 도의 앞뒤를 가리는 것은 아니다. 부처보다 나이 많은 제자가 있었음이 같은 소식이다. 우리나라에도 대은낭오율사에게 율맥을 이어받은 그의 스승 금담보명 율사 이야기와 백봉거사에게 스승의 예를 다했던 묵산黙山 노장의 예화가 훌륭하게 살아 있다. 묵산스님은 현재도 서울 정릉 보림사에 살아서 후학들을 지도하고 있는 선사이다. 🏵

04
단무지 선사 이야기

단무지에 수행의 청빈한 삶이 담겨 있음을 아는 이가 드물다

택암(1573~1645) 선사는 일본의 10대 선사에 드는 훌륭한 스님이다.

단마국(지금의 兵庫縣)의 출석 사람으로 아버지는 출석 성주 야마나 쇼젠의 가신이었다. 택암은 호이며, 법명은 종팽이다.

어느 날 도쿠가와 이에마쓰 장군이 택암 선사가 머물고 있는 동해사를 찾아왔다. 도쿠가와 이에마쓰는 도요토미 히데요시가 죽은 뒤 에도 막부시대를 연 도쿠가와 이에야쓰가의 제3대 장군이다. 그는 전국시대의 다른 장수들이 그랬던 것처럼 정토(淨土)를 구한다는 명분으로 전쟁을 하였기에 평소 스님을 존경하며 찾아다녔다. 일본에서는 니치렌日蓮 스님의 '예토를 싫어하고 정토를 좋아한다厭離穢土 欣求淨土'는 것을 장수들이 따르게 되어 그것이 하나의 전통이 되었다.

택암 선사와 장군이 담소를 나누다가 공양 때가 되었다. 시봉 스

님이 공양거리를 걱정하여 선사에게 묻자, 그는 누구에게나 그랬던 것처럼 늘 먹던 그대로 차려오라고 했다.

시봉이 미안해 하며 올린 상에는 밥 한 그릇과 간장, 그리고 말린 무로 만든 반찬이 있었을 뿐이다. 하지만 선사와의 법담에 마음이 가 있는 장군은 맛있게 공양을 하며 연신 맛 칭찬에 바빴다.

"참으로 맛있는 대접입니다. 이게 무엇입니까?"

"맛있기는… 단무지요."

"단무지라? 호오! 이걸 어떻게 만듭니까? 양념은?"

"어떻게 만들기는… 그저 쌀겨와 소금에 절이기만 하면 될 뿐…"

장군은 병영에 돌아가서도 입맛이 없을 때면 동해사에서 택암 선사와 먹었던 단무지가 그리웠다. 그래서 부하에게 시켜서 만들어 먹어보니 여전히 맛이 있었다. 산해진미에 익숙하고 갖가지 양념에 맛들여 있던 입맛에 담백한 단무지 맛이 새로웠던 것이다. 그래서 장군은 부하에게 말했다.

"앞으로 내가 택암을 가져오라고 하면 이것을 가져오너라."

택암澤庵을 일본말로 발음하면 '다쿠안'인데, 그 말이 우리나라로 들어와 '다쿠안, 다쿠앙, 닥꽝, 닥광' 등으로 불리게 된 것이다. 순 우리말은 '단무지'이다. 단무지는 '단 무 김치'라는 말인데, 그 옛날 도시락 반찬에 빠질 수 없었던 추억의 반찬이며 지금도 전 국민이 애호하고 있다. 단무지에 이렇게 수행승의 청빈한 삶이 담겨 있음을 아는 이는 드물다. 🌸

05
그림자가 몸을 따르듯이

선한 행위에는 좋은 결과, 악한 행위에는 나쁜 결과가 따른다
수레가 말 발굽을 따르듯이

파사익왕에게는 선광이라는 공주가 있었는데 하는 짓이 예뻐서 왕의 귀여움을 많이 받았다. 그런 만큼 공주에 대한 왕의 기대도 크고, 공주가 가진 모든 좋은 것이 자신이 준 것이라 여기고, 공주도 그렇게 생각하리라고 믿었다.

그러던 어느 날 왕이 '네가 받는 귀여움은 누구 덕택이라 생각하느냐? 물론, 임금인 이 애비의 덕이라고 생각하겠지?' 하고 물었다. 당연히 '예, 그렇습니다. 이 모든 것이 다 임금이신 아버님의 보살핌 때문입니다.' 라고 대답할 줄 알았으나 공주의 입에서 나온 이야기는 전혀 딴판이었다.

"아니요. 제가 귀여움을 받는 것은 제가 전생부터 지은 업에 의한 것입니다. 업 때문입니다."

공주의 말을 들은 파사익왕은 기분이 몹시 상했다. 실망을 넘어서 분노에 가까울 만큼 기분이 나빴다. 그래서 크게 화를 내며 공주

에게 쥐어박듯이 말했다.

"모든 게 네 업 때문이란 말이지. 그럼 네 업의 힘이 얼마나 센지 어디 한 번 시험해보자. 궁중에 살며 귀여움을 받는 것이 네 업의 힘이라면 여기서 쫓겨나도 잘 살지 않겠느냐?"

그리고는 패물 하나 주지 않고 내쫓아 거지와 결혼해서 살게 했다. 그런데 궁궐에서 쫓겨나 거지에게 시집간 공주는 얼마 되지 않아 큰 부자가 되어 대궐같은 집을 짓고 수많은 하인을 거느리며 궁궐 생활 못지않게 부유함을 누리며 살게 되었다. 궁금히 여긴 파사익왕이 찾아가 감탄하며 '정말 열심히 일했구나. 주변 사람들도 많이 도와주었을 테고. 장하다 장해.' 라고 하니 공주는 기뻐 웃으면서도 '이렇게 살고 있는 것은 전생부터 제가 지은 업에 대한 과보를 받아서 살고 있는 것입니다.' 라며 업의 정신에 관해 변함 없이 얘기했다.

눈으로 똑똑히 확인한 아버지 파사익왕은 궁금증을 해소하기 위해 부처님을 찾아가 공손히 물었다.

"제 딸 선광이 도대체 어떤 업을 지었길래 궁궐에서 쫓겨나 거지에게 시집을 갔어도 저렇게 잘 살 수 있는 것입니까?"

부처님께서는 차분한 음성으로 파사익왕에게 딸 선광 공주의 전생업을 설명해 주셨다.

"옛날 비바시불이 열반에 들었을 때 반두왕이 칠보탑을 세웠습니다. 그 때 왕비가 자신의 관에서 보석을 떼어 비바시불의 머리와 지팡이에 달았습니다. 그리고 가섭불 때에도 그녀는 가섭불과 네 명의 제자에게 남편의 반대를 무릅쓰고 음식을 공양하였습니다. 그 때 그 여인이 지금의 공주입니다. 또한 그 남편은 그

때 아내가 공양하는 것을 막은 죄로 가난했으나 후에 아내를 공양케 했으므로 지금 공주의 남편이 되어 부자가 될 수 있게 된 것입니다."

이렇게 전생과 현생 그리고 내생을 넘나드는 큰 단위의 세월 속에 결과를 볼 수 있는 어떤 큰 행위를 업이라고 보는데 눈에 보이지 않는 미세한 움직임과 그 결과 또한 업과 그에 대한 과보이다.

"모든 선악의 주인은 마음이다. 선한 마음으로 한 행위에는 좋은 결과가 따르고 악한 마음으로 한 행위에는 나쁜 결과가 따르리라. 마치 수레가 말발굽을 따르고 그림자가 몸을 따르듯이."

이 글은 『법구경』에 나오는 말씀이다. 걸음을 옮길 때마다 따라붙은 그림자처럼, 행위인 업에는 반드시 과보가 따른다. 『근본설일체유부비나야잡사』에서는 그 과보의 정확성을 다음과 같이 설하고 있다.

"업을 피할 곳은 산도 아니요, 바닷 속도 아니며, 땅도 아니요, 하늘도 아니다. 그림자가 사람을 따라가듯이 선악의 업은 결코 사라지지 않는다."

그래서 행동을 주의하라는 것이다. 이 업인 행동에는 세 가지가 있다. 그것은 바로 마음의 행동意業, 말의 행동口業, 몸의 행동身業이다. 마음으로 짓는 업에는 탐내고貪, 성내고瞋, 어리석음癡이 있고, 말로 짓는 업에는 거짓말妄語, 꾸밈말綺語, 이간질하는 말兩舌, 욕설惡口이 있고, 몸으로 짓는 업에는 살생殺生, 도둑질偸盜, 사음邪淫이 있다.

업이 두렵다면 모든 행동을 신중하고 진실되게 해야 한다. ❁

포도주 항아리 속의 사람

공의 도리를 알고, 무 집착의 삶을 살면
니르바나를 얻을 수 있다

　결혼을 해 아내를 끔찍이 아끼던 남편이 어느 날 포도주가 먹고 싶다며 아내에게 술 심부름을 시켰다. 사랑하는 남편의 부탁을 받은 아내는 기쁜 마음으로 광으로 가서 술독의 뚜껑을 열고 포도주를 호리병에 담아 오려고 하였다. 그런데 이게 웬 일인가? 포도주를 담가 놓은 항아리 안에 웬 예쁜 여인이 자기를 바라보고 있는 것이 아닌가? 남편이 자기 말고 다른 여자를 사귀어 몰래 숨겨 놓았다고 판단한 부인은 남편에게 다가가 씩씩거렸다. 술도 가져오지 않고 난데없이 여자를 숨겨 놓았다는 의심을 받은 남편이 광으로 가서 술독의 뚜껑을 여니 웬걸, 여자가 아니라 어깨가 떡 벌어진 남자가 숨어 있는 것이 아닌가? 오히려 화가 난 남편이 아내에게 달려가 닦달을 하자 둘 다 광으로 가서 화를 내며 서로의 주장을 펴기에 바빴다. 결국 서로의 잘못을 확인하기 위해 술독 속의 사람이 남자인지 여자인지 알아보기로 했다. 그래서 술독을 사정없이 내려치니 사람

07
연꽃을 사랑해

연꽃을 좋아하는데도 상징성이 뛰어나 불교의 사상과도 맞아 떨어진다

진흙 속에서 나왔어도 물들지 않고
깨끗이 씻어도 요염하지 않으며
속은 비었으되
겉은 곧고
덩굴져 편 가르기도 않고
홀로 제 똑똑이도 아니며
멀어질수록 더 향그럽고
꼿꼿하게 서 있는 그 모습
바라 볼 수는 있으되 노리개는 아니네
모란은 부귀한 사람
국화는 은둔자라면
연꽃은 군자의 풍모일세.

'연꽃을 사랑하는 글'이라는 제목으로 중국 철학자 주렴계가 쓴 글의 일부이다.

절에 가면 기와나 창살, 불화, 그리고 부처님이 앉아 계신 좌대 등 곳곳에서 연꽃 무늬를 볼 수 있다. 그래서 연꽃은 불교의 상징이라고 알고 있다. 그런데 왜 연꽃이 불교와 친근하고 불교의 상징으로까지 인식되었을까.

우선, 부처님의 일대기를 보면 연꽃과 여러 가지로 인연이 깊다. 부처님은 룸비니 동산이라는 아름다운 곳에서 탄생하셨는데, 태어나시자마자 사방으로 일곱 걸음을 걸으셨고 이때 발 밑에서 연꽃이 피어나 발을 받쳐 주었다고 한다. 또한 부처님께서 『법화경法華經』을 설하실 때 하늘에서 꽃비가 내렸는데 그 꽃이 연꽃이었다. 하늘에서 떨어진 그 꽃을 부처님께서 들어 대중들에게 보였다. 아무도 그 뜻을 몰라 어리둥절해 하고 있는데 마하가섭만이 그 뜻을 알고 빙그레 웃었다고 한다. 그 이야기에서 '꽃을 대중에게 보이니(가섭이) 미소 지음'이라는 뜻의 '염화미소拈花微笑'라는 말과 '마음으로 마음을 전한다'는 뜻의 '이심전심以心傳心'이라는 말이 생겨났다.

연꽃은 우리나라 기후로는 7월 말에서 9월 초까지 그 자태를 자랑하는 만큼, 따뜻한 곳을 좋아한다고 할 수 있다. 열대에 가까운 인도는 연꽃의 성장조건과 기후가 잘 맞는다. 그래서 인도에 연꽃이 많고, 인도인들이 연꽃을 좋아하는 데다가 그 상징성이 뛰어나 불교의 사상과도 맞아 떨어지기 때문에 연꽃이 불교의 상징으로 등장하게 된 것이다.

주렴계의 글에서처럼 진흙 속에서 나왔어도 오염되지 않는다는 말은 온갖 욕심이 가득 찬 인간 세상에 살더라도 부처님만은, 수행자만은, 불교인만은 물들지 않았으면 하는 희망이 담겨진 것이다. 그러면서도 조금만 잘 나도 온갖 자랑을 해대는 중생계에서 항상 겸손하고 깨끗하며 품위 있게 살라는 것이 깨끗이 씻어도 요염하지 않다는 말의 의미다. 그 무엇에도 굴하지 않는 용맹심으로 수행·정진하되 중생들을 위해 교화할 때는 온갖 관용을 베풀어 그들의 눈높이로 살 것을 주문하는 것이 속은 비었으되 겉은 곧다는 말이다. 또한 편 가르기를 하거나 제 홀로 잘났다고 뻐기지도 않고, 멋진 풍모로 세상 속에 살면서, 노리개감이 되어 이리 채이고 저리 채이는 모습이 아니라 고상한 모습으로 살 것을 주문한다. 이것은 유교적 관점으로 보면 군자와 같다고 할 수 있다.

주렴계의 글에는 들어 있지 않지만 또 하나 중요한 특징은, 연꽃은 꽃이 피는 그 순간 열매가 같이 들어 있다는 점이다. 이것을 '화과동시花果同時'라고 하는데, 불교의 중요한 두 개념인 부처와 중생을 꽃과 열매에 비유하기도 한다. 우리들은 부처인 동시에 중생이고, 중생인 동시에 부처이며, 깨달음을 얻겠다는 첫 마음을 낼 때 바로 깨달음을 얻는다는 의미도 담고 있는 것이다.

『법화경』의 원 제목인 『묘법연화경妙法蓮華經』에도 연꽃(華는 花와 같이 쓰임)이라는 말이 들어 있다.

이래 저래 연꽃이 불교의 상징으로 자리잡은 것이다. ⑦

값어치에 매이지 않는 삶

마음에 그 무엇도 세우지 않을 때 자유로울 수 있다

어떤 대상에 대해
값이 나가느니 안 나가느니 따지지 마라.
가치란
세상 사람들이
제 필요에 따라 정하는 부질없는 것
가치에 얽매이지 않아야
참으로 가치 있는 일이로다.

실제로 값어치 있는 일을 하고자 많은 이들이 머리를 싸매고 몸을 던지며 노력한다. 하지만 참으로 가치 있는 것은 그렇게 작위적으로 얽매이지 않고 자연 속에서 자연스럽게 살아가는 일이다. 세상에서는 세상 사람들과 자연스럽게, 또 세상스럽게 어울려 살아가는 것이 그러하다.

어느 스승이 제자와 더불어 수행하고 있었는데, 제자는 늘 불만이 많았다. 자신과 스승의 가치관이 너무나 달라서 말이 안 통한다는 것이다.

하루는 스승이 제자에게 검은 돌 하나를 주면서 말했다.

"이 돌을 가지고 시장에 가서 내 놓아라. 누군가 사고자 해도 절대로 팔지 말아라."

제자는 시장에 가서 검은 돌을 팔려고 했지만 누구 하나 사려는 사람이 없었다. 제자를 지켜보던 어떤 노인이 말했다.

"스님, 날이 저물어 가니 그 물건을 나에게 팔고 어서 돌아가시지요. 여기 10만원이면 되겠습니까?"

"팔 수 없습니다."

"그러면 제가 20만원 드리면 되겠습니까?"

"팔 수 없습니다."

"그러면 40만원이면 되겠습니까?"

"팔 수 없습니다."

노인은 스님의 욕심이 지나치다고 생각하였다.

그래서 이번에는 '100만원을 주겠다.' 고 했지만 돌아오는 대답은 '팔 수 없다.' 는 것이었다. 노인은 은근히 화가 나서 언성이 높아졌다.

싸우는 소리를 듣고서 파장 후 돌아가던 사람들이 모여들었다. 검은 돌 하나를 두고서 스님과 노인이 언성을 높이는 것을 보고서 상인 한 명이 가만히 생각해보니 아무래도 보통 돌이 아닌것 같았다.

　'저 돌은 분명히 흑보黑寶일 것이다. 아무리 큰 돈을 주어도 구할 수 없을 것이다'고 생각하여 1,000만원을 불렀다.

　옆에서 다른 이가 그 광경을 보며 '저 상인은 보통이 아니다. 그런데 저 돌을 사려는 이유가 무엇인가. 저 돌은 분명히 흑보가 틀림없다. 그렇다면 3,000만원을 주어도 괜찮겠구나.'하고 생각했다.

상인들이 이처럼 많은 돈을 준다 하여도 스님은 '팔 수가 없다'고 되풀이했다. 스님은 결국 검은 돌을 가지고 절로 돌아왔다. 그리고 스승에게 물었다.

"스님, 이 돌은 무슨 돌이기에 세상 사람들이 그렇게 높은 가격을 부릅니까?"

스승이 답했다.

"제자야, 사실 이 돌은 흔한 검은 돌이다. 아무런 가치도 없는 것이다. 아무 쓸모 없는 돌을 두고 세상 사람이나 너 자신도 속고 말았다. 이 세상의 가치는 사람들이 붙여 놓은 가격과 같다. 원하는 사람이 있다면 높은 가격이 매겨질 것이다. 그러나 원하는 사람이 없다면 그냥 주어도 가지지 않을 것이다. 너는 늘 나와 가치관이 다르다고 불평을 했다. 너는 과학이라는 가치를 존중했고 합리를 존중했고 경험을 중시했다. 그러나 여기, 나는 아무것도 가지고 있지 않다. 아무것도 가지고 있지 않기 때문에 나는 천지와 더불어 어울릴 수 있었다. 너는 가치의 눈으로 보지 말아야 한다. 가치를 매기는 순간 돌은 그냥 흔한 돌이 아니다. 천지를 보려 하지 마라. 천지가 너를 보면 자연 그대로 천지가 되는 것이다. 네 마음도 그와 같아서 무엇인가 찾고 세우는 순간에 자연의 마음으로 돌아갈 수 없다. 네 마음에 그 무엇도 세우지 않을 때만이 너는 자유로울 수 있다." ✿

09
스님도 때를 미는가?

스님들은 마음공부를 열심히 하면 때가 낄 틈이 없는 것 아닙니까?

어려서 교통사고를 당했다. 자전거를 타고 가는데 택시가 들이 받았다. 택시기사는 나를 병원으로 싣고 갔다. 그래도 다행히 큰 상처는 없었다. 의사는 절뚝거리는 나를 별 일이 없을 것이라며 돌려보내 경찰서에 가서 조사서를 쓰고 집으로 갔다. 문제는 그 다음 날이었다. 아침에 눈을 떴으나 일어날 수가 없었다. 온 몸이 아파서 꼼짝을 할 수 없었던 것이다. 결국 학교에 가지 못하고 누워 있었다. 그러나 다음 날은 일어나서 학교를 갔기에 아무런 치료를 하지 않았다. 그 결과 고등학교 1학년 때부터 무릎 신경통을 앓았고, 대학 1학년 때부터는 무릎에 바람이 들어와 조금만 기온이 내려가도 욱신욱신 아프다. 그렇게 세월이 지나가도 아무런 치료를 받지 못하고 나이를 먹은 데다가 주로 글공부를 하며 수행하고 전법활동하는 이른바 '선비형 스님' 이라 몸이 그리 건강한 편이 못된다. 그래서 사우나를 이용하는 편이다.

몸이 찌뿌드드하여 오랜만에 목욕탕에 들렀다. 어서 오십시오, 인사를 하던 구두닦이 아저씨가 다음 말을 던졌다.

"그런데 스님은 왜 오셨어요?"

"예? 목욕하러 왔지요"

대답했더니 그가 되물었다.

"스님도 목욕하시나요?"

스님이라고 몸에 때가 안 끼냐고 둘러댔더니

글쎄 그의 대답이 걸작이다.

"아, 마음공부를 열심히 하면 때가 낄 틈이 없는 것 아닙니까?"

한 방 크게 얻어맞았지만 어리석은 중생이라 하던 일 그대로 밀고 나가는 심정으로 때를 벗기고 나왔다. 목욕을 하고 나오니 구두닦이가 마무리 공부 말씀을 덧붙였다. 다음부터는 여기 오지 마시고 마음공부를 쉬지 않고 하셔요. 나는 웃으면서 크게 대답했다.

"네, 네, 네!"

곳곳에 선지식이라. 🪷

하루를 살듯이

몰입의 즐거움을 아는 사람은 성공의 반은 이룬 것이나 다름 없다. 몰입이라는 말은
한자에도 나타나듯이 일정한 흐름에 들었다는 말이다.

일을 시작함에
평생동안 할 일이라 생각하면
어렵고 지겹게 느껴지는 것도
하루만 하라면 쉽고 재미있습니다.

슬프고 괴로워도
오늘 하루만이라고 생각하면
견딜 수 있습니다.

백년도 하루의 쌓임이요,
천 년도 오늘의 다음날이니
하루를 살 듯
천 년을 살아보면 어떨까요?

'하루를 살듯이' 라는 내 시의 전문이다.

어떤 일을 하더라도 오랫동안 해야 할 일이라면 조금 지루해지고 기분이 덜 나는 경우가 꼭 있게 된다. 그래서 그만 두게 된다면 그것은 결국 스스로에게 손해를 가져올 뿐이다. 그러면 꼭 해야 하는데 어떻게 해야 하나? 그것이 바로 내가 제시하는 하루를 살듯이 하라는 것이다. 아무리 힘들어도 오늘 하루만이라면 견딜 수 있다는 것이다.

유명한 사람이나 돈 많은 사람이나 지위가 높은 사람을 흔히 성공한 사람이라 한다. 전통적으로 성공한 사람은 세 부류로 나뉜다. 그것은 바로 난 사람, 든 사람, 된 사람이다. 난 사람은 이름이 난 유명한 사람famous man이다. 든 사람은 학습을 많이 해서 지식이 많은 사람knowledge man이다. 된 사람은 인격 수양을 부지런히 해서 덕이 많이 쌓인 사람enlighten man이다. 재미있는 것은 셋 다 스스로의 노력에 의해 이루어지는 자리이지만 그 표현은 수동적으로 나타난다는 것이다. 즉 스스로 유명하다고 말해서 유명한 것이 아니고 남이 알아주어야 유명한 사람이다. 많이 배웠다고 지식인이 아니고 배운 것이 나에게 남아 있어 많이 기억하고 정보를 활용할 수 있어야 지식인이다. 인격수양 프로그램에 열심히 참여했어도 화가 나거나 배신을 당하는 일 등으로 그 모습이 흐려진다면 그것은 자동적으로 이루는 것이 아니라 수동적으로 이루어지는 것이다. 셋을 다 이루거나 둘 또는 하나라도 이루었다면 성공한 삶이라고 일반적으로 말할 수 있다. 성공했다면 행복해야 하는데 설사 대통령이 되어서도 행복하지 않다면 이는 뭔가 잘못된 것이다.

우리나라에서 영어몰입교육이라는 것이 화제가 되었다가 사라진 적이 있다. 영어를 좀 잘하도록 하겠다는 것이었는데 몰입이라는 말이 주는 어감이 좋지 않아 도입도 못하고 말았다. 몰입沒入이라는 말의 뜻을 제대로 알았다면 그렇지 않았을 것이다. 그럼 몰입이라는 말은 무슨 뜻일까? 컴퓨터게임을 하느라 시간 가는 줄 몰랐다면 그것이 게임에 몰입한 것이다. 이성 친구를 만나서 무슨 이야기를 하든지, 아니면 아무런 이야기를 하지 않더라도 즐거워서 어쩔 줄 몰랐다면 그것이 몰입한 것이다.

몰입의 즐거움을 아는 사람은 성공의 반은 이룬 것이나 다름없다. 몰입이라는 말은 한자에도 나타나듯이 일정한 흐름에 들었다는 말이다. 빠져들었기 때문에 되돌아 나오기 힘든 경지에 이르렀다는 말이다. 몰입하면 어떤 현상이 일어날까? 몰입하면 저도 모르게 저절로 하게 된다. 그것이 힘들지 않고 즐겁다. 오히려 하지 않으면 그것이 힘들다. 운동을 하다가 하지 않으면 몸이 찌뿌둥하고 기분이 좋지 않듯이 몰입에서 빠져나오면 오히려 좋지 않게 된다. 그래서 몰입하게 되는 것이다.

그럼 몰입이 잘되려면 어떻게 해야 할까?

첫째, 탄력을 받아야 한다. 탄력을 받는다는 것은 저절로 되어가는 힘을 말하는 것이다. 우주선을 발사해도 지구의 궤도를 돌다가 탄력을 받아야 로켓에서 추진체를 통해 우주선이 지구를 벗어나 우주궤도에 진입하는 것이다. 겨울에 눈이 오면 누구나 즐거워하며 눈사람을 만들어 본 경험이 있을 것이다. 처음에는 잘 뭉쳐지지도

않다가 어느 정도 크기로 뭉쳐지면 그냥 땅에 대고 굴리기만 해도 눈사람 만들기에 충분한 크기로 뭉쳐지는 것이다. 그렇게 탄력을 받을 수 있도록 처음에 열심히 하는 것이 중요하다. 가끔 숨고르기를 할 필요가 없는 것은 아니지만 처음부터 그럴 일이 아니다. 탄력을 받을 때까지, 숨을 고르게 해야 할 때까지 열심히 해야 한다.

둘째, 그것의 재미를 제대로 느껴야 가능하다. 재미를 느끼는 것은 참으로 중요하다. 어떤 것을 하더라도 재미가 있어야 좋은 결과를 낳을 수 있다. 재미있는 일을 하는 것이 최선이고, 꼭 해야하는 의무적인 일이거나 어쩔 수 없이 해야 하는 벌칙적인 일이라 할지라도 그것을 재미있게 할 수 있다면 그것이 어떤 일이든 창조적인 일이 된다. ☙

온 마음으로 살아보자

미치는 듯한 삶이 집중하는 삶, 온 마음으로 사는 삶이다

마음은 하나인가? 여럿인가? 하나니 여럿이니 하는 갯수로 나타내도 되는 것이 마음인가?

그런데 나눠지는 것인지 아닌지 분명하지 않아도 마음 전체가 한 곳으로 쏠리는 상태가 있기도 하고 마음의 일부만 기울이기도 해 핀잔을 듣기도 한다. 무엇을 해도 찔끔찔끔 힘을 쏟는 이나 한 사람을 만나면서 다른 이를 또 만나거나 만나면서 다른 데 신경 쓰는 이에게 하는 말이 '집중해!' 일 것이다. 정말 집중해야 한다. 그 집중한다는 말이 무엇인가? 마음 전부를 하고자 하는 공부에, 일에, 사랑에, 수행에 쏟아 붓는다는 것이다. 하고자 하는 공부, 일, 사랑, 수행 그 어느 하나도 만만한 것이 없다. 그래서 온 힘을 다 써야 한다는 것이다.

낱이라는 말은 여럿 가운데 따로따로인 아주 작거나 가늘거나 얇은 물건을 하나하나 세는 단위를 나타낸다. 온을 영어로 번역하

면 어떻게 해야 할까? 영어를 우리말로 번역할 때 한 단어로만 번역하기 어려운 것처럼, 우리말을 다른 말인 영어로 번역할 때도 마찬가지다. 사전을 통해 알아보면 대강 all; whole; entire; complete; total; perfect; just; full 등으로 번역한다. 실제 보기를 살펴보면

　　온 백성 the whole nation

　　온 세상 all (over) the world

온 누리 the whole universe

온 몸에 all over the body; from head to foot

온 집안 the whole family; all the family; all over the house

온 집안을 찾다 search all over the house

온 힘을 다하여 with all one's might

온 나라에 알려지다 be known all over the country 등이 있다.

'온 밤을 꼬박 새우다' 에서 꼬박이라는 말도 온과 같은 뜻으로 쓰인 것이다.

이렇게 '모두' 라는 뜻을 가진 우리말이 온이다. 본디 숫자 100을 나타내는 말이어서 적은 단위의 숫자 개념에서 볼 때 100이라는 것은 많은 것 또는 100퍼센트처럼 전부를 나타내는 말로 쓰여서 그에 해당하는 '온' 이라는 말도 전부를 나타내는 말이 된 것이다.

낱 마음으로 살 것인가? 온 마음으로 살 것인가를 선택해야 한다. 당연히 온 마음으로 살 것이라고 선택하겠지만 실제로 어떻게 할 것인가가 문제이다. 스님들은 '소나기가 와도 뛰지 말라' 는 가르침이 있다. 늘 온 마음으로 살아야 한다는 말이다. 흔히 중요한 것을 할 때만 온 마음으로 살면 되리라 생각하기 쉽다. 하지만 가고, 서고, 앉고, 눕고, 먹고, 자고, 싸고...그 어느 것 하나도 중요하지 않은 것은 없다. 제대로 가지 않으면 넘어지는데, 제대로 서지 않아도 넘어진다. 그래서 하는 것 하나하나에 온 마음을 기울여 하라는 뜻이 '소나기가 와도 뛰지 말라' 는 말에 들어 있다.

매사에 또는 무언가를 하는 사이사이에 낱 마음이 어디론가 기울 때가 있다. 그 때는 여지 없이 하던 일이 잘 안 된다. 명상을 하고 있으면 꾸벅꾸벅 졸음에 빠진다. 뛰어가다가 발에 무엇이 걸리는지도 모르고 넘어진다. 시험지를 쓰다가 자기도 모르는 새 틀린 답을 고르고, 다른 용지, 다른 자리에 답을 쓰는 일도 생긴다.

제대로 사는 것이 무엇인가? 무엇을 하는 것이 제대로 사는 것인가? 아니다. 물음이 잘못되었다. 어느 것을 하더라도 제대로 하는 것이 제대로 사는 것이다. 그렇기 때문에 어떻게 하는 것이 제대로 사는 것인가라고 물어야 한다. 그럼 어떻게 사는 것이 제대로 사는 것인가를 물어왔다면 어떻게 답할 것인가? 답은 열심히 사는 것이다. 어떻게 사는 것이 열심히 사는 것인가? 집중하는 삶을 사는 것이다. 집중하는 삶이란 공부나 일만 하는 삶을 말하는 것인가? 아니다. 집중하는 삶이란 놀 때는 노는 데 집중하고 일하고 공부할 때는 일하고 공부하는 데 집중하는 것이다. 그것은 바로 현재를 사는 삶이다. 타다 마는 삶이 아니라 완전 연소하는 삶이다. 그 때의 마음을 말하라고 한다면 낱 마음이 아니라 온 마음으로 사는 삶을 말하는 것이다. 한 때 우리나라 과학의 미래, 의학의 미래라고 일컬어지던 황우석 교수가 말해서 더 유명해진 '미치지 않으면 미치지 못한다不狂不及'라는 말에서 '미치는 듯한 삶'이 바로 집중하는 삶, 온 마음으로 사는 삶이다. ❀

⑫
밥을 잘 먹어야 해탈한다

아름다운 모습은 눈의 밥이요, 부드럽고 사랑스러운 목소리는 귀로 먹는 밥이고,
미래에 대한 꿈과 희망을 갖는 것은 생각으로 먹는 밥이다

우리가 먹는 밥은 그저 단순히 식욕 해결의 수단이 아니다. 우리
마음을 담고 있는 그릇인 몸을 튼튼하게 지키고 가꿔나가 궁극에
이루고자 하는 바를 이룰 수 있게 하는 의미있는 물질이다.

그래서 밥이 좋아야 몸이 좋고, 몸이 좋아야 마음이 좋고, 마음
이 좋아야 꿈을 이루게 되는 것이다.

부처님은 『아함경』에서 말씀하시기를 '중생은 밥이 있어야 해탈
을 얻고 밥이 없으면 죽는다'고 하셨으니, 이는 우리 중생의 몸과
마음이 떼려야 뗄 수 없는 관계임을 웅변으로 하신 말씀이다.

우리는 흔히 '밥'이라 하면 이로 씹고 삼켜서 소화시키는 음식
만을 생각하기 쉽다. 그런데 『집이문론』이나 『구사론』을 보면 네 가
지 밥, 즉 사식四食이라는 말이 있다.

첫째, 단식段食으로 씹어서 먹는 보통의 밥이요, 둘째, 촉식觸食으
로 촉감으로 먹는 밥이며, 셋째, 사식思食으로 생각이나 사상으로 먹

는 밥이요, 넷째, 식식識食으로 인식작용으로 먹는 밥이다.

이러한 네 가지 밥의 구분을 통해 부처님이 일러주시려는 가르침은 무엇일까? 그것은 바로 늘 먹는 밥과 함께 눈·귀·코·혀·몸·뜻의 여섯 가지 감각기관 모두가 같이 바르게 만족하는 밥을 먹어야 할 것을 가르치고 있는 것이다.

아름다운 모습은 눈의 밥이요, 부드럽고 사랑스러운 목소리는 귀로 먹는 밥이고, 미래에 대한 꿈과 희망을 갖는 것은 생각으로 먹는 밥이다.

한 톨의 밥알이라도 고맙게 생각하고 맛있게, 이 한 알의 밥이 내게 오기까지 애쓰신 모든 이에게 감사하는 마음으로 먹는다면, 그 속에 네 가지 뜻이, 나아가 부처님의 가르침이 다 담겨 있다.

밥 이야기를 하기 위해 칼럼을 하나 소개한다.

"우리들의 한 끼 밥상을 위해 온 우주가 동원된다는 말이 있다. 햇빛과 바람과 비가 협력해 곡식과 채소를 키워냈다. 촉촉한 봄비와 여름의 천둥번개, 초가을의 태풍까지 대자연의 사랑이 있었고 그 작업내용은 우리가 먹는 쌀 한 톨 한 톨에 새겨져 있는 것 아닌가? 거기에다 여름내 땀 흘려 일한 농부와 바닷바람 맞으며 일한 어부의 정성이 모든 것을 있게 했다. 도시에 사는 우리는 너무 자주 그들의 수고를 잊는다.

그뿐이 아니다. 우리가 편안히 앉아 밥을 먹는 저 건너 부엌에는 밥상을 차려주는 아짐씨들이 있다. 뚝배기계란찜이 넘치지 않게 앞으로 뒤로 가스불을 조절하는 아짐씨, 불 앞에서 일하느라 솟아난 땀방울을 훔친다. 날렵한 손놀림으로 반찬을 그릇에 담아 커다란 쟁반에 가짓수대로 차려내는 아짐씨, 음식을 나르고 밥상을 치우고 닦는 아짐씨까지, 하나같이 수수한 차림새를 하고 있는 중년의 그녀들, 각자 맡은 일에 몰두해 있어 그저 덤덤한 얼굴 표정을 하고 있다. 집에서 남편과 아이들을 위해 수 천 수 만 번 밥상을 차려냈을 그녀들, 무심한 듯 나물을 조물조물 무치고 파, 마늘 듬뿍 넣은 양념간장으로 고등어를 조려내는 그녀들의 노동으로 바로 우리의 즐거운 점심 밥상이 차려진 것이다. 이 총체적 수고로움 앞에 어찌 감동 없이 밥숟가락을 들 수 있을까? 더구나 누군가를 비난하고 원망하거나 심지어 저주까지 하면서 밥숟가락을 드는 것은 전혀 합당하지 않다. 혼자서든 여럿이든 맛있고 즐겁게 먹는게 밥상에 임하는 우리들의 자세여야 한다."

이 글은 서울 셀렉션 박 어진기획실장이 2010. 1. 16일자 한겨레신문에 기고한 내용의 일부이다.

'나는 밥이 되고 싶다. 나는 밥이다.' 2009년 선종善終하신 김수환 추기경의 이 말은 음미할 것이 참 많은 느낌 있는 말이다. 김수환 추기경이 남긴 이 말은 부처님이 말한 '중생은 먹이로 해탈한다.' 는 말과 잘 어울린다. 부처님의 말씀을 담아놓은 초기경전인 아함경에 나와 있는 말이다. ❀

13

보이는 대로 들리는 대로

보이는 대로 보고, 들리는 대로 듣고, 냄새나는 대로 맡으면 번뇌가
없어지고 자유로워지며 평화로워지고 행복해진다

　슬기, 지혜를 나타내는 '지智' 자는 '알 지知' 자 밑에 '날 일日' 자
가 붙어 있다. 지智는 두 가지 뜻이 있다. 어제는 몰랐는데 오늘은
알게 되고, 오늘은 모르지만 내일은 알게 되듯이 날이 갈수록 늘어
나는 앎이라는 것이 첫 번째 뜻이다. 달이나 반딧불 같이 희미한 불
빛이 아니라 태양처럼 빛나는 앎이라는 것이 두 번째 뜻이다.

　그런데 그 슬기는 어떻게 얻어질까?

　"슬기란 말하고 싶을 때마다 그것을 참고 남의 말에 귀를 기울
이면서 보낸 평생의 시간에 대한 값진 보상이다."라고 말한 D.라슨
Larson의 말처럼, 내가 말하고 싶을 때 그것을 참고 남이 가진 슬기
를 내 안에 받아들이는 시간이 참으로 필요하다.

　독일의 철학자 칸트는 점심시간이 2시간이었다고 한다.

　밥상 차리기가 무섭게 10분도 안 되어서 후다닥 먹어 치우는 데
익숙한 우리나라 사람들은 어리둥절할 것이다. 무엇을 얼마나 먹길

래 두 시간이나 걸릴까? 하고 말이다. 칸트는 날마다 점심 때면 사람들을 초청해서 이야기를 나누면서 식사를 하느라 시간이 그렇게 필요했다고 한다.

그러면 누가 더 이야기를 많이 했을까? 그 당시에 이미 유명했던 터라 칸트가 많이 했을 거라 생각하겠지만 그 반대였다. 그에게 손님들이 말을 많이 한 이유는 자신의 이야기가 유명한 철학자의 철학으로 거듭나기를 희망했기 때문이었을 수도 있다. 하지만 중요한 이유는 역시 남의 말에 귀 기울일 줄 아는 칸트의 슬기로움 때문이었다.

우리는 전체를 크게 주관과 객관 둘로 나눌 수 있다. 주관은 『아함경』에 의하면 '눈·귀·코·혀·몸·뜻'의 여섯 가지 감각기관이다. 물론 객관은 감각 기관의 여섯 감각 대상이다.

보이는 대로 보고, 들리는 대로 듣고, 냄새나는 대로 맡으면 번뇌가 없어지고 자유로워지며 평화로워지고 행복해진다. 그것이 쉽지 않기 때문에 여섯 기관을 잘 다스리라 하였는데, 눈보다 귀를 잘 다스리는 것이 더 큰 효능이 있다고 하였다. 『능엄경』에서 말씀하신 관세음보살님의 '이근원통耳根圓通'이 바로 그것이다. 세상 모든 소리가 잘 들린다는 뜻이다. 잘 듣는 노력이 꼭 필요한 때이다. ❀

14

숫자 0의 의미를 아는가

0과 공空을 찾아낸 이들이 불교적 소양을 가진 인도 사람이었다는 게 당연하다는
생각이 든다. 불교는 숫자 개념에 있어서도 매우 과학적이다.

하나하면 할머니가 지팡이를 짚고서 잘잘잘

두울하면 두부장수 두부를 판다고 잘잘잘

…

아홉하면 아버지가 장보러 간다고 잘잘잘

여얼하면 열무장수 열무를 판다고 열무사려~

기억 속에 가물가물해서 어지간해서는 입에 잘 올리지도 못하는
노래지만 여자애들이 고무줄놀이 하면서 자주 불렀던 노래이다. 어
린이들이 숫자와 수량의 늘어남 그리고 이어진 낱말들의 뜻을 알게
하려고 되풀이해서 가르치는 노래이다. '달달달' 이라고도 하였고
'잘잘잘' 이라고도 하였다. 이는 '잘' 이나 '달' 이 모두 숙련되어서
익숙하다는 의미이므로 같다고 보아도 된다.

위 노래는 우리 노래이지만, 미국에도 숫자 부르는 노래가 있다. 우리나라에서 오히려 미국 노래가 더 많이 불리고 기억되는 것이 썩 마음에 들지는 않지만, 그 노래는 바로 '한 꼬마 두 꼬마...열 꼬마 인디언Ten little Indian boys' 이다.

이렇게 사람들의 뇌리에 쉽게 남아 있도록 하기 위해 숫자를 하나씩 늘려 가며 교리를 설명하는 방식으로 편집한 경전이 빨리어로 된 것은 『앙굿따라 니까야』이고, 산스크리트어로 되어 한역된 것은 『증일아함경』이라 한다.

이 경전 무리에서는 1부터 시작해서 11까지의 법수를 더해 가면서 교리의 이해를 돕는 이야기들을 묶어서 공부하는 이들이 물러서지 않고 깨달음으로 향해 가도록 한다. 그리고 그 숫자는 마음으로 인식하는 감각대상이라는 뜻에서의 법法에 '숫자', '헤아린다', '살핀다'는 뜻을 가진 수數가 붙어서 법수法數라고 한다.

한편 '숫자의 비롯, 즉 가장 작은 숫자는 무엇일까?' 하고 물으면 흔히 '하나' 또는 '일一'이라고 답하기 쉽지만 그보다 작은 숫자인 '반'도 있고 그보다 더욱 작은 숫자인 '영'이 있음을 기억해야 한다. 이 영은 인도에서 발견(?)해서 세계인이 편리하게 사용하고 있는 정말 꼭 필요한 숫자이다. 영의 발견은 인류 역사에서 아주 커다란 사건이었다. 만일 영을 찾아내지 못했다면 어땠을까? 1에서 9까지의 숫자만으로 큰 수, 큰 돈, 많은 사람 등을 나타낼 때 아주 복잡한 방법을 써야 했을 것이다. 그 뿐이 아니다. 우리가 쉽게 쓰고 있는 덧셈, 뺄셈, 곱셈, 나눗셈이나 제곱근 등도 쓰지 못하고 어려움을 겪을 것이다. 그리고 20세기와 21세기의 모든 것을 이끌어 간다고 평가받는 컴퓨터도 만들어 내지 못했을 것이다.

사실 0은 불교에서 모든 가르침을 엮어 주는 기본 틀인 공空의 다른 표현이다. 1에서부터 시작해서 10이 될 때마다 0을 사용해 한 자리씩 올라가는 것은 참으로 편리한 규칙이 아닐 수 없다. 그와 마찬가지로 공은 공간적으로 텅 비었다거나 숫자적으로 없다는 뜻이 아니라 고정된 가치가 없어서 늘 변한다는 뜻이다. 그런 의미에서 0과 공空을 찾아낸 이들이 불교적 소양을 가진 인도 사람이었다는 게 당연하다는 생각이 든다. 이처럼 불교는 숫자 개념에 있어서도 매우 과학적이다. ❀

15

바람을 거슬러 멀리 가는 향기

인격의 향기는 바람을 따라서도 풍기고 거슬러서도 풍기며,
바람이 불거나 불지 않거나 관계 없이 풍기는 것이다

부처님께서 사바티의 기원정사에 계실 때의 일이다. 어느 날 아난다가 부처님께 여쭈었다.

"부처님, 저는 혼자 숲에서 명상을 하다가 문득 이런 것을 생각했습니다. '모든 향기는 바람을 거슬러 냄새를 풍기지 못한다. 뿌리에서 나는 향기나 줄기에서 나는 향기나 꽃에서 나는 향기는 다만 바람을 따라서 냄새를 풍길 뿐이다. 그렇다면 혹 바람을 따라서도 풍기고, 바람을 거슬러서도 풍기고, 바람이 불거나 불지 않거나 바람에 상관없이 풍기는 향기는 없을까?' 부처님 과연 그런 향기는 없는 것일까요?"

부처님께서는 이렇게 말했다.

"아난다야, 네 말대로 뿌리의 향기나 줄기의 향기나 꽃의 향기는 바람을 따라 향기를 풍기지만 바람을 거슬러서는 향기를 풍기지 못한다. 그러나 어떤 향기는 바람을 거슬러서도 풍긴다. 그것은 이

런 향기다.

　어느 마을에 착한 남자와 여자가 있었다. 그들은 진실한 법을 성취하여 목숨이 다할 때까지 생명을 함부로 죽이지 않았고, 남의 물건을 훔치지 않았으며, 사음하지 않고, 거짓말하지 않으며, 술 마시고 실수하지 않았다. 이런 사람을 보면 누구든지, '어느 곳에 사는 아무개는 계율이 청정하고 진실한 법을 성취했다.'고 말할 것이다. 이것은 그 사람에게서 나는 향기다. 이 향기는 바람을 따라서도 풍기고 거슬러서도 풍기며, 바람이 불거나 불지 않거나 관계 없이 풍기는 것이다."

　나의 향기는 어디만큼 흘러가고 있는가? 🌸

16

큰 번뇌 작은 번뇌

큰 번뇌가 없애기 어려울 것 같지만 오히려
작은 번뇌가 없애기 어렵다

두 여자가 하루는 덕망이 높은 노인 앞에 가르침을 받으러 왔다.

그 중 한 여자는 젊었을 때 남편을 바꾼 사실 때문에 자기를 죄인이라고 생각하고 괴로워하고 있었다. 반면 다른 한 여자는 도덕적으로 절제하며 살아왔기 때문에 뉘우칠 것이 없고 누구 앞에서도 떳떳하다고 자랑스럽게 여기며 살아왔다.

노인은 그 여자들에게 어떻게 찾아왔느냐고 물었다.

한 여자는 눈물을 흘리면서 자기는 죄를 많이 범했다고 고백하며 어떻게 하면 그 죄를 용서 받을 수 있겠느냐고 물었다. 다른 한 여자는 자기는 이렇다 할 죄를 지은 것이 없다고 생각한다며 다른 삶의 지혜를 가르쳐 달라고 청했다.

노인은 뒤의 여인에게 정말로 죄 지은 것이 없느냐고 재차 물었다. 여인은 진짜로 자신이 생각하기에는 크게 죄를 지은 바가 없다고 장담했다.

노인은 두 여자에게 말했다.

첫 번째 여자에게는 '당신은 저기 가서 큰 돌 하나를 찾아 주워 오게. 될 수 있으면 큰 돌을 들고 오는 것이 좋네.' 하고 말했다.

두 번째 여자에게는 '당신도 저기 가서 같이 돌을 주워 오는데, 될 수 있으면 자그마한 돌을 많이 모아서 들고 오게나.' 하고 말했다.

노인의 말대로 한 여자는 큰 돌을 하나 들고 다른 여자는 작은 돌을 여러 곳에서 많이 모아왔다. 노인은 여인들에게 다시 말했다.

"들고 왔던 돌을 다시 있던 그 자리를 찾아 갖다 놓고 오게."

두 여자는 노인의 말대로 돌을 도로 갖다 놓았다. 첫 번째 여자는 쉽사리 먼저 자리를 찾아 그 돌을 갖다 놓았다. 두 번째 여자는 그 많은 돌들을 어디서 주어 왔는지 제자리를 찾을 수가 없어 방황하다가 그냥 다시 가지고 돌아왔다.

이를 보고 노인이 두 여자에게 다시 말했다.

"우리들이 살아가면서 죄를 범하고 사는 생활이 바로 이와 같다네. 당신은 그 돌을 어디서 가져왔는지 분명히 기억하기 때문에 쉽사리 자리를 찾아 다시 놓고 올 수가 있었지만, 당신은 가져온 작은 돌이 너무 많아 어디서 주어왔는지 제자리를 기억하지 못해 다시 가져온 걸세. 그와 마찬가지로 죄를 지었다고 생각하는 당신은 지은 죄를 기억하고 있기 때문에 매사에 겸손하고 양심의 가책을 느끼며 살아와 그 죄로부터 조금은 자유로울 수가 있게 되었네. 하지만 죄 지은 바가 없다고 주장한 당신은 다만 기억을 하지 못할 뿐

당신도 모르게 지은 작은 죄들이 아마 수 없이 많을 걸세. 우리가 살면서 지은 죄가 비록 보잘 것 없고 하찮은 것일지 모르지만 그러한 죄들을 가볍게 여기고 간과해서는 안 된다네. 늘 겸허한 마음으로 반성하고 참회하는 자세가 필요하지."

죄 지은 바가 없다고 장담한 여자는 그만 고개를 떨구고 부끄러워 얼굴을 들 줄을 몰랐다. 러시아의 문호 톨스토이가 쓴 『돌과 두 여자』라는 작품의 내용이다.

사람은 살아가면서 그 죄가 크건 작건 간에 누구나 죄를 짓고 살아간다. 그리고 눈에 드러난 큰 죄만이 죄가 아니라 작은 죄들도 모이고 모이면 큰 죄가 된다. 또한 살다보면 알고도 짓고 모르고도 짓는 게 죄이다. 우리 불교에서는 번뇌를 거친 번뇌(큰 번뇌)와 가는 번뇌(작은 번뇌)로 구분해서 다루고 있다. 생각하기에는 큰 번뇌 없애기가 어려울 것 같지만, 오히려 작은 번뇌 없애기가 더 어렵다는 것을 알아야 한다. 중요한 것은 자신을 성찰하고 늘 참회하는 마음을 갖는 것이다. ✿

03

꽃들에게 희망을
주기 위하여

01
사랑의 힘 찾아내 키우기

가정을 이루게 되면 반드시 부부간의 감정을 교환하는 대화를 하는
훈련과 실습이 필요하다는 점을 명심하라

　자연과학의 물리 시간에 배우는 개념이 있다. 힘power에 관한 것
이다. 힘이라고 다 같은 것이 아니다. 미는 힘은 척력斥力이고, 당기
는 힘은 인력引力이다. 미는 힘과 당기는 힘이 순서대로 작용해서 커
다란 열차를 움직이는 것이 고속철도이다. 안으로 밀려드는 힘을
구심력求心力이라 하고, 밖으로 퍼져나가는 힘은 원심력遠心力이라 한
다. 다른 종류 사이에 당기는 힘은 부착력附着力이라 하고, 같은 종류
사이에 작용하는 힘은 응집력凝集力이라 한다. 동성끼리 사랑하는
힘은 응집력이 큰 것이고, 이성간에 사랑하는 것은 부착력이 큰 것
이라 비유할 수 있을 것이다. 친구 사이에 작용하는 힘도 제대로 알
아야 하고, 이성간에 작용하는 힘도 잘 알아야 소통을 제대로 할 수
있다는 점을 명심하라.
　천주교 단체에서 활발한 매리지 엔카운터marriage encounter라는
부부 사이의 소통 증진 프로그램이 있다. 1950년대 말에 스페인의

가브리엘 칼보Gabriel Calvo 신부가 청소년을 위한 부모 프로그램을 만들었다. 가정에서 저녁에 이 프로그램을 실시해 본 결과 좋은 효과를 보게 되었으므로 확대하기 시작했다. 미국에서는 1967년 8월에 노틀담 대학에서 처음으로 시작했다. 이때 참여했던 예수회의 척 캘라거Chuck Gallagher, S. J 신부는 부부들이 놀랍도록 변화하는 것을 목격했고, 또 사제들도 사제생활에 대해 새로운 열의가 솟아나는 것을 체험했다. 해서 널리 보급해야겠다는 사명감을 느끼고

적극적으로 이 운동을 전파하기 시작하였다. 그의 지도로 1968년부터 미국 교회 내에서 활기찬 운동이 전개되었고 현재 월드와이드 매리지 엔카운터Worldwide Marriage Encounter운동은 87개 국가에 확대되어 진행되고 있다. ME가 한국에서 처음 실시된 것은 1976년 2월이었다. 이때는 영어로 진행되었다. 우리말로는 1977년 3월에 시작하고 가톨릭교회에서 시작된 운동이지만 종교, 학력, 지위, 빈부의 차별을 두지 않고 누구나 신청을 하면 참여할 수 있도록 개방되어 있다.

부부간에 부부만의 화제를 가지고 대화하고 감정을 교류하며 소통한다는 데 중요한 관점이 있다. 특정 종교를 따르는 점이 아쉽지만 우리나라 부부들이 부부간의 문제만을 해결하거나 서로의 감정을 충실히 전달하는 대화를 하지 않고 전체에 빠져있는 일부가 되거나 업무같은 대화를 하는 것을 변화시키는 좋은 프로그램이다. 한번쯤 종교의 차이를 막론하고 참여해볼 필요가 있고, 종교적인 문제가 있다면 다른 종교에서도 비슷한 프로그램을 적용할 수 있으리라 생각한다. 아무튼 가정을 이루게 되면 반드시 부부간의 감정을 교환하는 대화를 하는 훈련과 실습이 필요하다는 점을 살펴야 한다. 불교에도 도입하고 싶어서 승복을 입은 채로 서울 장충동의 센터에 가서 동참한 좋은 기억이 남아 있다. ⑰

02

짧은 즐거움일망정

그 말없는 아우성을 들은 지율 스님이 생명을 건
단식으로 세상에 호소한 것이리라

언제
우리가 만나
슬카장 지내본 적이 있었던가요?

언제
우리가 서로
원 없이 이야기를 나눠본 적이 있었던가요?

그저
속타는 마음을 이내 식혀줄 거라는
자그마한 착각 속에서
몇 마디 이야기 나눌 틈도 없이
잎 만날 겨를 없는 상사화 꽃잎처럼

그렇게 헤어지면서...

그래도
별똥별이 나타나다가 스러지듯이
잠시 잠깐 동안만이라도
얼굴에 나타나는 희미한 빛만큼의
짧은 즐거움으로 사는
그대를 그리는 나입니다.

'달개비를 그리며' 라는 부제를 붙인 나의 시이다. 달개비는 우리나라나 일본, 대만, 시베리아, 북미주에 이르기까지 들에 지천으로 피어나는 여름 꽃이다. 닭장 주변에 피어난다고 해서 닭의 장풀이라고도 한다. 닭똥 밑에서 피어난다고 해서 그런지 닭의 밑씻개, 오리나 닭이 쪼아 먹는다고 해서 압식초鴨食草라고 불린다. 또 길가에 이슬처럼 피어난다고 로초, 한약재로는 압척초라고도 불린다. 우리가 흔히 알고 있는 달개비는 기호 지방의 토속어이다.

흡사 대나무 같은 줄기에 부드러운 이파리를 달고 닭의 벼슬처럼 생긴 꽃잎이 두 장, 그 밑에 반투명의 희끄무레한 이파리마저도 꽃잎이라는 신비를 지녔다. 당나라의 토속 시인 두보도 좋아해서 방안에 기른 이래 선비들의 완상식물로 사랑받아 왔다. 벼 비슷한 식물인 바랭이, 억새, 갈대와 함께 수반에 놓아 기르기 좋아했던 것이다. 버들피리 부는 계절에는 입이 근질근질하게 악상이 떠오르면 달개비 연한 이파리를 잘 긁어내고 알맞게 잘라서 입술에 살짝 물고 풀피리를 불었던 기억도 아련한 추억으로 남아 있는 다정한 꽃이다.

당뇨, 다래끼, 땀띠, 태독, 치질 등의 어려운 병에 삶아먹거나 찧어서 붙이면 효과가 있다. 차로도 다려 마실 수 있는 유익한 풀인데 아쉽게도 꽃잎의 생명력이 길지 못해서 하루만에 저버린다. 그래서 꽃말도 '짧은 즐거움' 이란다. 즐거움은 즐거움인데 짧은 즐거움이다. 그래서 아쉽다. 아쉬운 즐거움, 차마 즐기기마저 두려운 즐거움이라는 꽃말에 가슴이 저며 온다. 게다가 구두주걱 모양의 포엽 속에 여섯 개의 수술이 있지만 두 개만이 씨앗이 있는 수술이고 나머지 네 개는 씨앗이 없는 헛 수술이어서 개체수를 많이 늘리는 데 충분하지 못하다. 그래서 그런지 밑부분이 옆으로 비스듬히 쓰러져 자라다가 마디가 땅에 닿으면 어느 새 뿌리가 돋아나서 새로운 그루로 자라나는 생명력이 질긴 풀이다.

새삼스럽게 무슨 식물도감 설명인가 싶겠지만, 이렇게 달개비도 그 짧은 즐거움인 생명을 이어가기 위해서 비스듬히 쓰러져 자라다가 땅에 마디가 닿으면 한사코 뿌리를 내리는 눈물겨운 노력을 하는 것이다. 저 천성산에 살고 있는 도롱뇽도 알게 모르게 자신의 수호천사인 지율스님에게 온 마음으로 삶의 터전을 지켜달라고 애원하여, 그 말없는 아우성을 마음으로 들은 스님이 생명을 건 단식으로 세상에 호소한 것이리라.

하물며 감정이 있고, 지각 능력과 사유능력이 풍부한 사람이 어찌 생명에 관한 애착이 없겠는가? 사람을 죽인 살인자의 생명도 자신의 처지에서 보면 소중하기 그지없는 것이다.

잘못을 지은 사람은 그 잘못을 뉘우쳐야만 내생에 나쁜 일을 하지 않아 다른 사람에게 피해를 주는 일이 없게 된다는 것이 부처님의 업설이다. 그래서 살아 있는 동안 조금이라도 의식이 있을 때 자신의 죄를 뉘우치고, 기도나 명상을 통해서라도 피해를 입은 상대방에게 사죄할 기회를 주어야 한다. ✿

생각이 다른 이도 친구로 만들어라

영화 '아라비아의 로렌스'에서 로렌스 대위가 동족도 버린 베두윈 머슴아이를
찾아 옴으로써 그들의 마음을 열었다

교통의 발달과 통신망의 진화를 통한 정보공유의 지구촌 시대를 맞이하여 인류는 여러 가지 커다란 경험과 실험을 계속하고 있다. 이전에는 전혀 만나지 못했던 민족과 문화를 한 자리에서 만나기도 한다. 이른바 화상전화畵像電話를 통해 서로 만나지 않고도 만난 것처럼 여러 가지 자료와 사람을 앞에 두고 느낌과 생각을 이야기 하기도 한다. 우리는 그것을 직접 경험하면서 붓다가 지녔던 능력 중에서 이마에 있었다고 하는 흰 털에서 나오는 백호광명白毫光明의 위력을 보는 듯도 하다.

그러고 보니 정말 하루가 다르게 지구촌 가족들의 의식구조가 변해가는 것을 알 수 있다. 예전에는 서로 다른 민족異民族들이 한 자리에서 회의를 하는 모습을 보면 흔히 틀린誤 사람들이 모였다는 잘못된 표현을 하였다. 살갗의 색깔이 다르고, 눈동자의 빛깔이 다르며, 코의 높이가 다르게 생긴 것을 틀리게 생겼다고 보았다. 보는

자인 나와 같지 않다는 것이다. 이는 모든 것이 나를 중심으로 하는
사고에서 형성된 의식이며 그 의식의 표현이었다. 틀린 사람들이
모여서 회의를 하다 보니 생각을 모으기가 쉽지 않았다.

하지만 자세히 살펴보니 그것은 틀린誤 사람이 아니라 다른異 사
람이라는 것을 깨닫게 되었다. 같은 씨족 가운데 가장 가까운 친척

도 다르게 생겼고, 한 집안에 살고 있는 할아버지부터 손자까지 다르게 생겼다. 더더욱 한 아버지와 어머니 사이에서 태어난 형제자매들도 제각기 다른 얼굴을 하고 있지 않은가?

그런데 그 깨달음도 조금 시간이 지나니 다른 사람이 아니라 보편적인 인류라는 뜻에서 같은同 사람임을 알게 되었다. 자연과학적으로는 105종 원소의 유기적 결합을 나름대로 한 모습이 각각의 존재이므로 구성요소가 거시적으로는 같다고 할 수 있다. 불교적 관점에서는 지,수,화, 풍의 4대로 이루어졌으므로 역시 거시적으로는 같다고 할 수 있다. 또한 이 세상의 모든 존재들이 어느 하나 빼놓지 않고 어느 부처님의 전생이며 나의 부모형제가 아닌 이가 없다. 같은 사람임을 알게 되니 그의 생각과 말과 행동을 조금씩이나마 이해할 수 있게 되었다.

그러다보니 그의 생각과 말과 행동이 틀린 것이 아니라 맞는正 것임을 알게 되었다. 각자의 처지와 시각에서 다르게 보였던 것이 틀리게 느껴졌었으나 이제는 맞게 느껴지게 된 것이다. 깨달음을 얻은 눈으로 보면 어리석은 이의 어리석은 행동도 부처의 전생이거나 현생의 행동으로 보인다는 것이다.

이렇게 틀리다고 생각했던 것이 다른 것이었고, 다른 줄만 알았더니 같은 것이고, 같은 것이라 느끼니 맞다고 생각되는 이치를 안다면 생각이 다른 이를 꺼릴 이유가 없다.

우리가 쓰는 달력은 해를 기준으로 하는 태양력과 달을 기준으로 하는 태음력이 있다. 예전부터 우리가 즐겨 쓰는 것은 흔히 음력 달력이라고 알고 있는데 사실은 절충력이다. 물 때潮時를 아는 등의 흐름은 음력을 기준으로 하여 파악하고 절기를 파악하는 것은 15일마다 끼워 넣은 양력을 보충한 것이다. 그것이 24절기이다. 이렇게 서로 다른 것이 모여서 본디의 것을 보다 풍부하고 윤택하게 하며 바르게 한다는 것을 알아야 한다. 생각이 다른 사람도 마찬가지다.

'아라비아의 로렌스' 라는 영화가 있었다. T.S.로렌스 영국군 대위의 이야기를 담았다. 현지인이 아닌 영국인의 시각으로 그린 점은 문제가 많으나 사람을 중시한다는 점을 강조한 것은 좋은 이야기로 생각한다. 시리아 사막을 가로지르는 산맥을 넘는 작전에 참여한 로렌스 대위가 그 지역 사령관그룹이라 할 수 있는 떠돌이 민족 베두윈들과 함께 길을 떠났다. 운반수단인 낙타를 타고 가다가 한참 시간이 흐른 뒤에 머슴아이가 보이지 않는 것을 알았다.

사막의 정신은 '낙타에서 떨어진 사람은 부모나 자식이라도 버리고 가야 나머지 사람들이 살 수 있다며 버리고 가자' 는 베두윈들을 두고 로렌스 혼자 되돌아가서 며칠간이나 사막을 헤맨 끝에 머슴을 찾아오자 베두윈들의 마음이 열리기 시작하였다. 자기들도 버린 자신들의 피붙이를 돈 주고 부리는 주인이 되찾아오자 10킬로 이상을 보는 4.0 가까운 시력을 가진 그들의 눈에 뜨거운 눈물이 고이고 마음의 벽은 열렸다. 물론, 결과는 베두윈들에게 불리한 일이 되었지만. ✿

04
틈을 내줘야 한다

서로 다른 존재들을 이해하기 위해서는 그들이 들어올 수 있는
마음의 틈을 마련해 두어야 한다

우리가 아무것도 없다고 생각하는 허공엔 주먹이나 비행기와 새들 같은 온갖 것이 다 들어간다. 이것은 새삼스럽게 알려 줄 필요도 없이 누구나 다 아는 사실이다. 아무것도 없다고 생각하는 허공에도 수 없이 많은 공기 알갱이들이 있다. 그 공기 알갱이들 또한 여러 가지 작은 물질들의 모임으로 이루어져 있다.

그런데 그 물질 속에도 공간이 아주 많다고 한다. 물질 속에 들어 있는 이 공간을 빼어버리면 알갱이는 상상할 수 없을 정도로 아주 작아진다고 한다.

50억이나 되는 많은 사람들과 수많은 동식물들이 살고 있는 이 지구도 알갱이만 모으면 축구공 하나의 크기도 못되는 작은 것이 된다. 그 안에서 청와대와 언론, 남과 북, 기독교와 불교, 남자와 여자, 경상도니 전라도니 나누는 것은 참으로 부질없는 짓이다.

구멍 하나 없는 나무토막에 못이 박히는 것은 그 안에 틈이 있기

때문이다. 틈이 없다면 아무리 단단한 못이라 해도 절대 나무 사이로 들어갈 수 없다. 단단하기 이를 데 없는 강철을 무르디 무른 물이 헤집고 들어가 매끈하게 잘라낸다. 공작 기계 중에서 가장 날이 잘 드는 기계의 칼날이 바로 물칼인 것이다. 물칼이 강철을 잘라낼 수 있는 것도 역시 틈이 있기 때문이다.

아무리 단단한 것도 틈만 있으면 들어갈 수 있다. 마찬가지로 서로 다른 존재들을 이해하기 위해서는 그들이 들어올 수 있는 마음의 틈을 마련해 두어야 한다. 수십 년 동안 서로 다른 곳에서 태어나 서로 다른 삶을 살아온 남자나 여자, 그리고 이웃 나라 사람들이 평화를 이루면서 행복하게 살기 위해서도 틈이 있어야 한다.

물꼬를 터 주어야 논으로 물이 흘러들어가 곡식을 자라게 한다. 부처님의 가르침이 중생의 마음을 비옥하게 하듯이, 마음의 틈을 마련해 두면 서로의 얼굴에 미소를 만들 수 있는 이해와 사랑이 싹트게 된다.

현재 우리나라는 안팎으로 중요한 일들이 많이 일어나고 있다. 나라를 이끌어갈 대통령을 뽑는 선거, 우리 사회에 큰 변화를 가져올 한미FTA협상의 마무리, 이제는 허리띠를 졸라매도 쉽지 않게 된 내 집 마련을 위한 부동산 정책, 북한의 핵 폐기에 관한 일 등 어느 하나 쉬운 것이 없다.

나라의 구성원들이 하나로 뭉쳐서 지혜를 짜내어도 시원치 않을 판에 이리저리 나뉘어 싸움을 일삼고 있어서 국민들은 불안할 뿐이다.

유홍준 씨의 문화유산답사기에 실려 유명해진 조선시대 우리 선

조의 이야기가 있다.

'사랑하면 알게 되고, 알게 되면 보이나니. 그 때 보이는 것은 그 이전의 것과 다르나니.' 그의 말처럼 무엇보다도 먼저 그리고 언제나 변치 않고 해야 할 것은 바로 나와 내 이웃, 그리고 활동을 같이하는 이들을 사랑하는 일일 것이다. 대통령도, 언론도, 대선 주자도, 그들의 참모들도 모두 틈을 보고 틈을 내 주어야 한다. '내 안에 있는 틈을 잘 활용해서 그 안에서 남들이 평화를 얻을 수 있도록 하는 것이 바로 나의 평화'라는 생각을 가지고 사는 사람은 스스로의 사랑뿐만 아니라 다른 사람의 사랑도 얻을 수 있을 것이다. ✿

남의 허물을 지적할 때

남의 허물이나 잘못을 그냥 덮어두는 것도 옳은 일은 아니지만, 잘못을
바로 잡기 위해 충고할 때도 지혜와 요령이 필요한 것이다

부처님께서 기원정사에 머물고 계실 때 장로 사리뿟따가 여쭈었
다.

"만약 비구로서 남의 허물을 들추려 한다면 어떻게 해야 합니까?"

"다섯 가지를 갖추어야 한다. 첫째는 반드시 사실이어야 하고,
둘째는 말할 때를 알아야 하고, 셋째는 이치에 합당해야 하며,
넷째는 부드럽게 말해야 하며, 다섯째는 자비심으로 말해야
한다."

"그러나 진실한 말을 했는데도 성내는 사람이 있습니다."

"그에게는 그것이 사실이며, 자비로운 마음에서 말한 것임을
깨닫도록 해주어야 한다."

"만약 사실이 아닌 것을 사실인 양 말하면 어떻게 해야 합니까?"

"사리뿟따여, 만약 어떤 강도가 와서 그대를 묶고 그대에게
해를 입히고자 한다고 하자. 그때 그대가 강도에게 나쁜 마음

으로 욕하고 반항하면 어떻게 되겠느냐? 강도는 더욱 그대를 괴롭힐 것이다. 그러므로 그때는 나쁜 마음을 일으키지 말고, 나쁜 말을 하지 않는 것이 이익이다. 마찬가지로 누가 사실이 아닌 것을 사실이라고 말하더라도 그에게 나쁜 마음을 일으키지 마라. 원망하기보다는 불쌍한 마음을 일으켜라."

"그러나 진실한 말을 해도 화내는 사람이 있습니다."

"만일 그가 아첨을 좋아하고 거짓되며, 속이고 믿지 않으며, 안팎으로 부끄러움을 모르며, 게으르고 계율을 존중하지 않으며, 열반을 구하지 않고 먹고 사는 일에만 관심이 많다면 그와는 함께 하지 않는 것이 좋으리라."

『잡아함경』 18권에 나오는 말씀이다. 부처님께서는 남의 잘못이나 허물을 말할 때도 오해가 생기지 않도록 이치에 합당하게 말해야 한다고 가르치고 있다.

흔히 우리는 가까운 사람에게는 함부로 말하거나 억지를 부릴 때가 있다. 남의 허물이나 잘못을 그냥 덮어두는 것도 옳은 일은 아니지만, 잘못을 바로 잡기 위해 충고할 때도 지혜와 요령이 필요한 것이다. 또한 억울함을 당했을 때도 원망하거나 맞대항하기보다 자비심을 일으키는 게 오히려 지혜로운 문제 해결 방법이라고 할 수 있다. 덧붙여 늘 거짓되고 진실하지 못한 사람은 화근이 일어나기 전에 멀리하는 게 현명한 처사라고 부처님은 말씀하신다. 🙏

06
한 방울의 물로 사막을 다
적실 수는 없지만

한 방울의 물로 사막을 다 적실 수 없지만 그 한 방울의 물을 빼고는
사막을 다 적실 수 없다

세계의 종교인들이 모여서 평화를 이룩하기 위한 방법과 종교인의 역할을 모색하는 자리에 초대받은 적이 있다. 그곳에서 나는 다음과 같은 연설을 하였다.

저는 지구상에서 마지막으로 남은 분단국인 한국에서 왔습니다. 우리 한국은 불교, 가톨릭, 기독교, 유교, 천도교, 원불교, 이슬람교 등 여러 종교가 백화점처럼 많이 있으면서도, 종교간의 갈등이 한 번도 커다랗게 표면화되어 전쟁을 치른 적이 없는 좋은 전통을 가지고 있습니다. 거기에는 삼국통일의 정신적 기반이 된 원효 스님의 화쟁사상에 따라 여러 종교들이 대화를 해 온 것이 밑바탕에 있습니다. 하지만 보이지 않게 여러 갈등 요소들이 사람들의 마음을 어둡게 하는 것도 사실입니다. 그래서 한국의 종교 중에서 가장 오랜 역사를 가진 불교의 승려이며 또 다툼을 없애고 평화를 이끌어

낸 사상을 제창한 원효스님의 후예인 저는 종교간의 대화를 통해서 이해와 협력을 도모해서 세계 평화를 이룩하는 데 기여하는 것에 커다란 관심을 가지고 있습니다. 그렇기 때문에 DA (아시아의 대화) 에서 만든 종교간 대화의 자리인 '테러로부터 지구촌 윤리 시대를 향하는 종교와 평화' 국제세미나는 대단히 흥미롭고 유익한 자리라고 생각해서 기쁘게 참석하였습니다.

개막행사인 '사랑의 나무심기' 행사에 저는 북한산 태고사 도량에서 판 흙을 준비해 왔습니다. 태고사는 한국의 고려시대에 불교를 통합하고, 깨달음을 얻은 후 부모를 모시고 삶으로서 세간과 출세간을 융화하신 태고 스님께서 사셨던 사찰이기 때문에 이번 국제세미나의 취지에 잘 맞는 흙이라고 생각해서입니다. 어쨌든 피부와 종교, 나라가 다른 많은 분들이 똑같은 사랑의 마음을 심는 그 행사는 참으로 가슴 깊이 다가오는 뜻있는 행사였습니다.

이번 행사에 참여하면서 많은 분들의 대화에 관한 중요하고도 의미 있는 언급을 마음에 새겼습니다. 그런 것들을 우리 한국의 종교 사회와 제가 믿고 있는 불교 공동체에도 알리고 제안하겠다고 다짐하면서, 몇 가지 느낀 점들을 말하고자 합니다.

첫째, 마지막 세션인 종합토론에서는 참가자들의 의견도 충분히 수렴하였으면 하였는데 주관자 세 분의 의견만 길게 늘어놓아 그 내용의 중요성에도 불구하고 행사의 의미를 줄이는 결과가 되었다는 점을 안타깝게 생각합니다.

둘째, 대화의 원칙에 관한 제안입니다. 우리 불교의 경전에는 대화의 원칙에 관한 이야기가 많이 있습니다. 그 중에 경전 전체가 대화로 가득한 『밀린다왕문경』에 나오는 내용을 소개하고자 합니다.

기원전 2세기 후반 서북 인도를 지배한 그리스의 왕 밀린다(메난드로스)와 인도의 고승인 나가세나 존자의 대화를 기록한 경전의 첫머리에 흥미있는 이야기가 나옵니다.

메난드로스가 자신의 신앙에 대해 과시하고 싶어서 나가세나 존자에게 대화를 명령하듯이 요청하자 나가세나 존자가 묻습니다. "왕께서는 왕들의 대화를 원하십니까? 현명한 이들의 대화를 원하십니까?" 그러자 메난드로스 왕이 다시 묻습니다. "왕들의 대화는 무엇이고, 현명한 이들의 대화는 무엇인가?" 나가세나 존자가 대답합니다. "왕들의 대화는 자신의 주장에 맞지 않으면 눌러서 부정해

버리는 것이고, 현명한 이들의 대화는 남의 주장이라도 옳으면 받아들이는 대화입니다." 그러자 메난드로스 왕은 현명한 이들의 대화를 하자고 해서 결국 나가세나 존자의 의견을 받아들이게 됩니다.

종교간 대화뿐 아니라 모든 대화는 남의 의견을 받아들일 줄 아는 현명한 이들의 대화여야 합니다.

셋째, 종교간 대화에서 역사의 오래됨에 관한 주장이나 교리 수준의 높낮이에 관한 주장은 매우 위험한 것입니다. 이런 이야기가 나오면 상대 종교에 관한 판단을 중지하고 반대로 스스로의 종교를 성찰하는 것으로 바꾸어야 합니다.

넷째, 지구촌의 평화를 이루어야 하는 의무는 누구나 가져야 하되, 그 의무를 내가 먼저 지녀야 합니다. 한편으로 평화를 누릴 권리 또한 누구나 가져야 합니다. 그러나 그 권리는 남부터 갖도록 해야 합니다. 그러나 탐욕한 이들은 자신의 권리만 챙기고 남의 권리는 잊곤 합니다. 평화의 의무는 '내'가, 평화의 권리는 '남'이 먼저 갖도록 합시다.

다섯째, '너'를 나와 관계없는 '타인'으로 보지 말고, 나와 직접적으로 관계있는 '너'로 느낍시다. 한국에서는 사랑하는 사람을 '자기'라고 부릅니다. 전혀 다른 곳에서 태어나 다른 존재로 살아온 남자나 여자를 '자기'라고 부르는 이유가 무엇일까요? 그것은 '남'이었던 사람을 '자기' 같이 느낄 때 비로소 참다운 사랑을 한다는 뜻이 아닌가 합니다. 부처님의 가르침에는 이 세상 모든 존재를 자기 몸 같이 보는 사랑, 즉 동체자비同體慈悲가 있습니다. 아마도 한국어

'자기'라는 말에는 동체의식이 있는 것이 아닌가 생각합니다. 그런 의미에서 '너'와 '남'을 '자기'로는 보기 어려울지라도, 자기와 직접 관계가 있는 '너'로는 느낄 수 있어야 참다운 대화가 가능하리라 생각합니다.

이와 같은 종교간의 대화가 끝날 때 많은 사람들이 한편으로는 따뜻한 희망을 느끼고 뿌듯한 마음으로 돌아가지만, 다른 한편으로는 허망한 느낌으로 돌아가기도 합니다. 지도자들만의 대화는 어쩌면 공허한 것이며, 현실 속에서는 여전히 갈등과 다툼과 테러가 있다는 생각에 좌절하기도 합니다. 물론 지도자들만의 대화로는 진정한 평화를 이룰 수 없습니다. 민중들이 대화를 원활하게 할 때 참다운 평화를 이룰 수 있습니다. 그래서 실질적으로는 쓸모가 없다고 하는 이들도 있는 것이 사실입니다.

하지만 저는 그렇게 생각하지 않습니다. 이런 대화가 전부이거나 끝이 아니라는 점을 분명히 알아야 합니다. 비가 오지 않아서 1년 내내 가문 사막이 있다고 합시다. 그 사막에 비가 왔습니다. 한 방울의 물로 사막을 다 적실 수 있겠습니까? 그것은 불가능합니다. 다시 묻겠습니다. 그러면 한 방울의 물 없이 사막을 다 적실 수 있겠습니까? 그것 역시 불가능합니다.

저는 말합니다. 한 방울의 물로 사막을 다 적실 수는 없지만, 한 방울의 물을 빼고서도 사막을 다 적실 수 없다고. 그것이 종교간의 대화에 관한 저의 견해입니다.

모든 존재들이 행복하기를 빕니다. ❀

쓸모 없는 것은 아무것도 없다

약에 쓸 수 없는 풀들만 구해오라는 스승님의 분부를 따르려
전국 방방곡곡을 뒤졌지만 지와까는 그런 풀은 단 하나도 찾을 수 없었다

　죽은 이도 살려낸다는 명의가 있었다. 이름이 지와까Jivaka인데 인도말로 '생명'이라는 뜻이다. 그는 부처님을 잘 따랐던 빔비사라 왕의 아들인 아자타삿뚜와 창녀 사이에 태어났다.

　어머니가 그를 낳자마자 보자기에 싸서 버렸는데 마침 아자타삿뚜 왕자가 발견하였다. 죽은 줄 알았더니 목숨이 붙어 있다고 하여 '지와까'라는 이름을 지어주고 잘 키웠다.

　지와까는 15살이 되었을 때 아버지에게 공부를 하겠다고 말했다. 무슨 공부를 하겠느냐고 묻자, 자신과 같은 처지의 사람들에게 생명을 되찾아 주기 위해 의술을 공부하겠다고 하였다. 지와까는 집을 떠나 이웃 나라의 명의인 핑갈라에게 10년간 의술을 배웠다.

　10년이 지난 어느 날 스승은 의술의 마지막 비법을 알려주겠다고 하였다. 희망에 부푼 지와까에게 스승은 묘한 제안을 하였다. 전국을 다 뒤져서 약에 쓸 수 없는 풀들만 골라서 한 바구니를 구해

오라. 는 것이었다. 지와까는 명의가 되겠다는 희망으로 방방곡곡을 샅샅이 뒤져보았다. 하지만 산과 들에 널려 있는 풀들 중에서 약에 쓸 수 없는 풀을 찾는 것은 참으로 힘이 들었다.

돌아온 지와까에게 스승이 '얼마나 캐 왔느냐?' 고 물었다. 지와까는 아무리 뒤져 보아도 쓸모없는 풀을 찾을 수 없어서 스승님의 분부를 받들지 못하겠다. 고 힘없이 대답했다.

그때 스승은 뜻밖에도 지와까에게 자비스럽게 말했다.

"하나도 뽑아오지 못했다는 말이지? 잘했다! 쓸모없는 것은 아무것도 없다는 것을 안 너는 참으로 어진 의사가 될 것이다. 이제 아픈 이들에게 자비를 베풀러 가라."

스승 핑갈라의 예언적 당부대로 지와까는 민간에서도 못 고치는 병이 없었다. 빔비사라왕의 치질과 부처님의 풍병, 아나율 존자의 눈병과 아난다 존자의 부스럼을 치료하는 등 명의가 되었다.

당시에 별 기구도 없이 두개골을 절개하는 수술을 한 것으로도 알려져 있다. 그러면서도 파세나디왕에게 자신은 기껏 사람 몸의 병이나 돌볼 뿐 마음까지 돌보는 대의왕은 바로 부처님이라고 하였다.

세상에 정말로 쓸모 없는 것이란 아무것도 없다. ✿

한 마디 말의 힘

불씨는 비록 작아도 수 만의 생명과 재산을 앗아갈 수 있는 큰 불로 변하기도 한다
말 한 마디, 행동 하나는 어느 것 못지 않게 중요하다

토정 이지함 선생이 길을 가다가 금방 조성한 묘 앞에 예닐곱 살
쯤 먹었음직한 어린아이 둘이 슬피 울고 있는 것을 보고 물었다.

"도대체 그 안에 누워 있는 이가 누구인데 그렇게 슬피 우느냐?"

그랬더니 조금 큰 아이가 말했다.

"예, 저희는 형제인데 이 무덤의 애비는 소인 애비의 장인이옵
고, 소인 애비의 장인은 이 무덤의 애비올습니다."

무덤 속에 들어 있는 이의 아버지와 자기 아버지의 장인이 같은
사람이라면 무덤 속에는 어머니나 외삼촌 또는 이모가 들어있을 것
이다. 하지만 아무래도 외삼촌이나 이모가 죽어서는 그리 섧지 않
을 것이니 제 어미의 무덤인 것이 분명한데 어린 것이 맹랑하게 어
려운 말로 대답한다는 생각이 들어 다른 것을 물어보았다.

"그 놈 참 맹랑한 놈이로고. 너희들 몇 살씩이나 먹었는고?"

그랬더니 또 이렇게 대답하는 게 아닌가.

"예, 제 나이에서 한 살을 빼서 주면 동갑이 되고, 동생 나이에서 한 살을 빼 오면 제 나이가 두 배입니다."

형과 동생의 나이는 각각 몇 살인가? 점입가경의 이 이야기를 곳곳의 강연 장소에서 물어보지만 제대로 답을 하는 경우를 보지 못했다. 갑자기 무슨 넌센스 퀴즈 이야긴가 싶겠지만 이야기 속에 들어 있는 뜻이 작지 않아서 해 보는 것이다.

세상에는 별 것 아닌 것 같은 조그마한 것이 중요한 역할을 하기도 한다. 손톱 끝에 박힌 가시 하나가 온 몸과 마음을 괴롭게 하고,

자그마한 보석 알 하나가 더 큰 장식품을 빛나게 한다.

부처님께서도 '비록 작더라도 무시할 수 없는 것이 있는데 그것은 왕자, 뱀, 불씨, 그리고 수행자' 라고 하셨다. 왕자는 자라서 나라를 다스리며 왕국 안에 있는 모든 생명의 삶과 죽음을 마음대로 할 수 있다. 뱀은 한 번 물리면 그 독에 의해 사람이 죽기도 한다. 불씨는 비록 작아도 수천, 수만의 생명과 재산을 앗아갈 수 있는 큰 불로 변하기도 하기 때문이다. 갓 출가한 어린 수행자도 처음에는 비록 작지만 그 마음을 오롯이 하여 마음을 닦아 번뇌를 제거한 성자가 되면 어리석음으로 인해 고생하는 중생들을 구제하는 중요한 일을 하기 때문이다.

무시할 수 없는 것은 그 뿐이 아니다. 인간의 사회적 관계를 매개하는 역할을 하는 것이 언어라고 할 때, 한 마디 말의 중요성도 결코 간과할 수 없다. 특히나 나라 안팎의 사정이 복잡할수록 지식인이나 사회 지도층의 역할이 매우 중요한 것임은 새삼 말할 나위가 없다.

말 한 마디, 행동 하나는 어느 것 못지 않게 중요하다. 진정으로 중생을 위하는 보살의 마음으로 사물을 바라보고 판단하고 말하고 행해야 한다. 그럴 때 대중들이 마음으로 믿고 따르게 될 것이다. 🪷

09
꽃들에게 희망을 주기 위하여

불교야말로 중생에게 꽃을 피울 수 있다는
희망을 주는 가르침이다

꿈을 먹고 자라나는 애벌레가 있었다. 그 애벌레는 늘 일어나서 먹고 놀다가 자고... 하는 단조로움이 싫었다. 그래서 왜 일어나고, 먹고, 자는가 하는 근원적인 의문을 품기 시작하였다. 스스로 의문을 해결하지 못하자 남에게 묻기 시작했다.

그런데 모르기는 남들도 마찬가지였다. 그러던 어느 날, 줄무늬 애벌레를 만났는데 묘하게도 마치 오래전에 만났던 이 같았다. 그래서 가던 길을 멈추고 모퉁이로 가서 보금자리를 틀고 재미있게 살았다. 그러다가 어느 날인가부터 서로에게 집착하게 되어 마찰이 일어나기 시작했다.

그래서 서로 헤어져 애벌레는 잊었던 목표점을 찾아 길을 떠났다. 그런데 어느 날 호랑나비 한 마리가 날아와 머리 위를 맴도는 것이었다. 어딘지 본 듯한 얼굴이어서 자세히 보니 바로 그 애벌레가 변해서 나비가 되어 날아온 것이다.

그 나비가 이끄는 대로 나무 위로 기어 올라가 거꾸로 매달려 실을 뽑아 자신을 감싸는 고치를 만들고 무섭고 캄캄한 나날들을 견디었다. 햇볕이 따뜻하게 내려쬐던 어느 날, 그도 껍질을 벗고 손발을 움직이니 예쁜 날개를 단 나비가 되어 있었다. 그리고 수많은 꽃들이 웃음 짓고 있는 벌판으로 힘차게 날아가 이 꽃 저 꽃 사이를 다니며 맛있게 꿀을 빨아먹었다.

그리고 드디어 알게 되었다. 애벌레가 길을 가는 것은 나비가 되기 위한 것이었고, 나비가 되는 것은 꽃들에게 희망을 주는 일이라

는 것을. 그리고 끝이 아니라 그것은 새로운 시작이라고....

트리나 포올러스라는 작가가 쓴 『꽃들에게 희망을』이라는 꽤 유명한 책의 줄거리다.

애벌레가 살아가는 의미를 알기 위해 길을 떠난 것은 이를테면 독립된 인생의 시작, 혹은 출가로 비유해서 생각할 수 있다. 길을 가면서 다른 이에게 물어도 정답을 알 수 없었다는 것은 삶의 의미나 깨달음은 누가 알려주어서는 알 수 없다는 의미가 아닐까.

서로가 만나서 처음에는 좋았다가 나중에는 싫어졌다는 것은 서로를 진심으로 이해해 마음이 하나가 되는 것이 아니라 소유욕을 채웠을 뿐이라는 것이다. 나중에 나비가 되었다는 것은 무엇을 의미할까? 그건 인생을 달관한 목표를 이룩했다는 뜻으로 볼 수 있다. 그게 바로 희망을 주는 일이다.

불교야말로 중생이라 할 수 있는 꽃들에게 꽃을 피울 수 있다는 희망의 씨앗을 주는 가르침이다. 이 씨앗은 누구나 훌륭한 사람, 깨달은 사람(부처님)이 될 수 있다는 가능성을 의미한다.

또 하나, 나비는 꽃 사이를 날아다니면서 꿀을 빨아먹으면서 뒷다리에 달린 털로는 수술의 꽃가루를 암술의 대궁이에 묻혀주는 수분을 해준다는 사실이다. 나비가 꿀만 빨아먹고 수분을 안 한다면 자기 이익만 챙기는 욕심쟁이가 되는 것이다.

자기도 이롭고 남도 이롭게 하는 것, 자기도 깨달음을 얻어 부처님이 되고 남도 부처님이 되게 해야 한다는 가르침을 상징적으로 보여 준다. ✿

⑩
칠장이는 그림을 그리지 않는다

제 할 일이 따로 있음을 알고 제 자리 지키며,
남의 할 일, 남의 자리를 넘보지 않는다

　　화합하는 것이 좋은 줄 모르는 이가 세상에 어디 있겠는가. 그럼에도 화합하지 못하는 경우를 빗대어 나타내는 것 가운데 압권은 다음의 시일 것이다. 조조의 큰아들 조비는 아우 조식을 반역자로 몰아부쳐 붙잡아 놓고 시험을 통과하면 풀어주겠다며 도저히 불가능할 것 같은 문제를 낸다. 그것이 바로 일곱 걸음을 걷는 동안에 시를 쓰라는 요구였다. 여기에 응해 그야말로 전광석화 같이 읊어 낸 시가 유명한 칠보시七步詩이다.

　　콩깍지를 태워서 콩을 볶으니
　　콩이 가마 속에서 소리쳐 우는구나.
　　원래 한 뿌리에서 났지만
　　어찌 이다지 심히 들볶는가.
　　煮豆燃荳碁　豆在釜中泣

本是同根生　相煎何太急

　　형제간의 다툼으로 일어나는 피해와 불행을 이처럼 극적으로 표현한 시도 아마 없을 것이다. 이들의 경우는 그래도 기지 넘치는 문학으로 승화된 만큼 싸움의 폐해가 크지 않았다. 그러나 적국의 군대가 쳐들어와 나라의 운명이 위태로운 지경임에도 서로 자파의 주장만을 내세우며 싸움질을 그치지 못하던 신라, 고려, 조선의 경우는 결국 멸망이라는 끝을 보게 된다. 이렇게 화합이 좋고 불화가 나

쁜 줄 알면서도 화합하지 못하고 불화하는 이유는 도대체 무엇일까?

부처님께서는 두 비구가 다투다가 한 비구가 잘못을 뉘우치고 사과를 하는데도 다른 비구가 받아들이지 않자 다음과 같이 훈시하셨다.

"죄를 범하고 인정치 않는 잘못과 마찬가지로 용서를 비는데도 받아들이지 않는 잘못도 어리석음을 범하는 것이다. 죄를 인정하고 그 잘못을 빌면 그것을 받아들여야 한다. 그러면 이 두 사람은 함께 현명한 사람이라 불리워진다."

이 말씀은 『상윳따니까야』에 실려 있는데, 불화의 원인과 그 해결 방법이 간명하게 나타나 있다. 자신이 잘못을 범했다는 사실을 모르고 인정하지 않거나, 상대방이 잘못했다고 사과해도 받아들이지 않는 것은 그 자신이 어리석음, 즉 무지無智의 잘못에 빠져 있다는 것이다. 그렇기 때문에 자신의 잘못을 알고 사과하거나, 상대의 사과를 받아들이면 다툼은 저절로 해소되고, 결국 무지를 벗어난 모습을 갖게 되므로 현명한 사람이라 불린다는 것이다.

그러면서 『인왕반야경』, 『무량수경』, 『유마경』, 『선문청규』 등을 통해서 화합을 이루어내는 방법 또한 구체적으로 제시하고 있다.

그것이 바로 우리에게 알려진 육화경六和敬이다. '여섯 가지 화합하고 공경하는 법'이라는 뜻인데, 첫째는 같이 모여 살고, 둘째는 입으로 같은 말을 하며, 셋째는 마음으로 같은 생각을 하고, 넷째는 행으로 같은 계율을 지키며, 다섯째는 뜻으로 같은 견해를 펼치고, 여섯째는 똑같은 이익을 취하는 행을 하면서 산다는 것이다. 서로가 다른 생각을 가질 수 있는 인간이기 때문에 같이 모여 살면서 같은 몸·말·뜻으로 계율과 견해와 이익을 공동으로 추구하면 자연히 화합을 이룰 수 있다는 가르침이다.

화합을 위한 노력과 방편 중 앞에 이야기한 '제 잘못 알기'와 '남 잘못 뉘우침 받아주기' 그리고 '칠장이는 그림을 안 그린다漆者不畵는 교훈이 있다. 어차피 그림도 물감으로 그리고, 칠도 물감으로 칠하지만, 제 할 일이 따로 있음을 알고 제 자리 제가 지킨다는 말이다. 남의 할 일, 남의 자리 넘보지 않는 정신이야말로 화합에 꼭 필요한 행동지침이다. ❀

11

꽃으로도 때리지 마라

인간의 여러 언어를 말하고 천사의 말까지 한다 하더라도 사랑이 없으면
울리는 징과 요란한 꽹과리와 다를 것이 없다

장롱 바닥으로 들어가
손이 닿지 않는다고
아니 뭐 그렇게 귀하지 않다고
잃어버린 백 원짜리 동전 하나면
저 새하얀 눈동자가
다시 살아날 수 있다고
눈꺼풀마다 달려드는 파리떼들을
하루 종일 날려서 쫓아버린 후에나
잠이 들 수 있는 맑은 영혼에게
주어야 할 것은 사랑이지 사랑이지.

낭만으로 갈 것이 아니라
추억으로 갈 곳이 아니다.

한 끼 못 먹어 배고픈 이에게
간식으로 나누는 것이 아니라
그 한 끼만이라도 먹으면 연장할 수 있는
그 맑은 영혼의 곳집
꽃으로도 때리지 말라.
오로지 사랑으로만 대하라.
오로지 사랑으로만 대하라.

김혜자 씨가 쓴 책의 감동을 운율을 섞어서 적어 본 것이다. 아프리카 등에서 고생하고 있는 어린이들이 단돈 백 원으로 한 끼를 먹고, 우리는 안 먹으면 살도 빼고 잠시 허기질 뿐인 그 한 끼니가 그들에게는 생명선이 될 수 있다는 이야기를 눈물 삼키지 않고 어찌 볼 수 있으랴.

세상에서 제일 소중한 것이 무엇일까? 여러 사람들이 이 문제에 관해서 고민했지만 시원한 대답은 없다. 그런데 다음의 이야기에는 귀가 솔깃해진다.

인간의 여러 언어를 말하고 천사의 말까지 한다 하더라도 사랑이 없으면 울리는 징과 요란한 꽹과리와 다를 것이 없다.

내가 하느님의 말씀을 받아 전할 수 있다 하더라도, 온갖 신비를 환히 꿰뚫어 보는 모든 지식을 가졌다 하더라도, 산을 옮길 만한 완전한 믿음을 가졌다 하더라도, 사랑이 없으면 아무것도 아니다.

비록 모든 재산을 남에게 나누어 준다 하더라도, 또 남을 위해 불속에 뛰어든다 하더라도, 사랑이 없으면 아무 소용이 없다.

이 말씀은 성서 중 '고린도 교회에 보내는 편지'라는 뜻의 『고린도서』앞 쪽(전서)에 나온다. 이 말씀 뒤에 우리가 유행 가요로도 널리 알고 있는 '오래 참고, 시기하지 않으며, 덮어주고 바라는' 믿음과 소망보다 앞서는 사랑의 이야기가 나온다.

아무리 훌륭하고 뜻있는 일을 하더라도 그 대상에 관해 염려하고, 아끼고, 보호하며, 예뻐해 주는 사랑이 없으면 시든 꽃과 같이 아름다움과 의미가 사라지고 약해진다는 뜻이리라. 사물의 겉에 드러나는 모습보다 속에 들어 있는 마음이 더 중요하다는 말로도 이해할 수 있다.

느닷없이 승려가 하느님의 말씀을 찾으니 어리둥절하겠지만 이제 부처님 말씀을 보도록 하자. 『잡아함경』에서 말씀하신다.

어떤 사람이 아침에 삼백 가마솥의 밥을 다른 이에게 보시하고 낮과 저녁에도 그렇게 하였다고 하자. 또 다른 사람은 소젖을 짜는 잠깐 동안이나마 모든 중생에 대해 사랑하는 마음을 닦아 익혔다면, 앞사람이 보시한 공덕은 뒷사람의 백 분, 천 분, 억만 분의 일도 미치지 못할 것이요, 어떤 셈이나 비유로도 견주지 못할 것이다.

아무리 많은 물질적인 것을 베풀었다고 해도 잠시 사랑하는 마음, 아끼는 마음, 위하는 마음을 베푼 것에는 견줄 수 없다는 말씀은 참으로 우리의 가슴을 울리는 가르침이다.

보시布施라는 말은 '단나dana'라는 인도말의 번역어로 '베푼다'는 의미다. '님에게는 아낌없이 무엇이나 바치는 그 마음에서 보시를 배웠다'는 춘원 이광수의 시처럼 '아낌 없이 주련다'의 마음이 담긴 행위를 말한다. 보시에는 물질을 베푸는 재시財施, 설법 등을 통해 진리를 베푸는 법시法施, 두려움을 없애고 편안케 해주는 무외시無畏施의 세 가지가 있다. 그런데 '물질이 없어서 아직 베풀 수 없다'고 핑계를 대기 쉬운 중생들에게 교훈과 함께 격려를 해주는 보시가 있다. 그것은 '물질 없이 베풂'이라는 뜻의 무재칠시無財七施인데, 누구나 실천해 볼 만한 일이다.

첫째는 부드러운 눈으로 대하고眼施, 둘째는 미소 띤 얼굴로 기쁘게 대하며和顏悅色施, 셋째는 좋은 말로 대하고言辭施, 넷째는 예의 바르고身施, 다섯째는 착한 마음으로 대하며心施, 여섯째는 남에게 자리를 양보하고床座施, 일곱째는 방을 줘 남을 재워주는 것房舍施이다.

이렇게 기독교와 불교의 성전聖典에서 말하고자 하는 것은 보시의 중요성을 강조하되, 그 속에 정성과 사랑의 마음을 담으라는 당부인 것이다.

우리 주변에는 자그마한 관심과 도움을 바라고 기다리는 이들이 의외로 많다. 아낌없이, 자랑 없이, 아무 상相 없이, 그냥 그렇게 자비와 사랑의 마음, 따뜻한 보시의 손길을 내밀어 보자. 🪷

12

안의 소통, 밖의 소통

신라의 맥이 이어진 조선풍의 염불인 범패를 금지하는 이유가 무엇일까?
그것은 바로 범패를 통해 조선불교도들이 뭉치는 것을 싫어했기 때문이다

　　바빌로니아 사람들이 궁금해하던 것이 있었다. 그것은 야훼가
어떻게 생겼는지? 그래서 궁금증을 해소하기 위해 탑을 쌓아 올렸
다. 가만히 보니까 잘(못)하면 올라오게 생겼다고 생각한 야훼가 그
들의 말을 허물어 버렸다. 그래서 서로 하는 말이 달라지고 결국 소
통이 되지 않아 쌓던 탑을 완성할 수 없었다. 바이블의 이야기이며
어려서 즐겨 읽었던 만화 『바벨2세』의 모티브이기도 하다. 이렇게
말은 소통의 중요한 도구이며 사회통합의 열쇠이며 거꾸로 분열의
열쇠이기도 하다.

　　짚신을 만들어서 생계를 이어가는 아버지와 아들이 있었다. 그
런데 똑같이 밤새워 만들었다고 생각되는데 아버지 것은 잘 팔리고
아들 것은 덜 팔렸다. 늘 그 비법이 궁금했지만 짚으로 만든 신이
얼마나 차이가 나겠는가? 아버지에게 물어도 아무런 대답이 없고
궁금해 하다가 세월이 갔는데 죽음에 임박한 아버지가 마지막으로

한마디 남기고 죽었다. 그것은 다름 아닌 '털털털...'. 짚신을 삼다 보면 바깥부분에 마무리를 잘해야 하는데 그러지 못하면 털이남아 있다는 것. 아들은 그것을 아버지가 죽어가면서야 알게 되었다.

　일본이 우리나라를 통치하던 시절 조선총독부에서는 일본불교와 조선불교를 하나로 만들려는 노력을 기울인 것으로 알려져 있다. 그러나 내용은 그렇지 않았다. 그 시절 그들은 불교사찰에서 범패梵唄를 금지시켰다. 범패는 부처님 이름이나 경전 등을 소리 내서 읽는 것인데 신앙 또는 음악적인 아름다움을 삽입해서 평소 내는 소리와는 다르게 하는 독특한 가락이 있다. 독특한 그 가락 또한 나라마다 다르다. 이는 당나라에 유학했던 일본 천태종의 고승 엔닌圓仁스님이 지은 여행기록인 『입당구법순례행기』에 나온다. 산동반도에 있는 신라사찰인 법화원法華院에 머물 때 그 절 스님들이 당나라 풍의 염불도 일본풍의 염불도 아닌 신라풍의 염불을 한다고 기록되어 있다. 그런데 그 신라의 맥이 이어진 조선풍의 염불인 범패를 금지시킨 이유가 무엇일까? 그것은 바로 범패를 통해 조선불교도들이 뭉치는 것을 싫어했기 때문이다. 그 범패를 태고종 스님들이 지켜온것은 대단히 뜻깊은 일이다.

　소통은 그런 것이다. 친하고 밀도있는 조직끼리만 통하는 것은 그 사회의 통합에 기여하고, 다른 조직과 사람과도 소통하면 그 사회의 확장에 기여하게 되는 것이다. ✿

약속을 지키는 아름다운 사람들

가까운 친족이 아닌 일반 임원이나 경영자에게 다른 조건없이
물려주는 기업도 나오기를 기대해 본다

약속이 없는 자는 고독하고 약속을 지키지 않는 자는 의롭지 못하다는 말이 있다. 이탈리아 속담이다. 순수이성 비판의 독일철학자 칸트(1724~1804)는 벗 니콜라우스와 우정을 잘 가꾸기로 약속하였다. 그의 아들인 니콜라우스2세가 제자가 되어 배우기 시작하자 칸트는 꿈을 물었다. 책방을 운영하고 싶다 하자 도와주겠다고 말했다. 그가 졸업하고 가게를 내자 칸트는 낮은 책 발행세(인세)를 받고 밀어주었다. 살아있을 때부터 유명한 학자인 칸트에게 일류 출판사들에서 계속 제의가 들어왔다. 비싼 인세를 줄테니 판권을 달라하는 것을 마다하고 계속 벗의 아들에게 주었다. 신의를 지키기 위해서였다.

그런데 약속이라는 것도 처지에 따라서, 시간에 따라서 달라지기 마련이어서 다툼이 끊이질 않는다. 상대방이 어긴 약속을 기억하고 화가 나며 잃어버린 이익을 찾기 위해서일 것이다.

　동지 간에도 다툼이 있고 형제간에도 싸움이 일어나며 부자간에
도 칼부림이 일어나는 것이 욕심세상慾界의 보기 싫은 모습이다. 역
대 대통령이 어려움을 겪는 것도 우리의 아픔이다. 많은 기업가들이
불행하게 죽거나 아픈 다툼을 하는 것도 우리네 상처이다.

　그런데 어찌 생각하면 시간이나 처지가 달라지면 그것 또한 달
라지리라 생각하면 그만일 수도 있다. 음악을 연주하는 악사에게
임금이 말했다. 연주가 훌륭하니 끝난 뒤에 천금을 선물로 주마고.

악사는 신이 나서 더욱 열심히 연주했고 아주 훌륭한 음악회가 되었다. 연주를 마치고 악사가 약속대로 천금을 달라고 임금에게 말하자 임금은 나도 너처럼 네 귀를 즐겁게 해 준 것일 뿐이라고 했다는 이야기가 『백유경』에 나온다. 악사도 그 말을 이해했다는 것을 보니 어쩌면 그런 것일지 모르지만 이 세상에서는 지키는 약속이 더 아름답다.

십사왕十奢王 아들의 이야기가 있다. 그는 네 왕비를 사랑하여 네 명의 아들을 두었다. 셋째 왕비를 특히 사랑하여 그녀가 낳은 바라타 왕자에게 왕위를 물려주었다. 나머지 왕비의 아들들은 그것을 아버지인 부왕이 결정한 일이므로 편안하게 받아들여 다른 나라로 가서 일없이 살았다. 바라타는 세 형제들을 찾아가 함께 살자고 진심으로 권유했다. 그러나 나머지 왕자들은 아버지의 결정을 어기는 것은 불효이고 다른 생각이 없으므로 그냥 여기에 살 터이니 나라나 잘 다스리라며 따르지 않았다. 어쩔 수 없이 바라타는 형제들의 신발이라도 기념으로 달라고 하여 가져왔다. 바라타 왕자가 그 신발들을 옥좌 위에 올려놓고 아침저녁으로 형님들처럼 생각하고 절을 하며 열심히 나라를 다스린다는 이야기가 퍼졌고 ,이에 감동한 형제들이 돌아왔다. 서로 왕위를 양보하느라 잠깐 실랑이를 하였으나 진심으로 하는 말이었고 속뜻까지 이해한 사이였으므로 좋은 결론이 났다. 제일 맏이가 왕위를 맡기로 한 것이다. 그 나라는 아주 부강하고 평화로웠다는 『잡보장경』의 이야기다.

2003년 구씨네 일가가 형성한 LG그룹에서 분가한 LS그룹은 의미있는 결정을 하였다.LS는 합심해서 경영합리화를 이룩해 전기, 전자, 에너지, 소재 산업을 주력산업으로 재계 13위 그룹이다. 물론 그들도 구씨네 일족이지만 그룹의 경영권을 첫 회장의 아들딸들에게로 내리는 일반적 관례를 벗어나 4촌 형제에게로 물리기로 한 것이다. 그룹의 주식 지분이 4:4:2로 구성되어 있어서 합리적인 경영권 유지를 위해서는 필요한 만큼만의 지배권 행사가 필수적인 것이리라. 하지만 수단과 방법을 가리지 않고 다투는 사례도 많은데 다투지 않고 화합적으로 물려주되 혈통으로만 넘기지 않는 작은 본보기를 보였다는 의미가 있다. 10년 만에 4촌 동생에게 물려주었으니 몇 년 뒤에 다음 상대인 4촌 동생에게 넘길지도 관심이다.

그룹 구성원들이 부처님께서 왓지Vajji국과 관련하여 설법하신 스러지지 않는 일곱 가지七不衰法의 으뜸이 자주 모임을 갖고 서로 바른 일에 대해 의논하는 것임을 새겨서 자기들도 좋고 종업원들과 고객들인 국민들도 좋게 하였으면 한다. 조금 더 바라기는 가까운 친족이 아닌 일반 임원이나 정통 경영자 출신에게 사업 성공 외에 다른 조건 없이 물려주는 기업도 나오기를 기대해본다. ⑦

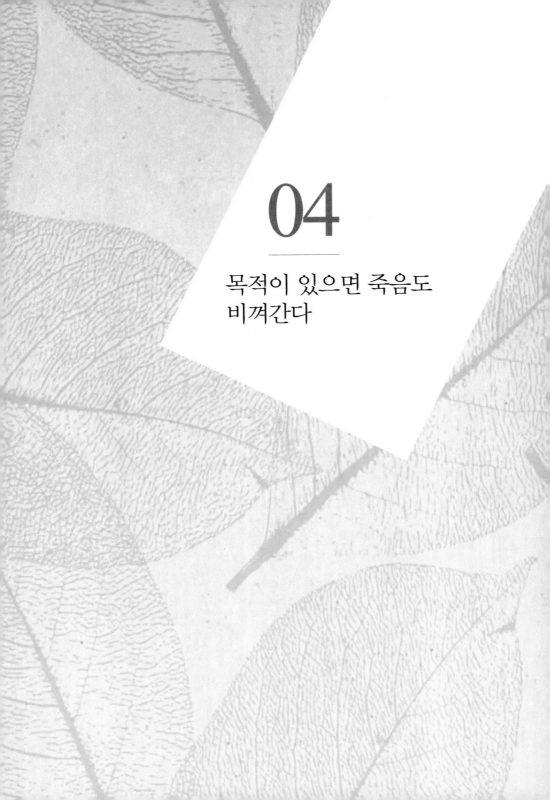

04

목적이 있으면 죽음도
비껴간다

01
잘 골라라

새는 앉을 나무를 고르지만 나무는 새를 고르지
못한다는 말이 있다. 정말 그럴까?

인생은 선택의 연속이다. 태어나는 것 자체도 나의 선택이었다. 종교에 따라 생각이 다르기는 하지만 엄밀하게 따지면 내 스스로 부모를 택해 이 세상에 나온 것이다.

그것이 아니라고? 그러면 나는 어떻게 이 세상에 태어나게 된 것일까? 나를 부모가 만들었을까? 부모의 사랑의 결과물이나 찌꺼기일까? 그것만일까? 부모님 사랑하심의 결과물이라면 사랑할 때마다 또 다른 나가 태어나야하는 것 아닌가? 나 또한 굉장히 많은 수의 정자 가운데 하나가 난자를 만나서 죽지 않고 나올 때 이 세상에 나온 것이라는데...

어린이집, 유치원, 초등학교는 내가 골라서 가지 않는다고 생각하지만 그렇지도 않다. 내가 좋아서 가거나 부모님이 골라서 가도록 하므로 역시 잘 골라야 한다. 학교, 배우는 과목, 만나는 친구, 이성 등 모든 것을 골라야 한다. 하물며 아침 점심 저녁에 무엇을 먹을까? 무엇을 입을까? 그 때마다 선택을 강요 받고 그 선택하기를 즐기기도 하고 괴로워하기도 한다. 여자와 남자가 만나서 어디를 갈 것인가, 무엇을 먹을 것인가, 어떤 프로의 영화를 볼 것인가 등을 모두 골라야 한다. 신부나 목사, 스님이 되어서도 고르기는 마찬가지다. 기도를 할까, 찬송을 할까, 활동을 할까, 공부를 할까, 명상을 할까, 포교(전도)를 할까 등등 한 없이 골라야 한다.

볶은 콩도 골라먹는다는 말이 있다. 볶은 콩을 먹으면 참 맛이 좋다. 고소한 냄새와 혀끝을 구르는 맛이 매혹적이다. 놀놀하게 볶은 콩은 그저 주워 먹으면 될 것 같지만 그 속에는 썩은 것이나 벌레 먹은 것도 있어서 골라서 먹어야 한다. 그만큼 별 것 아닌 일에도 선택이라는 작업이 필요하다. 그러나 '고르다 배 곯는다' 는 속담처럼 너무 고르다가는 바라는 것을 가져보지도 못할 수 있다.

친구도 잘 골라야 한다. 친구는 어떻게 고르는 것이 잘 고르는 것일까? 영국 속담에 그 방법이 제시되어 있다. '친구를 고를 때는 천천히 골라라. 바꿀 때는 더 천천히 바꿔라.Be slow in choosing a friend, but slower in changing him.'

우리의 아버지들이 제시했던 방법이 가장 뛰어난 것 같기도 하다.

아버지가 아들에게 좋은 친구를 많이 두어야 인생이 행복해진다고 말하며 친구 사귀기를 권유하였다. 아들은 아버지가 주는 돈으로 열심히 먹을 것, 특히 술과 놀 거리로 친구를 사귀면서 아버지에게 큰 소리를 쳤다. 아버지는 그냥 친구가 아니라 어려운 때 어려움을 무릅쓰고 발 벗고 도와주는 친구를 사귀라고 하였다. 아들은 역시 큰 소리였다. 어느 날 얼마나 진실한 친구를 사귀었는지 살펴보자고 말했다. 돼지 한 마리를 잡아서 지게에 싣고 가마니로 덮어씌운 뒤 밤중에 아들의 친구들을 찾아가서 살인을 했다고 거짓말을 하면서 시체를 치워달라고 부탁하자 목숨까지 함께하자고 했던 친구들이 하나같이 거절하였다. 아버지는 자기의 친구를 찾아가 역시 같은 말을 하면서 도움을 요청하자 아버지의 친구는 조심스럽게 들어오라면서 내가 처리 할 테니 걱정 말고 밥이나 먹으라고 하였다. 그때 아버지는 웃으면서 자초지종을 말하고 잡아 간 돼지와 술로 잔치를 벌였다는 이야기이다. 아무튼 친구를 잘 사귀어야 한다는 것이다. 친구를 보면 너를 안다고 했다.

새는 앉을 나무를 고르지만 나무는 새를 고르지 못한다는 말이 있다. 정말 그럴까?

가끔 귓속이 가려워 귀지를 파낼 때가 있다. 남에게 부탁할 수도 있다. 자기가 하면 그렇지 않지만 남이 하면 엉뚱한 곳을 건드릴까 봐 살며시 걱정된다. 그때 머리를 잘못 움직이면 오히려 크게 다치는 수가 있어서 움직이지는 못하지만 귓속 근육을 움직이려 노력해 본 경험이 있을 것이다. 그렇게 움직이지는 못해도 움직이려는 노력을 하는 것처럼 나무도 그러지 않을까?

살다보면 골라야 할 일이 너무도 많다. 어쩌면 순간순간이 선택의 연속일지도 모른다. 정말 고르는 일이 제일 중요하다고 할 수 있는 것이다. 물건도 사람도 일도...고르기(선택)에 달려 있다. 돈과 여자(남자)와 행복...모든 것이 무엇을 어떻게 고르느냐에 달려 있다. 그저 빚만 없고 마음에 드는 여자(남자) 만나서 집 한 채 가지고 살았으면 하는 소박한 꿈을 꾸었다면 어찌해야 할까? 그 꿈의 크기는 생각해보지 않더라도 그렇게 되려면 여러 가지 준비를 해야 할 것이다. 운동부터 할까 세수부터 할까, 화장실부터 갈까 식당 먼저 갈까, 언어영역에 시간 투자를 많이 할까 사탐(社探)시간을 늘릴까? 이 모든 것을 잘 골라서 효율적으로 썼을 때 그가 원하는 것을 얻어낼 수 있을 것이다. 선택은 그렇게 피해갈 수 없는 것이다. 피해갈 수 없다면 잘 골라야 하고 그 고르는 것을 즐겨야 할 것이다.

어려서 풀었던 위트게임 가운데 이런 것이 있다.

돈 많은 아버지가 뜻밖의 죽임을 당했는데 그에게서 유언장이 나왔다. 유언장에는 아들 똘이의 이름이 들어있는데 내용이 좀 이상했다. '똘이는 내 아들이 아니다' 는 것이었다. 유언장에 글자 하나를 넣어서 똘이가 상속자가 되게 하려면 어떻게 해야 하느냐가 문제였던 것으로 기억한다. 정답은 '똘이 외(外)는 내 아들이 아니다' 였다. 즉, 외 자를 집어넣는 것. 그런데 푸는 재미가 있는 문제가 뒤따랐다. 똘이가 아주 어려서 재산관리를 하지 못하리라고 본 아버지가 하나 더 장치를 해 놓았다. 아버지의 선택은 참으로 탁월한 것이었다. 아버지의 다른 유언장에는 스무 살이 넘은 누나가 재산을 관리하라는 것이었다. 왜 그랬을까? 어린 똘이가 재산을 관리하면 노리는 사람들이 많을 것이므로 똘이가 능력이 생길 때까지 누나가 관리하는 것이 낫다는 판단에서였다. 선택은 그런 것이다. 지금은 낫다고 나중까지 낫다는 법이 없다면 설사 지금 좀 못하더라도 못한 그것을 선택하는 것이 나중에 더 나을 수 있다는 것을 알아야 한다. ❀

잘못 골랐으면 빨리 벗어나라

공연히 아는 척을 많이 하거나, 잘못 골랐다 할지라도 바로 벗어나면
더 많은 실수를 하지 않게 된다

밤하늘에 별들도 셀 수 없을 만큼 많고 할 일도 그만큼 많다. 별 똥별이 떨어졌다고 슬퍼하지 말고 고를 때 신중히 해야 하지만 잘 못되었다고 판단했을 때는 과감하게 벗어나야 한다.

삼국지의 주인공은 누구인가? 흔히 착한 촉나라의 유비劉備(161~ 223)를 주인공으로 생각하지만 공동주인공인 오나라의 손권孫權(182~ 252)과 함께 세 축을 이루고 있으며 나중에 삼국을 통일한 위나라의 조조曹操(155~220)야말로 삼국지의 주인공이라 할 것이다. 그런데 삼 국지를 읽으면 조조가 세 번 웃다가 패한 이야기가 나온다.

적벽대전은 조조가 양쯔강揚子江 남쪽의 적벽赤壁에서 유비와 손 권의 연합군과 싸웠던 전투를 가리킨다. 중국을 통일할 야심을 품 은 조조는 손권의 오吳나라를 정벌하기 위해 80만 대군을 거느리고 남하하였으나, 적벽에서 주유와 제갈량의 화공火攻 계책에 당하여 크게 졌다. 얼마 남지 않은 군사를 이끌고 도망하던 조조는 새벽녘

에 나무가 빽빽하고 땅의 모양이 험준한 곳에 이르렀다. 이때 조조는 자신이라면 그와 같은 지형의 이점을 살려 군사를 매복시켜 적을 섬멸하였을 텐데 주유와 제갈량의 지략도 별 것 아니라고 비웃었다. 그 말이 끝나자마자 조자룡趙子龍이 군사를 이끌고 나타나 공격하였다. 바삐 달아나던 조조는 호로구胡蘆口에 이르러 지친 몸을 쉬었다. 이때 또 그곳에 군사를 매복시키지 않았다며 주유와 제갈량을 비웃었다. 그 말이 떨어지기 무섭게 이번에는 장비張飛가 장팔사모를 휘두르며 나타나 공격하였다. 혼비백산하여 달아나던 조조는 화용도華容道를 지나게 되었다. 이때 조조는 또 다시 그처럼 험준한 길에는 몇 백 명의 군사만 매복시키더라도 적을 사로잡을 수 있겠노라며 주유와 제갈량을 무능하다고 비웃었다. 그러자 이번에는 관우關羽가 군사를 이끌고 나타났다. 조조는 관우의 의리에 호소하여 간신히 목숨을 부지하고 도망쳤다.

공연히 아는 척을 많이 하거나, 잘못 골랐다 할지라도 바로 벗어나면 더 많은 실수를 하지 않게 되고 결국 바라던 목표를 이룰 수 있게 된다. 조조의 손자가 삼국을 통일하게 된다. ❼

꼭 해야 할 일이고 필요한 것이라면
기꺼이 하라

나에게 주어진 일, 내가 고른 일을 하다 보면 어쩔 수 없이 해야 할 일이 있기 마련이다.
또 꼭 해야 할 일이 나타나기 마련이다.

많이 알려진 이야기 가운데 위대한 교육자 페스탈로치의 깨진 유리조각 줍기가 있다. 어린 학생들이 발을 다칠까 걱정하여 교장 선생님이 직접 유리조각을 주었다는 이야기를 감동적으로 읽은 이들이 많을 것이다. 전라남도 순천 지역에 있는 큰 절인 태고총림 선암사 주지를 역임한 지허指墟 스님은 현재 낙안읍성으로 가는 길목에 있는 금둔선원金屯禪院에 주석하고 있는 큰스님이다.

순천시 문화재과장으로 있던 이에게 들은 이야기 하나 소개한다.

순천시장과 교류하고 있는 일본 어느 곳의 지방자치단체장이 편지를 보내왔는데 너무 어려운 한시를 적어서 보내왔다. 주변에 있는 지식인들에게 물어보아도 선뜻 가르쳐 주는 이가 없었다. 사람들이 그런 어려운 한문이라면 지허 스님에게 물어야 한다고 해서 시장을 모시고 금둔사에 가서 지허 스님을 찾았다. 마침 금둔사는 얼마 전에 내린 비 때문에 토사가 흘러내려 도량이 온통 붉은 흙으로 가득 차 있었고 어떤 자그마한 체구의 스님이 발을 걷고 삽을 가지고 땀을 뻘뻘 흘리며 흙일을 하고 있었다. 그래서 주지 스님을 찾아왔다고 했더니 그럼 저기 종무소에 가서 기다리시라고 했다.

한참을 기다리니 아까 그 스님이 대강대강 씻고 들어오면서 '내가 주지住持요' 하는 것이었다. 200여 명이 넘는 스님을 지도하면서 선암사 주지를 지낸 큰스님이 흙일을 손수하다니...하는 생각과 함께 혹시 그렇다면 한문을 잘 알기는 어려울 것이 아닌가 하는 생각이 동시에 들었다고 했다. 그런데 순천시장이 보여주는 편지를 찬찬히 훑어보더니 그 자리에서 줄줄줄 읽어 내리며 번역을 하는 것이 아닌가? 순천시장이 금둔사의 불사나 지허 스님의 일에 적극 협조를 하였음은 물론이다.

나에게 주어진 일, 내가 고른 일을 하다 보면 어쩔 수 없이 해야 할 일이 있기 마련이다. 또 꼭 해야 할 일이 나타나기 마련이다. 그 일이 내가 하고 싶었던 일이거나 쉬운 일이라면 얼마나 좋겠는가? 그런데 하고 싶지 않거나 어려운 일이고 빛도 나지 않으며 오히려 욕만 먹을 수도 있는 일이라면 어찌하겠는가? 하고 싶은 일, 쉬운 일은 누구나 할 수 있는 일이며 그렇기 때문에 나에게 돌아오지 않을 일일 가능성이 높다. 따라서 내가 해야 할 일, 나의 성취를 위해서 어려운 일, 하고 싶지 않은 일이라도 기꺼운 마음으로 해야 한다. 그것이 좋은 선택이다. 🪷

주인집 텃밭에는 오줌을 누지 않는다.

정보와 힘을 가진 이들이 모인 곳을 방문하고 꺼리를 나눠달라고 요청하는 일에
아낌 없이 투자해야 한다. 시간과 돈을 투자하고, 노력을 투자해야 한다.

'주인집 텃밭에는 오줌을 누지 않는다' 는 옛 말이 있다. 오줌을 누더라도 거름 효과를 생각해서 남의 작물에 하지 않고 나의 작물에 하겠다는 생각이다. 태백산맥이라는 소설에 나오는 이야기이다. 북한의 김일성부대가 남침을 해서 남한까지 모두 다스릴 줄 알았으나 유엔군과 국군이 다시 이기면서 지리산에 빨치산(파르티잔)이 된 사람들의 이야기를 그린 조정래 씨의 소설이 『태백산맥』이다. 공동작업과 공동생산으로 공동분배를 한다고 하는 이야기에 그것은 보기와 달리 효과가 좋지 않을 것이라고 말하는 것이 공산주의와 자본주의를 극명하게 드러내고 있다. 나의 것은 잘 챙기더라도 우리 것은 챙기기가 쉽지 않다는 중생심을 보여준 것이기도 하다.

그런데 나의 텃밭에도 오줌을 누지 않으면 작물이 자라날 수 없다는 것은 밝히 아는 이치이다. 나의 꿈은 나의 텃밭이다. 텃밭에 작물을 심거나 꽃들을 심거나 심을 것을 결정하되 비료도 주고, 약

도 주고, 풀도 뽑고 해야 자랄 것이 잘 자라나는 것이다.

　마찬가지로 소중한 나의 꿈을 이루기 위해 투자해야 한다. 건강을 위해 투자하고, 기술이나 정보를 익히기 위해 투자하고, 어학을 익히기 위해 투자하고, 정보와 힘을 가진 이들이 모인 곳을 방문하고 꺼리를 나눠달라고 요청하는 일에 아낌 없이 투자해야 한다. 시간을 투자하고, 돈을 투자하고, 노력을 투자해야 한다. 투자한 만큼 내게 돌아온다. 아낌이 있어서는 내가 이룰 것이 적고 작을 것이다. ⑰

05
마음 가는 일에 집중하라

형편이 어렵더라도 하고 싶은 의지를 가지고
꾸준히 하면 언젠가는 빛을 본다.

튼튼하게 세우고, 잘 만들고, 아름답게 꾸미는 일도 일이지만 넘어뜨리고, 부수고, 지우는 일도 일이다.

남산의 전망을 가린다고 외인아파트를 한꺼번에 부수는 작업을 해서 언론에도 크게 보도되었던 일이 있다. 중앙청 건물도 일본사람들이 지었다고 한 번에 부수는 작업을 김영삼 정부시절에 했다. 경제위기를 겪고 있던 세계 시장에 든든함을 자랑했던 아랍에미리트공화국의 일부인 두바이가 어려움을 겪기 전부터 세계에서 가장 높은 두바이버즈빌딩 짓기에 우리나라 기업인 삼성이 참여했다. 그리고 결국 완공하여 개관식을 가졌다. 그런데 그 건물이 몇 백 년을 가겠는가? 지을 때는 쓰는 것만을 생각하기 마련이지만 못 쓰게 되었을 때 어떻게 부숴서 쓰기 전의 상태로 되돌리느냐가 또한 건설과 마찬가지로 중요한 일이라는 것을 생각해야 한다. 그 작업의 타당성 문제가 아니라 한 번에 주위에 피해를 내지 않고 부수는 공법이 사람들의 관심을 끌었다는 이야기를 하고 싶은 것이다.

고교시절 나의 친구 중 하나인 이정진 군은 단국대학교 기계공학과를 다녔는데 재미있게 학과공부를 하였던 것으로 기억한다. 대개 기계공학을 전공한 사람들은 졸업 전후에 일반 기계나 건설 기계 등의 자격시험을 보는 추세였다. 그런데 그는 달랐다. 누구나 보는 자격시험에 붙어서는 별 쓰임새가 적을 것 같다고 생각했다. 변별력도 적고, 희소가치도 적기 때문이다. 그래서 당시에 비파괴실험에 관심을 가졌다. 그러나 85년 즈음해서는 관련 서적이 거의 없었다. 몇 권 안 되는 책이 일본에서 나온 서적이었다. 일간 공업신문이라는 곳에서 펴낸 비파괴실험 편람 등을 복사해서 고등학교 시절에 배운 일본어 실력을 토대로 열심히 공부해서 1차 자격시험에 합격했다. 그런데 2차 시험은 기계를 가지고 해야 하는데 당시에 학교에도 기계가 없었다. 그래서 선배들을 수소문해서 지금은 품질기술원인 당시 국립공업시험원 등에서 특별히 빌린 장비를 가지고 실험하고 연습해서 그야말로 눈물겨운 합격을 했다.

하지만 당시에는 너무 이른 때라 별 쓸모가 없었다. 또 검사 방법에 초음파 검사, 방사선 검사, 자기 검사, 침투 검사 등이 있었는데 일반적으로 방사선 검사, 침투 검사 등을 사용하는 검사가 주종을 이루었다.그런데 그는 초음파 검사법을 자격으로 가지고 있었다. 그렇게 10여 년이 지났는데 삼풍백화점이 무너지고 성수대교가 무너지면서 안전도에 관한 관심이 높아지고 각종 건축물이나 구조물의 재질, 구조 등의 안전성 검사에 관한 원칙이 강화되면서 그의 쓰임새가 생겨났다. 그때 관련업체에서는 비파괴실험 등에 관한 재

질이 있는 사람을 교육시키고 자료를 준비하는 등 법석을 떨었다. 그런데 그는 이미 준비된 사람이었다. 서해대교를 건설하는 등 주요한 공사마다 그의 손길이 닿았다고 한다. 그렇게 10여 년 이상을 현장에서 잘 쓰이더니 이제는 본사의 연구센터에서 지도자의 길을 가고 있다. 그는 기타도 잘 연주했는데...누구나 그렇듯이 어려운 시절에 기타 값도 만만치 않아서 처음에 기타를 배울 때 그는 종이에 기타의 모습을 그려서 기타를 오려가지고 기타줄을 당겼다.

그렇게 형편이 어렵더라도 하고 싶은 의지를 가지고 있으면, 그리고 열심히, 꾸준히 그 일을 하면 언젠가는 빛을 보게 되어 있다.🌸

목적이 있으면 죽음도 비껴간다

　동국대의 고故 고익진 교수는 의대를 다녔다. 그리고 그의 형도 의사였다. 그런데 감기를 소홀히 하여 참으로 어려운 지경에 빠졌다. 류마티스성 감기가 류마티스성 신장염으로 전이되었다. 지금의 의술이라면 별로 어렵지 않은 질병이지만 60년대 초반에는 그렇지 않아서 의사의 동생이며 의사를 지향하는 젊은이가 죽음만을 기다리고 있을 수밖에 없는 상황이었다. 그 기다림의 처절한 시간에 그는 별 낙이랄 것도 없는 삶을 절에서 보내게 되었다. 그런데 그 절에서 반야심경般若心經이라는 책을 읽다가 놀라운 것을 발견했다. 반야심경의 '무안이비설신의無眼耳鼻舌身意' 라는 글귀를 본 것이다.

　우리가 분명히 가지고 있는 그래서 살아있다고 증명하는 눈眼이며, 귀耳, 코鼻 등의 몸과 마음이 없다는 표현을 한 놀라운 견해에 깜짝 놀랐다고 한다. 그래서 반야심경 전문을 해석해 보았고 반야심경을 나름대로 제대로 이해해 보려고 불교에 관한 책들을 찾아보았고 당시에 많은 책들이 없어서 일본에서 나온 책들을 구해 보았단다. 불교에 관한 서적이라면 그야말로 마른 솜에 물이 스며들 듯, 눈알이 도깨비불을 쫓아가듯이 보았다고 한다. 그리고 한자어나 일본어나 영어를 가지고는 부처님의 본 뜻을 제대로 알기 어렵다는 판단을 하고 산스크리트어를 자습하기 시작했다. 그 때 스스로 메모한 산스크리트어 문법을 받아볼 기회가 있었는데 A3용지 정도의 커다란 종이에 깨알같이 써 넣어서 한 장에 산스크리트 문법을 다 요약할 정도로 집념을 가지고 공부하였다.

그런데 아무래도 혼자서 하는 공부는 속도가 느리고 부족하기 마련이었다. 그래서 다 늦게 동국대학교 불교대학 불교학과에 입학하였다. 물론, 몸이 그것을 허락하였고 한국에서뿐 아니라 일본에서도 시도한 적이 없는 초기불교중심 교학체계인『아함법상의 체계적 연구』라는 좋은 논문으로 석사학위를 받고 동국대학교에서 강의를 시작했다. 그후 고 교수는 수없이 많은 논문을 쓰고 책을 썼으며 강연을 하고 많은 감동을 주었다.

그는 학생들도 좋아하고 교수 자신도 좋아하는 휴강을 하지 않는 교수로 유명했다. 몸은 매번 강의를 힘들게 할만큼이었다. 평생의 도반처럼 가지고 다닌 류마티스성 신장염. 한 번은 내가 학인이었을 때 학교를 가는데 고 익진교수가 충무로 대한극장 앞에서 동국대 스쿨버스를 기다리고 있었다. 그의 집은 바로 동국대 코앞인데…그에게 어쩐 일이냐고 물었더니 집은 학교 코앞이지만 몸의 상태가 걸어내려 가는 것은 할 수 있어도 언덕을 오르는 것은 숨이 차서 안되기 때문에 한참을 걸어 내려와 학교 가는 차를 타고 다닌다

는 것이었다. 코끝이 찡해지는 감동이었다. 그렇게 열심히 산 그의
삶의 원동력은 무엇이었을까?

07
목적과 목표를 말과 글로
표현하고 실천하라

마술사들은 마술이 절정에 달하는 순간, 즉 관중이 곧 멋진 구경거리를 보게 될 찰나 즉
주문에서 의도하는 말들이 현실로 나타나는 순간에 그 글귀를 사용하였다

말한 대로 이루어진다는 말이 있다. 해리포터이야기나 대중가요
에서 인기를 얻은 바 있는 '아브라카다브라Habracadabrah' 라는 마술
의 주문이 있다.

이것은 헤브라이 말로서 '말한 대로 될지어다' 라는 뜻이다. 즉
말로 나타낸 일들이 실제의 일로 나타나기를 바라는 뜻을 담고 있
는 주문이다. 우리나라에서는 최근 브아걸이라는 아이돌스타의 노
래이고, 스티브밀러밴드Steve Miller Band의 82년도 히트곡으로 99년
엔 슈거레이Sugar Ray가 리메이크해서 히트한 노래의 제목이기도 하
다. 노래에서도 쓴 것은 아마도 어른들도 많이 읽었지만 청소년들
에게 더 많이 읽히고 영화로도 사랑받는 해리포터 이야기에서 이
주문이 나옴으로써 이미지를 얻었을 것이다.

본래 헤브라이, 즉 이스라엘 지역에서 쓰이는 말이어서 기독교
와 관련이 있을 것 같지만 흔히 그리스도교의 이단이라고 잘못 알

려진 그노시스파派의 한 파인 바시리드파에서 질병이나 불행으로부터 지켜 달라고 자비로운 성령의 도움을 기도할 때 사용한 주문呪文이다. 중세 사람들은 열병을 다스리는 주문으로 그 말을 사용하였다. 그러던 것을 마술사들이 술법을 부릴 때 사용하는 주문으로 바꾸어 놓았다.

마술사들은 마술이 절정에 달하는 순간, 즉 관중이 곧 멋진 구경거리를 보게 될 찰나, 즉 주문에서 의도하는 말들이 현실로 나타는 순간에 그 글귀를 사용하였다. 그 글귀는 언뜻 보기에는 별 것 아닌 것 같지만 상당히 깊은 뜻을 담고 있다.

생각도 하지 않고 말도 하지 않은 행동은 일어나기 어려우므로 말한 대로 이루어진다는 아브라카다브라처럼 말의 힘은 위대해서 현실화하는 힘이 있다. 그래서 목적과 목표를 생각으로만 놓아두지 말고 말과 글로 표현하고 담아두라는 것이다. 그래야 스스로도 다짐하고 되돌아보며 다른 이들도 그것을 알고 도와주게 되는 것이다. 🪷

08
먼저 잘 들어라

———

전문가의 충고를 신뢰하지도, 존경하지도, 높이 치지도 않는다는 것이다.
그러면, 성공하기 어렵다.

상대방의 마음을 내 쪽으로 향하게 하기 위해서는 먼저 상대의 이야기를 잘 들어야 한다. 상대가 이야기하는 동안에 시선을 마주 보며 들어라. 이야기를 기억하라. 그리고 가끔 물어라. 그런데 우리 나라사람들이 남의 이야기를 잘 안 듣는 경향이 있다는 점에 관해서 신랄하게 비판한 글이 있어서 소개한다.

이혼 수속을 밟고 있는 친구가 있다. 그는 최근 아는 사람에게 가정사를 상담하러 갔다가 화가 잔뜩 나서 돌아왔다. 그 사람은 이혼 절차상 그가 꼭 알아야 할 중요한 얘기를 일러줬는데, 정작 자기 변호사는 지금껏 그 점에 대해선 입도 벙긋 한 적 없다는 것이다. 그래서 변호사에게 '왜 여태 그런 얘기를 안 해 줬느냐'고 물었다고 한다. 변호사의 대답은 이랬다. "안 물어보시기에.

몇년 전 한국 최초의 외국인 은행장이 된 윌프레드 호리에 제일 은행장을 인터뷰한 적이 있다. 당시 호리에 행장은 본사 경영팀은 소규모로 유지하고, 대신 일급一級 컨설턴트들을 고용해 자문諮問을 받았다. 자문 내용은 착착 실행에 옮겼다. 한번은 호리에 행장이 다른 한국 시중市中 은행장과 만나 이런 얘기를 하자, 상대방이 깜짝 놀라더라는 것이다. 상대방은 우리도 똑같은 컨설턴트를 기용했지만, 자문 내용을 실천한 적은 없었다고 했다.

필자가 하고 싶은 얘기는 한국에서는 '전문가의 충고'를 신뢰하지도, 존경하지도, 높이 치지도 않는다는 것이다. 지금껏 한국 경제는 산업계와 정부의 긴밀한 결합을 바탕으로 굴러왔다. 한국이 저低신뢰사회low trust society였던 탓에 '인간관계'가 결합을 유지하는 핵심 접착제 역할을 했다.

그 결과 전문가의 자문은 그리 중요하지 않았다. 정부나 기업이나 내부 목소리만 신뢰한다. 외부의 자문은 큰 그림을 그릴 때 정말 필요한데, 실제로는 기술적인 문제를 해결할 때나 활용한다. 그러니까 외부 전문가들 쪽에서도 전체적인 그림을 그려주는 대신 고객의 요구에 단순 반응하고 말아 버린다. 내 친구의 이혼을 맡은 변호사처럼 말이다. 혹은 홍보회사 하는 내 친구처럼, 고객의 '브레인'이 아니라 시시한 손발 노릇을 해주는 데 그치고 만다.

이 글은 2010년 2월12일자 조선일보 오피니언 면에 앤드루 새먼이라는 더타임스 서울특파원의 기고문이다. 이렇게 남의 말을 듣지 않고서는 발전할 수 없다. 특히 지도자가 될 수 없다. 새먼이 말한 것처럼 우리 사회가 낮은 신뢰사회low trust society였을 때는 인간관계, 지연, 혈연, 학연 등으로 엮인 관계가 과학적 정보보다 더 중

　요하게 작용했다는 점도 부인할 수 없는 사실이다. 그러나 글로
벌시대에는 통하지 않는 법칙이다. 남의 말을 잘 듣는 것이 중요하
다. 연세대학교에는 '경청敬聽'이라는 모임이 있다. 전문학자들간의
소통을 위하여 세미나도 하고 간담회도 하는데 그 제목이 '경청敬
聽'이다.

　말의 영향은 듣는 이보다 말하는 사람에게 더 크게 작용한다. 🪷

09
'이번은 특별한 경우니까' 라는 식으로 합리화하지 마라

『객지』, 『삼포 가는 길』, 『장길산』 등으로 유명한 소설가 황석영 씨의 이야기이다.

도봉산 자락 아래 하숙하고 있을 때 하숙집 할아버지가 겨울에 도 냉수욕을 매일하며 건강한 모습을 자랑하고 있었다. 그러면서 황 선생은 문약해서 어려울 것이라고 비아냥대듯 말하니 빈정이 상 하였다. 그래서 자기도 해 보려고 다음날부터 아침 일찍 일어나 냉 수마찰을 하였다. 냉수마찰은 그냥 물로만 하는 것이 아니다. 냉수 를 퍼 붓기는 하지만 수건에 적셔서 거의 땀이 날 때까지 피부를 문 질러서 혈액순환을 자극하여 몸이 건강해지는 것이다. 그렇게 일주 일이 지나고 보름이 지나고 한 달이 지나가니 제법 익숙하게 되고 몸도 좋아지는 것 같았다. 한 겨울이 지나고 나니 제법 단련이 되었 고 이제는 냉수마찰을 하지 않으면 몸이 찌뿌드드해지고 좋지 않을 정도가 되었다. 그런데 참 묘한 일이었다. 하지 못할 것이라는 비아

냥거리는 소리를 들어서 시작했지만 막상 그것을 다 하고 나니 스스로에게 가리지 못할 자긍심이 생기는 것이었다. 그것 뿐만이 아니라 조금 묘한 생각이 들기 시작했다. 약속 시간에 조금 늦어도 미안해 하는 것이 아니라 '내가 매일 냉수마찰도 하는 사람인데 이것 좀 못한들 뭐 대순가?' 하는 자위 의식이 생기는 것이었다. 그래서 그는 냉수마찰을 그만두었다.

설마 냉수마찰 좀 한다고 그러랴 싶지만 그럴 수도 있다. 자그마한 일하고 도취감에 취해 큰 일을 놓칠 수 있는 것이다. 아니, 작은 일이라도 놓치면 큰일인것이다. 그러니 자기의 잘못을 합리화 하면 안된다. ❀

⑩ 생각을 조율하라

절대 다른 사람 의견을 그 자리에서 평가하지 말라 거칠고 다듬어지지 않은
아이디어라 할지라도 살을 붙이면서 격려하도록 하라

　내 안의 생각도 시시각각으로 변한다. 찰라刹羅마다 변한다고 한
다. 시간 단위야 뭐라고 하든지 변화가 심하다는 것은 누구나 알 수
있는 일이다. 나 혼자 늘 변하는 내 마음도 제대로 살피지 못하는데
하물며 남의 마음을 살피기까지 하겠는가? 사실이다. 하지만 그렇
기 때문에 남의 마음을 살피는 것이 중요하고, 남의 마음을 할 수
있는 만큼 살펴서 초점을 모으는 것이 중요하다. 그러려면 생각을
조율해야 한다. 그것을 '브레인스토밍brain-storming' 이라고 한다.

　Brain은 '두뇌' 라는 뜻이고 Storm은 '폭풍' 또는 '돌격습격' 이
라는 뜻을 가지고 있다. 그래서 브레인스토밍은 정신병자의 돌연
발작을 가리키는 용어였다. 그런데 미국에 있는 큰 광고대리점
BBDO사의 부사장이었던 오스본이 1941년에 광고관계의 훌륭한
아이디어를 생각해내는 기법으로 연구한 것이다. 이 기법을 활용하
여 커다란 성과를 거두었으므로 널리 알려지게 되었다. 문자 그대

로 '두뇌의 폭풍'이 몰아치듯이 참가자 전원이 창조력을 자유자재로 구사하여 다방면·다각도에서 문제를 집중 공격하듯이 문제해결의 아이디어를 퍼붓는 것이다. 브레인스토밍을 잘하는 단체가 건강하고 경쟁에서 이길 수 있으며 브레인스토밍을 잘하는 사람이 그들을 지도할 수 있음은 물론이다.

회의시간은 1시간~1시간 반을 넘지 않도록 한다. 회의가 길다고 자유로운 아이디어가 쉽게 나오는 것은 아니기 때문이다. 오히려 회의가 길어지고 많아지면 회의감이 든다는 말이 더 널리 퍼지는 현실이다. 그래서 역설적이지만 브레인스토밍에서는 질質보다 양量에 충실할 필요가 있다. 한 사람이 1시간 동안 많게는 100여 개의 아이디어를 주저 없이 생각나는 대로 던질 수도 있게 하라. 이 과정에서 중요한 것은 절대 다른 사람 의견을 그 자리에서 평가하지 말라는 것이다. 거칠고 다듬어지지 않은 아이디어라 할지라도 다른 팀원들이 살을 붙이면서 격려하도록 하라.

정말 말이 안되는 의견이라도 '흥미로운데?', '새롭군!'이라고 칭찬을 하라. 아이디어의 실현 여부 등을 회의 자리에서 지적하고 평가하는 순간 팀원들의 창의성은 위축될 수밖에 없다. 사회자는 회의가 주제에서 벗어나지 않도록 분위기만 잡으면 된다. 쏟아져

나온 아이디어를 팀원들이 공유할 수 있도록 화이트보드나 벽 사방에 적어놓고 상호 관계를 표시하는 것도 좋은 방법이다. 시청각적으로 구체적일수록 더욱 시너지가 생긴다.

브레인 스토밍을 잘하는 몇 가지 원칙을 지켜라. 그것은 첫째, 질보다 양을 추구하라. 둘째, 판단과 평가는 뒤로 미뤄라. 셋째, 모자란 아이디어도 격려하라. 넷째, 다른 사람의 아이디어에 살을 붙여라. 다섯째, 한 번에 하나씩 제안하도록 하라. 여섯째, 주제에서 벗어나지 않도록 하라.

⑪
음식 자리 바꿔 주기

————

배려는 모든 불가능한 것을 가능하게 하는 힘의 원천이다.

잘 가던 음식점이 있었다. 어느 날 낮 다른 단체에서 먹는 점심 회식에 끼어서 먹게 되었는데 값이 싸고 맛도 좋고 양도 많았다. 그래서 저녁 시간에 근처에 강의가 있어서 늘 그 집에서 먹으리라 마음 먹고 몇 번을 먹었다. 저녁마다 그 집에 가서 낮에 먹었던 것 달라고 하면 말없이 그 밥을 주었다. 어느 날 사장이 시중을 드는데 상위에 있는 접시를 하나 들어서 내 가까이 놓으며 '이것이 아주 맛있으니 잡쉬보시라'고 했다. 상 위에 놓이지 않은 별도의 음식이 아니라 자리만을 옮기며 권유한 것이었는데도 느낌이 달랐다. 내가 그 집을 자주 간 이유가 그것이다. 관심을 받았다는 느낌.

아줌마 셋 아저씨 둘이요.

어느 날 방송에 연결된 아주머니가 MC에게 말을 했다. 가정형편이 어려워 어느 정도 음식솜씨가 있어서 식당을 차려보려고 여러 군데를 다니면서 살펴보았다고 했다. 어느 동태찌개를 잘한다고 소문이 난 가게를 가서 음식을 먹어보았다. 사람들은 우글거려도 특별한 맛의 차이를 느낄 수 없어서 이상하게 생각하며 몇 번을 더 지켜보았다. 그런데 한 번은 여럿이 일행인 손님들이 들어왔다. 다섯 명이 일행이었는데 주문을 받은 종업원이 주방을 향해

'3번 테이블에 아줌마 셋 아저씨 둘이요' 라고 하는 것이 아닌가? 아니 '다섯이요' 가 아니라 아줌마 셋 아저씨 둘이라니? 그 아주머니는 일행들이 식사를 하고 나간 뒤 종업원에게 그 이유를 물었더니 재미있는 대답을 들을 수 있었다.

"그건 뭐 남자들은 몸통의 살집을 더 좋아하고, 아줌마들은 머리나 뼛속에 들어있는 살을 끄집어 먹는 것을 즐기니까..."

그렇다. 그렇게 심리나 경향을 파악하는 것이 중요하다.

나는 승용차를 운전한다. 차에 기름을 넣으러 주유소를 가거나 고장난 데를 손보러 카센터에 들를 일이 많다. 그때 종업원들이 나를 부를 때 대개는 '손님' 이라 하고, 어떤 이들은 '아저씨' 라고 한다. 그러면 별로 기분이 좋지 않다. 그런데 서울 성북동 형제 카센터는 내 이름까지 확인해서 '법현스님!' 하고 불러준다. 어디하고 거래를 하겠는가?

똘레랑스Tolerance라는 말이 있다. 영어로는 톨러런스라 발음하고, 관용寬容, 배려配慮라는 뜻이다. 우리 사회에서 가장 배려심이 낮은 종교인들로 기독교인을 든다. 하지만 성경은 '너희 관용을 모든 사람에게 알게 하라' 고 말한다. 영어와 프랑스어가 단어도 같고 발음도 비슷한데 유독 프랑스어를 원어인 것처럼 많이 쓰는 것은 프랑스에서 살다온 홍세화 씨의 『나는 빠리의 택시기사였다』가 기여

한 바 크다. 아무튼 프랑스인들은 그들이 똘레랑스의 사람들인 것을 자랑스럽게 생각한다고 한다. 내 신념, 내 가치가 중요한 만큼 나와 견해를 달리하는 내 이웃의 신념과 가치도 동일하게 존중해야 한다는 말이다. 포스트모던 시대에서 똘레랑스는 범세계적 가치를 지니는 중요한 화두가 되었다. 원래 내가 따로 없다는 불교의 무아無我 또는 비아非我의 사상에서 비롯된 둘아님不二의 철학은 배려의 끝점이라고 하지만 실천에 있어서는 또 다르다. 배려는 모든 불가능한 것을 가능하게 하는 힘의 원천이다. ❀

놀리거나 비하하는 말을 하지 마라

다른 지역에 사는 다른 색을 가진 사람,
다른 말을 쓰는 사람이 다같이 존중 받아야 한다

살색이 무슨 색인가? 하고 물으면 대개 분홍...? 하고 대답하는 이가 아직도 많다. 연주황의 살구색을 한국인의 살색으로 알고 그 색깔을 흔히 살색이라고 알고 있고 그렇게 부르는 것이다. 하지만 그것은 인종차별적인 명칭이라 이제는 그렇게 부르면 안 된다. 아 프리카 원주민 또는 흑인이라 부르는 이들도 예전에는 니그로라고 부르다가 이제는 바꿨다. 물론 흑인인 미국의 오바마대통령에 대해 서도 그런 말들이 있어서 상대방이 정치적인 어려움을 겪기도 했 다.

우리나라 사람들이 한동안 매료됐던 주몽이라는 드라마가 있었 다. 송일국이라는 남자 주연배우가 열연한 주몽이 여러 가지로 탄 탄한 장치와 콘텐쯔에 의해 인기를 가졌겠지만 그 가운데 중요한 것이 바로 민족혼民族魂 또는 국혼國魂에 관한 것이다. 삼족오三足烏라 는 다리가 셋 달린 까마귀가 민족의 상징으로 제시되고 그것이 바로 태양족이라는 선민選民의식을 중심으로 뭉치는 내용이다.

서울대 교수인 박세일朴世一씨가 2010년 1월29일자 조선일보에 쓴 칼럼 가운데 이런 내용이 있다.

"국격國格은 중요하다. 그러나 국격은 이미지로 이벤트로, 혹은 선전과 홍보로 높아지는 것은 아니다. 국격을 높이려면 국혼이 먼저 살아나야 한다. 자주독립의 주인 된 통일 정신과 애국애족의 마음이 살아나야 한다."

국격이나 국혼이나 모두 사전적인 말은 아니지 싶다. 국가의 품격이 국격이고, 이를 높이기 위해 위원회까지 만들고 있다. '국가브랜드위원회' 가 그것이다. 국가 또는 국민의 혼이 국혼이고 그것이 있느냐 없느냐를 각성하려고 박교수는 글을 쓴 것 같다.

사실 다리가 셋 달린 까마귀 이야기는 사랑에 관한 이야기이며 사랑은 열정적인 것이다. 사랑을 위해 목숨까지 거는 것으로 사람들의 존경을 받을 만해서 태양 속에 사는 삼족오로 상징된다. 삼족오는 그러므로 태양 그 자체를 뜻하며 삼족오를 상징으로 삼고 있는 민족은 태양의 후예라는 메시지가 들어있다. 우리 민족,우리 국민에게 이 이야기는 매우 중요한 것이지만 다른 민족에게는 그런 설화나 사상이 없을까? 물론, 다른 민족에게도 비슷한 설화와 상징

이 있다. 하늘의 태양이 어느 한 민족, 한 나라의 것이 아니듯 그 사상도 여러 민족, 여러 나라에 걸쳐 유효한 것이다.

옷도 그 나라 사람들의 의식구조에 따라 다르기는 해도 거의 모든 색깔의 옷이 사실은 태양의 색깔을 나타내려 한 것이다. 각 종교의 지도자들이 입는 옷(의식복, 가사)도 마찬가지이고, 그 나라의 정치 지도자들이 입었던 옷도 마찬가지다. 스님들이 입고 있는 가사나, 옛 그리스 로마나 예루살렘 등 중동지역 사람들이 입었던 헐렁하게 걸치는 옷이 나타내는 상징은 모두 태양색이라는 데 묘미가 있다.

검은 색, 흰 색, 붉은 색, 노란 색... 모두 다르게 보여도 태양을 나타내는 그 민족의 색인 것이다. 원인은 이렇다. 태양의 색은 프리즘으로 나눠보면 많게는 일곱 가지로, 적게는 세 가지로 나눠지고 합치면 물론 한 가지다. 나눠 보면 여러 색이지만 판 위에 여러 색을 칠해서 돌리면서 보면 흰 색으로 변해 보인다. 판 위에 하나 하나 색깔을 덧칠하면 검은 색으로 보인다. 색깔은 그런 것이다. 그래서 살고 있는 지역에 따라 사람들의 눈에서 꺾이는 각도에 따라 반사되는 정도가 다르고 거기에 따라 느끼는 정도가 다름으로써 태양을 나타내는 색이 다른 것일 뿐이다.

그런 것처럼 우리 나라사람끼리야 국혼과 국격을 이야기 하지만 이제 다문화多文化시대를 맞이하여 보다 더 넓은 시야를 가지고 다른 문화에 관해 넓은 가슴을 가질 것이 요구되고 있다.

또 하나 지역별로 표현하는 방법이 다른 역사와 문화 전통을 가지다 보니 말이 다르다. 그래서 많은 사람들 또는 정치적으로 힘 있는 사람들이 사는 수도권 지역의 말을 대개 표준어라고 한다. 나머지 지역에서 쓰는 말은 사투리라고 한다. 그리고 표준어는 산뜻하고 사투리는 어딘지 투박하다고 한다. 그러나 그것은 잘못된 인습이다. 각 지역 말은 각 지역에서처럼 다른 지역에서도 존중받아야 한다. 물론, 다른 지역에 사는 다른 색을 가진 사람, 다른 말을 쓰는 사람이 똑같이 존중받아야 한다. 남보다 앞서려고 하거나 남들과 어울려 잘 살려는 꿈을 가진 그대는 특히 그래야 한다. ◈

목표에 집중하라

한 쪽으로는 운전을 하면서 한 쪽으로는 다른 일을 하는 것은 참으로 위험한 일이다.
사람은 동시에 다른 일을 잘 할 수 없기 때문이다.

작심삼일이라는 말이 있다. 뭘 하겠다는 마음을 먹고 결행을 했지만 단 3일도 지속하지 못한다는 말이다. 좀 지나친 말이겠지만 비가 와서 그만 두고 눈이 와서 그만 두고, 친구가 찾아 와서 그만두고....핑계를 대자면 한 없이 많은 이유가 핑계거리로 등장해서 하던 일을 그만 두게 한다. 그래서 집중하라는 것이다. 또 나의 능력은 한계가 있으므로 목표를 이루기 위해서는 여러 가지를 동시에 벌리기보다는 집중하는 것이 낫다는 것이다.

사진기를 한 번이라도 다뤄 본 사람들은 잘 아는 것이 있다. 절대로 두 가지 피사체를 동시에 같은 선명도로 찍을 수 없다는 것이다. 초점을 맞춘 쪽의 피사체만 뚜렷하고 나머지는 흐릿해진다. 양다리가 불가능하다. 우리 눈도 참 묘하다. 여러 가지가 한 번에 들어오는 것 같지만 역시 초점이 맞춰진 피사체에만 정확하게 눈길이 가는 것이다. 자동차를 운전하고 가면서 전화를 걸고 받거나, 내비

게이터navigater를 작동하여 가는 곳을 안내받거나 디엠비모니터 DMBmoniter를 활용하여 텔레비전 시청을 하는 데 사고위험이 아주 높다고 한다. 앞차 30센티미터 앞에서 멈춘 적도 있다며 언젠가는 분명 사고가 날 것 같다는 위험스런 발언을 하는 이도 있다. 그런 것이다. 한쪽으로는 운전을 하면서 한쪽으로는 다른 일을 하는 것은 참으로 위험한 일이다. 그 원인은 동시에 다른 일을 잘 할 수 없기 때문이다. 그래서 집중하라고 하는 것이다.

　하고자 하는 일에 집중하라. 목표에 집중하라. 하고자 하는 일, 즉 목표에 집중하는 것은 바로 천천히 오래 하는 것임도 알아야 한다. 빨리 하면 집중하는 것으로 알고 있는 경우가 있다. 그것은 잘못된 생각이다. 빨리 뛰어보아라. 결과는 넘어지는 것으로 나올 뿐이다. ❀

⑭
두려움을 극복하라

무엇이든지 가까이해 익숙해지게 하는 것,
두려움을 없애는 바른 길, 지름길이다.

마지막까지 버텨 승자가 되려면 다른 사람이 인내하는 수준을 훨씬 뛰어넘어야 한다. 다른 사람이 할 수 없는 혹은 꺼리는 일에 열정을 지니고 헌신적으로 수행하는 도전을 선택해야 할 경우가 있다. 시간, 돈, 자기 자신 등 성공에 필요한 모든 것들을 투자해야 할 힘든 선택의 시간이 누구에게나 한 번쯤 찾아온다. 무엇이든 감내할 준비를 하라. 고통은 쓰나 결과는 충분히 달콤할 것이다

아이돌스타의 선두주자로 유명한 서태지와 아이들이 불러 히트했던 노래 '난 알아요' 라는 노래와 같이 알아야 하는데 모르는 것이 두려움의 근본 원인이다. 알면 무서울 게 없다.

불교에서는 사람이 죽으면 다른 세상에 태어나는데 태어나기 전에 저승사자들의 대장인 염라대왕의 궁궐 앞에 있는 업경대業鏡臺에 평생 한 짓을 비춰보아 좋은 것이 많으면 극락 쪽으로 가고, 나쁜 짓이 많으면 지옥 쪽으로 보낸다고 한다. 그런데 여기 관련한 재미

있는 이야기를 가끔 한다.

노인대학 등 노인들이 많은 곳에 가서

"120살까지 살고 싶은 분 손 들어 보셔요"

그러면 다들 뭐 하러 그리 오래 사느냐며 하루라도 빨리 죽고 싶다고 한다. 하지만 그것도 솔직한 대답은 아니다. 그럼 다시 묻는다.

"빨리 돌아가시고 싶은 분 손 들어 보세요."

그럼 몇 분의 할아버지 할머니가 손을 든다.

"빨리 돌아가시는 방법을 제가 알려드리지요. 숨을 딱 끊으면 됩니다. 따라 해 보세요. 후흡" 하면 힘이 들어 못한다.

"어떻습니까? 힘 없으면 돌아가시지도 못하지요? 그러니까 죽을 힘 키우게 많이 드셔요."

그러면 의미를 알고 모두 웃으신다. 이어서,

"그럼 죽지 못하니 오래 살게 해드릴까요?"

그러면 재미삼아 해 보라고 한다.

"죽을 때가 되더라도 숨만 계속 쉬면 삽니다."

"그것도 힘이 없으면 계속 숨 쉴 수가 없지요?"

"그렇습니다. 참 재미있게 얼른 죽고 싶어도 힘이 있어야 하고 죽지 않고 계속 살고 싶어도 힘이 있어야 하네요. 그럼, 그것은 되는 대로 사는 만큼 살다가 가게하고 돌아가시면 극락세계에 태어나게 해 드릴까요?"

그러면 너도 나도 그리 해달라고 조른다.

"그럼 어르신들 따라 해 보세요. 난~알아요~"

"어르신께서 살만큼 다 사시고 염라대왕 앞에 가면 무서워서 벌

벌 떤다는데 그러지 마시고 제가 가르쳐 드린 대로 난~알아요~하
십시오."

"왜냐하면 염라대왕은 본래 인도에서 제일 먼저 태어나 제일 먼
저 죽은 자의 이름이고 당연히 저승에도 제일 먼저 간 자일뿐이라
는 것을 제가 다 조사해 두었습니다. 그러니 어르신께서 안다고 하
면 깜짝 놀라서 '조사할 필요없다 극락 10호실이다' 할 것입니다."

그러면 다들 좋아하신다. 극락에 무조건 간다고 하니까...

"그런데 세상이 하 수상하니까 여기저기에 가짜가 많은 모양이
어요. 그래서 염라대왕이 요즘은 신경을 바짝 쓰고 있다고 하네요.
그래서 제 이야기 잘 안듣고 졸다가 '난 알아요'만 기억하고 온 사

람들이 있을까봐 염라대왕이 하나 더 묻기도 한답니다. 뭘 안단 말이냐? 그러면 에이 뭐 별거도 아니고 제일 먼저 죽었을 뿐이라며? 하고 대들면 곤란합니다.

거짓보다 사실을 이야기할 때 더 화가 난다는 말 아시지요? 그래서 사실보다는 진실이 더 가치 있다고 합니다. 그럼 어떻게 해야 하느냐? 그건 이렇게 하시면 됩니다. 목소리를 낮게 해서 '에이 법현스님한테 들었다니까~"

"그렇게 말하면 염라대왕이 정신을 바짝 차리고 '아이 10호실이 아니고 특실이다, 특실!' 한답니다. 왜냐하면 제가 자기 뒷조사를 했다는 것을 염라대왕이 알고 있기 때문이지요."

그러면 따라서 해 볼 정도로 좋아한다. 왜 이런 이야기를 하느냐고?

죽음도 모르기 때문에 두려운 것이지 알기만 하면 두렵지 않다는 것을 말하고자하는 것이다. 미래를 알 수 있다면 두려움은 없다. 무엇이든지 그것을 가까이 하는 것, 그것에 익숙해지는 것, 그것을 길들이거나 그것에 길들여지는 것, 그래서 그것을 아는 것 그것이 두려움을 없애는 바른 길이요, 지름길이다. 🪷

15
준비와 자신감

모두들 근사한 축사를 기대하고 숨을 죽이며 기다렸다.
그런데 처칠의 입에서 나온 축사는 '절대로 포기하지 마라!Never give up' 였다.

'히틀러를 만난 사람들은 그가 무엇이든 성취할 수 있다는 믿음을 가졌지만, 처칠을 만난 사람들은 스스로 무엇이든 성취할 수 있다는 확신을 갖게 되었다' 는 로버츠의 평가처럼 흔히 히틀러와 처칠의 리더십을 비교한다. 그 가운데 두 사람의 연설스타일을 서로 다르게 이야기 한다. 히틀러는 매끄러운 연설을, 처칠은 부드러운 연설을 한다는 것이다. 히틀러는 카리스마 있는 연설을 잘하고, 처칠은 유머스런 연설을 잘 했다고 한다. 히틀러는 자신에게 집중시키기 위해 15도 정도 높은 자리에서 해가 넘어가기 직전 연설하고, 처칠은 말을 더듬기도 하고 굼뜨기 때문에 재미있게 하고자 했다. 하지만 둘 다 준비에 철저했던 것이다.

런 스루run through-훑어보기, 음악회의 리허설rehearsal-연극·음악·방송 따위에서, 공연을 앞두고 실제처럼 하는 연습=예행연습을 충분히 하고 관련자료를 살펴보고, 반응도 물어본 다음에 실제

행동에는 자료를 적게 가지고 가야 학생, 청중의 집중도가 높다.

　자료 습득 및 준비는 많이 하고 시청각 자료도 많이 준비해야 하지만 중요한 순간에 초점을 놓쳐서는 곤란하므로 결론을 내리는 데는 맨 몸이 좋다는 것이다. 그리고 요즘은 파워포인트power point를 많이 쓴다. 그런데 파워포인트를 제작하는 것은 요점정리와 빠른 이해를 돕기 위한 것이므로 간단하고 명료하게 만드는 것이 중요하

다. 단순히 화면에 옮기는 것을 파워포인트라고 이해해서는 안 된다. 그 경우 오히려 시선만 분산시키고 힘만 많이 들 뿐이다.

히틀러에 비교해 카리스마도 적고 말도 어눌하였던 처칠, 그러나 그의 연설은 사람들의 마음을 움직였다. 그가 한 대학에서 행한 축사는 유명하다. 윈스턴 처칠이 옥스포드 대학 졸업식 축사를 하게 되었다. 식장에 나타난 처칠은 환호를 받으며 모자를 벗어 연단에 내려놓고서 청중들을 바라보았다. 모두들 그의 입에서 나올 근사한 축사를 기대하고 숨을 죽이며 기다렸다. 그런데 그의 입에서 나온 축사는

'포기하지 마라!Never give up'

그는 힘 있는 목소리로 첫마디를 뗐다.

'그리고?'

청중들이 생각했다. 그 뒤 이어질 근사한 연설을.

그러나 그는 다시 청중들을 천천히 둘러보았다.

그리고…

그는 다시 말했다.

'절대로 포기하지 마라!Never never give up'

그리고 모자를 다시 눌러 쓰고 연단을 내려왔다 . 🏵

16
기다려라

하루살이란 놈은 땅 속에서 3년을 살다가 세상에 태어나 하루 산다고 한다.
그렇게 고통을 참으며 살아낸 세월이 있어야 맛있는 과일을 맛보는 것이다.

　우리는 세상에 드러난 현상만을 본다. 자세히 살펴보면 그 속에
는 엄청난 아픔과 기다림과 슬픔의 세월을 견뎌 낸 노력이 들어있
다.

　아름다운 꽃들도 그냥 피어나는 듯 보여도 참으로 오묘한 조화
를 담고 있음을 짐작할 수 있다. 때에 따라 피는 꽃이 다르지 않은
가?

　씨앗을 봄에 심어 봄에 바로 피는 꽃들은 목련 개나리 매화 할미
꽃 영춘화 모란 철쭉 벚꽃 산다화 해당화 진달래 목련 복수초. 노란
수선화 수선화 바위취란화 쇠별꽃 백정향(천리향) 정향 동백 등이 있
다. 여름에 피는 꽃은 자귀나무 박새 족제비싸리 왜우산풀 톱풀 박
쥐나무 매화노루발 초롱꽃 미국자리공 떡쑥 산달래 고란초 골무꽃
덩굴꽃마리 동자꽃 한삼덩굴 더덕 수염며느리밥풀꽃 좀깨잎나무
돌콩 층층잔대 곰취 어수리 활량나물들이 대표적이다.

가을에 피는 꽃으로는 코스모스 칼잎용담 산국 바다나물 큰수리
취 향유 산박하 섬쑥부쟁이 흰그늘돌쩌귀 미꾸리낚시 산좁쌀풀 흰
고려엉겅퀴 돼지풀 진퍼리용담 왕고들빼기 비수리 활나물 큰산꼬

리풀 쇠무릎들이 있다.

그런데 겨울에 피는 꽃도 있음을 아는가? 눈보라 몰아치는 겨울에 무슨 꽃이 필까? 겨울동백, 군자란, 시클라멘, 안스리움, 애기동백, 크리스마스로즈, 프리뮬러 등이 있다고 한다. 참 오묘한 것이다.

하지만 요즘은 아무 때나 피게 만드는 힘이 있다. 조건이 갖추어지면 피어나는 것이다.

그러나 그 조건을 갖추려면 많은 노력이 필요하다.

매미의 애벌레는 굼벵이다. 싯타르타가 농부의 쟁깃날 아래 꿈틀거리다 새에게 물려가는 굼벵이를 보고 인생의 허무함을 느꼈다고 하는 그 벌레다. 굼벵이는 땅 속에서 7년 살다가 세상에 태어나 1개월 정도 매미로 살다가 간다고 한다. 참 힘들고 무서운 세월이다. 그런데 더 한 놈이 있다. '오래 살다 보니 단맛 쓴맛 다 보고 죽는다' 는 우스갯소리의 주인공인 하루살이란 놈은 땅 속에서 3년을 살다가 세상에 태어나 하루 산다고 한다. 그렇게 고통을 참으며 살아낸 세월이 있어야 맛있는 과일을 맛보는 것이다. ✿

05

추워도 향기를 팔지 않는 매화처럼

01
변화의 아름다움

열심히 공부하지 않으면 현재의 성적도 유지하기 어렵다. 왜냐하면 덧없이
변화하는 것이 학습능력에 따른 성적이라는 결과물이니까.

　무상anicca이라는 말은 무슨 뜻일까? 대개는 쓸쓸함, 허전함, 허
망함과 동의어로 느껴지는 말이다. 그러나 그렇게만 이해하는 것이
바람직할까? 무상이라는 말은 '항상恒常하지 않다', '처음 그대로가
아니다' 라는 말이다. 존재하는 모든 것, 그리고 그들이 만들어 가고
엮여가는 관계와 상태가 처음과 같지 않다는 말이다. 모든 것이 변
화의 여행길에 놓여있다는 것이다. 이 세상에 처음 그대로 있는 존
재가 있던가? 식물이 그렇던가, 동물이 그렇던가, 광물이 그렇던
가? 그들 사이에 이루어진 관계가 그렇던가?

　이 세상 모든 존재와 그 관계는 처음 그대로 있지 않다. 매일매
일 새롭게 변해가며 또 새롭게 태어나고 죽어간다. 그래서 현재 이
런 모든 사실들을 느끼고 생각하는 나와 어제의 나는 같은 존재가
아니다. 지금의 내가 10년 뒤, 20년 뒤까지 지속되지 않는다. 조금
이상한가? 어제나 그제나 오늘이나 내일이나 나는 그대로 나인데

같은 존재가 아니라는 말이 어떻게 다가오는가? 찬찬이 살펴보자. 그리고 가만히 생각해 보자. 내게 속해 있는 어느 것이 처음 그대로 있는가? 눈, 귀, 코, 혀, 몸이 그런가? 마음이 그런가?

살갗이 그대로 있나, 뼈가 그대로 있나? 어제의 그 마음이 그대로 오늘까지 이어지나? 지천으로 피어있던 쑥부쟁이, 들국화며 구절초 같은 꽃들이 어느덧 자취를 감추지 않았는가? 이제는 들에서 눈꽃이나 보아야하겠지. 아! 상고대를 볼 수 있겠군. 나무나 꽃에 내려 눈같이 된 서리를 상고대라고 한다. 몸이나 자연의 상태만 그런가? 관계나 조직이 그렇고, 사회나 국가마저 나날이 변해가며 별로 변화하는 것 같지 않아 보이는 쇠나 돌 등 광물도 또한 변화하지 않고 그대로 있는 것은 아무것도 없다.

이 세상에 변화하지 않는 것은 아무것도 없다. 다만 변화하지 않는 것이 아무것도 없다는 사실만큼은 변하지 않는다고 할 수 있다. 이는 『법구경法句經』에서나 과거 모든 여래의 가르침인 칠불통계七佛通誡에도 같은 가르침으로 이어진다. 이른바 '이뤄진 것은 하나도 그대로 있지 않으니 변화하는 것이 그쳐지면 고요하고 즐거워진다' 는 것이다. 우리가 바라는 최고의 목표인 열반이 바로 '고요하고 즐거운 것' 인데 그것은 '일시적인 것' 이 아니라 '지속 가능한 것' 이다. 그것을 얻는 데 필수적인 것이 바로 무상, 즉 '덧없음' 을 느끼고 아는 것이다.

빠알리어 경전인 『상윳따니까야』에서는 '본다는 것은 덧없는 것이다. 본다는 것이 진실이라면 괴로움과 흔들림에서 벗어날 수도 있겠지만 본다는 것은 덧없는 것이다.' 라고 하며 이어서 '듣고, 맡고, 맛보고, 감촉하고, 생각하는 것' 의 덧없음을 가르치고 있다. 우리는 생활 속에서 우리들의 감각기관과 지각기관, 즉 육체와 정신으로 활동하여 느끼고感 아는知 모든 것이 덧없음을 찬찬이 그리고 가만히 살펴보아야 한다. 경전에서도 그렇게 가르치고 있다. "우리들의 육체色는 무상하다. 감각受과 표상작용想과 의지行는 무상하다. 우리들의 의식識은 무상하다."

그런데 이러한 가르침을 현실 속에서 적절하게 그리고 새롭게 인식하는 방법은 무엇일까?

그렇게 덧없음을 알아서 어떻게 하는 것이 좋을까? 잘 생각해 보자.

학생이 공부를 한다고 하자. 덧없음을 안다고 하는 것은 이렇다. "열심히 공부하지 않으면 현재의 성적도 유지하기 어렵다. 왜냐하면 덧없이 변화하는 것이 나와 반 친구들의 학습능력에 따른 성적이라는 결과물이니까. 그래서 나는 열심히 공부해야 한다."

직장인이나 농부가 일을 한다고 하자. "열심히 일하지 않으면 현재의 성과물을 낼 수도 없거니와 더 나은 성과물을 내놓아서 승진을 하거나 급료를 더 받을 수 없다. 그래서 나는 열심히 일해야 적어도 현재의 성과물을 낼 수 있거나 더 나은 성과를 얻을 수 있다. 그래야 급료가 오르거나 승진할 수 있다. 잘못하면 급료가 깎이거나 승진에서 누락될 수 있다. 그러니 나는 열심히 일해야 한다."

이성간에 사랑의 감정을 느끼고 있다고 하자. "마음을 다해 사랑하지 않으면 지금 가지고 있는 사랑의 감정을 그이(그녀)가 유지할 수 없다. 더 이상 업그레이드할 수도 없다. 그러니 열과 성을 다해 사랑해야 한다." 마찬가지로 불교수행을 하고 있다면 "열심히 몸身을 관찰하고, 느낌受을 관찰하고, 마음心을 관찰하고, 현상과 법칙法을 관찰하는 일에 소홀히 하면 행복을 얻고 지속시킬 수 없으니 열심히 정진精進해야 한다."고 마음먹고 실천해야 한다.

변화한다는 사실, 무상의 법칙을 아주 긍정적으로 아름답게 묘사한 우리 시가 있어서 소개한다. 나태주라는 시인의 아주 짧은 시이다.

풀꽃
-나태주

자세히 보아야 예쁘다
오래 보아야 사랑스럽다
너도 그렇다

이 시는 아주 짧으면서도 사랑스러운 정서를 잘 담고 있다. 그러면서 마음공부 차원에서 보아도 아주 훌륭한 시이다. 자세히 살피고 보아야 무엇이든지 알 수 있다. 대강, 건성 보아서는 알 수 없다. 그런데 그렇다 하더라도 잠깐 보아서는 그 참맛, 참됨을 제대로 알아채고 충분히 느끼기 어렵다. 오래 보아야 그 꽃, 그 물건, 그 일, 그 사람, 그 공부를 제대로 알 수 있고 할 수 있다. 풀꽃이라는 시도 그렇다. 이 시에서 '너'를 '일'이라고 보거나, '공부'라고 보거나, '사랑'이라고 보는 것은 독자의 자유이다. 그래서 '너'의 자리에 '수행'이나 '마음공부'를 넣어도 전혀 어색하지 않고 잘 어울린다.

자세히 보고 오래 보면 '수행', 즉 '마음공부'도 예쁘고 사랑스러운 꽃만큼이나 아름답게 우리에게 다가올 것이다. ✿

꿀을 모으듯이

서 있든, 앉아 있든, 누워 있든 그가 깨어 있는 동안에는 자비심을 마음 속에 두고
발전시켜야 한다. 이것이 바로 가장 고귀한 삶인 것입니다.

생태生態라는 말은 '태어난 모습', '살아있는 상태', '생기 있는 모습', '존재들의 모습'의 뜻이다. 그러면 생태 또는 생태계가 위기를 맞았다는 말은 무슨 뜻인가? 그것은 '태어난 모습', '살아있는 상태', '생기 있는 모습', '존재들의 모습'이 있는 그대로 제대로 유지되지 못하고 있다는 뜻이다. 따라서 생기 있는 상태, 평화롭고 행복한 상태를 가지고 있지 못하다는 것이다. 어떤 영향을 받아서 태어난 모습을 유지하지 못하고 죽을 위험에 놓여있다는 뜻이다.

붓다는 생, 로, 병, 사의 근본 고통을 가진 인생 안에서 누구나 겪을 수밖에 없는 네 가지 고통을 주목했다. 그것은 첫째, 사랑하는 이와의 헤어짐, 둘째, 미워하는 이와의 만남, 셋째, 원하는 것을 얻지 못함, 넷째 이 모든 것을 합해서 설명한다면 나의 구성원인 5온五蘊 즉 물질色, 감각受, 연상想, 의지行, 인식識의 다섯 가지가 왕성해짐 때문이라고 했다.

네 번째를 특히 주목해서 살펴보아야 한다. 뭉치는 것이 고통이요, 커지려고 하는 것이 괴로움이라는 것이다. 생태를 거스르는 삶이 바로 괴로움이라는 것을 정확하게 가르쳐주시는 것이다. 이와 같은 고통을 벗어나기 위해서는 스스로 욕탐慾貪을 없애서 평온해져야 한다. 그러기 위해서는 명상을 통해서 사물과 현상을 있는 그대로 보고, 있는 그대로 두어야 한다는 것이다.

그래서 초기경전에서 말씀하신다.

모든 생명체는 고통을 싫어하고 행복을 추구하며 삶을 보전하기 원한다.

모든 건전한 활동은 자신과 타인에게 해가 되지 않는 행동이다.

다른 존재를 사랑하는 계율을 지키지 않고 야만적 본능을 따라 나쁜 짓을 하면 자신의 삶의 질이 떨어지고 수명이 짧아진다.

－『디가 니까야』「차카바티시하난다 숫따」

과거의 경험적 정보에 의해 흔히 우리가 실재實在라고 알았던 것이 사실은 관념이며, 과거의 연상에 따른 기억이며 그것을 말이나 글로 나타낸 것에 불과하다는 것이다. 관념이며 기억이며 언설이라는 표현이 정확하다.

물질과 마음이 서로 만나는 지점이 있는 것이 아니라 모든 점에서 함께하는 것이 물질과 마음임을 알 수 있다. 그렇기 때문에 '마음이 원인이 되어 세계가 생겨난다'는 말을 제대로 이해한 상태에서 생태를 논하려면 우리의 마음과 몸에 관해서 먼저 다뤄야 하고 그 연결선상에서 생태를 연구해야 한다.

나(우리)의 몸생태, 정신생태, 주위생태가 떨어진 별개의 낱생태가 아니라 그물망처럼 연결되어 있는 온생태라는 것을 알아야 한다. 존재 하나하나의 몸생태가 바로 몸생태와 주위생태이며 거기에 깃든 마음(정신)이 정신생태이므로 모두가 연결되어 있는 것이다. 그런데 몸생태와 주위생태와 연결되어 있는데 거기에 정신생태가 연결되면서 바람직한 행行, sankara 즉 하려고 하는 마음, 마음이 꾀하는 바, 의도라고 번역되는 마음의 행동이 작용하게 된다. 하려고 하는 마음이 제대로 된 정보를 가지고 행동하면 바람직한 결과가 이끌어질 것이다. 즉 모든 생태가 공유하는 최대한의 행복幸福, sukkha을 얻게 될 것이다. 그러나 하려고 하는 마음이 제대로 되어있지 않은 잘못된 정보를 가지고 행동하면 그 반대의 결과가 얻어질 것이다. 그것은 모든 생태에 괴로움苦, dukkha을 가져다 줄 것이다.

그 잘못된 정보 가운데 중요한 하나가 바로 나와 생태, 그리고 정신 즉 몸생태와 정신생태 및 주위생태를 구분하는 것이다. 그렇기 때문에 몸생태를 행복하게 한다면서 주위생태를 불행하고 괴롭게 하여 결국은 몸생태와 정신생태도 괴롭게 만드는 결과가 된다.

만들어지는 데 수억 년이 걸린 지하자원을 몇 백 년 되지 않은 짧은 시간 안에 써버린다. 군대 가는 아들에게 '절대 콩나물은 먹지 말라' 고 말했다는 어리석은 아버지가 '멜라민' 등 생태에 해로운 것을 음식물 등에 넣는 것이다. 아들이 콩나물을 빼고 음식을 먹을 수도 없거니와 다른 음식물은 또 그런 아버지가 없다는 보장이 없다. 그렇기 때문에 시간의 흐름에 따라, 마음의 변화에 따라 겪게 되는 변이고變異苦를 겪는 것이다.

나와 생태를 평화롭게 하는 것은 바로 가장 고귀한 삶이라는 것을 알아야 한다.

모든 존재(생명체)는 태어나야 할 것들이고 행복해야 할 것이다. 어머니가 일생 자녀를 위험으로부터 보호하듯이 모든 생명체에 대한 무한한 사랑을 수양해야 한다. 무한한 자비심을 어떤 방해도 받지 않고 증오와 적개심 없이 온누리에 펼쳐야 한다. 서 있든, 앉아 있든, 누워 있든 그가 깨어 있는 동안에는 이것을 마음속에 두고 발전시켜야 한다. 이것이 바로 가장 고귀한 삶인 것이다. 그럼에도 불구하고 서로의 이용관계를 완전히 벗어날 수 없다. 그럴 때는 꿀벌과 나비가 꽃의 향과 아름다움을 해치지 않고 꿀을 모으듯이 해야 한다.

그러면 모든 존재들이 평화와 행복을 누리는 생태적 삶을 살게 될 것이다. 🪷

평화 가치관으로서의 불살생계

몸 뿐만이 아니라 마음의 평화를 이뤄내는 것이며, 결과적으로 명상을
잘 진행하게 하는 뼈대가 되고 주춧돌이 되는 것이다.

슬기로운 삶을 살아 해탈하고 평화를 이루기 위해서는 필수적으로 명상을 해야 한다. 이제는 명상 혹은 참선이 비단 불교만의 것이 아니라 이웃 종교 모두의 것이고 평화를 이루는 방법, 나아가 치유를 위해서 꼭 필요한 것으로 받아들여지고 있다. 명상을 하기 위해서는 바른 몸가짐과 마음가짐이 꼭 필요하다. 그것을 계율戒律이라고 한다. 계율을 배우고 익히는 것을 계학戒學이라고 한다.

불교의 계율은 교단이 생길 때부터 만들어진 것이 아니라 그때그때의 필요에 따라 불타佛陀께서 제정한 것이다. 그 필요는 당시의 상황에도 맞아야겠지만 근본적으로는 열 가지였다. 그것은 ①대중의 통솔 ②대중의 화합 ③대중의 안락 ④다스리기 어려운 이를 다스림 ⑤뉘우치는 이의 편안함 ⑥아직 믿지 않는 이는 믿게 함 ⑦이미 믿는 이는 믿음이 늘어나게 함 ⑧현세의 번뇌를 끊음 ⑨미래의 욕망을 끊음 ⑩정법正法이 오래 머무르게 하기 위함의 열 가지이다. 이

러한 필요에 의해 만들어진 계율은 재가오계在家五戒, 팔관재계八關齋
戒, 사미계沙彌戒, 비구계比丘戒, 보살계菩薩戒 등 여러 가지가 있다. 출
가 승려와 재가 불자 모두에게 적용되며 다른 종교의 계율과도 통하
는 바가 있는 계율이 바로 불살생계不殺生戒이다.

　불살생계는 '살아있는 것을 해치지 말라' 는 것이다. '모든 살아
있는 것을 해치지 말라' 는 것으로 브라만교나 자이나교 등 인도의
다른 종교와는 공통점이 많이 있다. 그것은 같은 문화와 풍토안에
서 형성되었기 때문일 것이다. 그런데 기독교 등 다른 종교에서는
'인간이 만물의 영장' 이라 하여 '살인하지 말라' 고 할 뿐 다른 동물
이나 식물을 마음껏 유린할 수 있도록 한 데 비해 불교는 보호하여
야 할 대상으로 모든 생명체를 규정하여 그 지평을 넓히고 있는 것

이다. 불교의 가장 기초적인 가르침이 바로 삼법인이다. 그것은 첫째, 모든 것이 변한다는 것諸行無常이며, 둘째, 그것을 모르고 살면 괴롭다는 것一切皆苦이며, 즐겁고 괴롭고를 마음대로 하지 못한다면 그것은 나라고 할 수 없다는 것諸法無我이며 그만큼 실체가 없다는 뜻이다. 그런데 실체가 없다는 말, 내가 없다는 말을 자세히 살피면 반대로 네汝,他人가 없다는 말이 되기도 한다.

한 편으로는 다른 사람이 너 또는 다른 사람 즉 타인이 아니라 큰 의미에서 또 다른 나이기도 하다. 그래서 우리나라 말에 좋아하고 사랑하는 사람을 일컬어 자기自己라고 부르는데 그것이 바로 무아의 입장에서 보면 남인줄 알았는데 제대로 알고 보니 자기처럼 소중한 존재라는 것을 나타내는 말이다. 그래서 남이 아니라 자기처럼 소중한 존재이니 어찌 사랑하지 않을 수 있겠는가? 그렇게 자기만의 실체가 없다는 것을 파악한 철학적,종교적 입장에서의 최고가는 윤리적 실천이 바로 산 생명을 죽이지 말라는 첫 번째 계율인 것이다.

더 나아가서 살아 있는 모든 생명체를 죽이지 않을 뿐 아니라 죽을 위험에 놓인 생명체를 살리는 일에도 관심을 기울여야 한다. 그것이 환경을 보호하는 활동으로, 전쟁과 테러 및 핵(원자력) 개발을 방지하는 활동으로, 그리고 사형을 폐지하는 활동으로 나타나야 한다. 고병원성 조류독감에 걸릴 위험이 있다는 것만으로 수백만 마리의 오리, 닭들을 무조건 살처분한다는 것은 대단히 잘못된 것이다.

따라서 살아있는 모든 것을 죽이지 말라고 하는 불살생계를 잘 지키는 것은 평화를 이루는 가장 중요한 실천덕목이다. 🔯

감관感官을 잘 다스려야 한다

우리의 감각기관이 병에 걸리지 않는 한 분명하고 정확할 것이라고 무심코 생각한다.
하지만 사실은 그렇지 않다.

강릉의 명기 홍장紅粧이 사랑을 나눈 관찰사 박 신朴信에게 읊었다는 아름다운 시도 잘 보면 감각기관과 관련한 것이다. '하늘에도 달月, 바다에도 달, 경포호수에도 달, 술잔에도 달, 내 눈에 비친 그대 눈에도 달이 있다' 는 말은 아름다운 시적 표현이다. 하지만 그것은 바로 달과 달을 바라보는 감각기관인 눈의 가시성可視性의 허구를 보여주는 글이기도 하다. 물이나 거울이나 눈동자에 비친 달이 현실 속의 달은 아니지 않는가? 그런데도 달이라고 읊어대는 것을 과연 어떻게 보아야 하나?

우리의 감각기관은 병에 걸리지 않는 한 분명하고 정확할 것이라고 생각한다. 하지만 사실은 그렇지 않다. 감각능력의 허상에 관한 이야기는 무수히 많다.

먼저 쥐가 닭을 잡아먹는 이야기부터 해볼까? 쥐란 놈이 저보다 몇 십 배 더 크고, 빨리 뛰며, 날기까지 하는 닭을 잡아먹을 수 있다면 믿겠는가? 시골에 살아본 경험이 있는 분들은 알 수도 있을 것이다. 횃대에 앉은 닭이 꾸벅꾸벅 졸고 있을 때 쥐가 꽁무니 뒤에 나타난다. 닭을 잡아먹으려고 나타난 것이다. 쥐는 졸고 있는 닭의 꽁무니를 슬쩍 깨물고 잽싸게 달아난다. 깜짝 놀란 닭이 눈을 뜨고 뒤를 돌아다보지만 아무 것도 없는 것을 알고 다시 잠든다. 잠시후 또 나타난 쥐가 이번에는 조금 더 세게 닭의 꽁무니를 물어뜯고 달아난다. 또 놀라 게슴츠레한 눈으로 주변을 살피다 다시 잠이 들어버리는 닭. 이런 식으로 쥐는 야금야금 닭을 물어뜯는다. 결국 닭은 잠을 자면서도 몸의 중심을 잃고 쓰러지며, 결국에는 쥐에게 잡아먹히게 되는 것이다.

이렇게 감각기관은 지속적으로 비슷한 세기의 자극을 받으면 그 자극에 대한 미세한 분석을 통해 새로운 반응을 하지 못한다. 비슷한 자극에 변별을 하지 못함으로써 졸게 되고 죽게 까지 되는 것이다. 이른바 수능 등 시험에 관한 이야기를 할 때 많이 쓰는 변별력辨別力이란 말은 다른 것을 알아차리는 능력이라는 뜻이다. 그런데 이렇게 다른 것을 알아차리는 데에는 한계가 있다.

꽃을 처음 코에 대면 냄새가 진하지만 나중에는 중화되어 모르는 것처럼 우리의 감각기관은 이렇게 불확실하다. 그러면서도 우리 스스로가 이 감각기관에 의지해 살기 때문에 우리 자신을 이루는 것 또한 이 감각기관과 감각기관을 통해 느끼는 것을 빼고는 없다. 물론, 감각기관이 아닌 지각기관을 통해 지각知覺하는 것이 있다는 것도 알아야 한다.

부처님께서는 『아함경阿含經』에서 '일체는 십이처十二處다' 라고

하셨다.

　바라문이여, 일체는 십이처十二處에 포섭되는 것이니, 곧 눈과
색, 귀와 소리, 코와 냄새, 혀와 맛, 몸과 촉감, 의지와 법이다.

－〈잡아함 卷13〉

　일체 모든 것에 관해서 이렇게 명료하게 설명하기는 어렵다. 모

든 것, 일체라는 말은 나와 내가 감각하고 지각하는 것이다. 즉 주관과 객관이라는 것이다. 그 외의 것이 더 있을까? 없다. 주관을 자세히 보면 감각 기관 다섯, 지각기관 하나의 여섯 기관이 있다는 것이다. 그리고 객관은 바로 그 여섯 가지 감각 및 지각기관인 주관의 인식대상을 말하는 것이다. 그것 또한 여섯 가지일 수밖에 없다. 그

래서 십이처이다.

　이 감각과 지각작용의 과정과 결과에서 있는 그대로 보고, 듣고, 맡고 알아차리면 좋지만 대개가 그렇지 못하다. 육면체 기둥을 보고 있는 방향에 따라 동그란 기둥인가, 네모난 기둥인가? 하고 제대로 파악하지 못하는 어리석음을 범하는 것이다. 흔히 누가 누구의 어떤 일을 전(傳)하는 것도 어쩔 수 없이 다르게 전해서 '~카더라'는 말이 생기는 것이다. 거기에서 의심이 생기고, 다툼이 생기고, 괴로움이 생기는 것이다.

　이렇게 볼 때 감각기관과 감각대상 외에 다른 것은 없다. 그렇기 때문에 부처님은 초기경전인 아함阿含의 우리가 생각과 말과 행동으로 지은 행위인 업業에 따르는 과정과 결과를 가르쳐 주신 가르침들을 모아놓은 업상응품業相應品 『도경度經』에서 말한다. '절대자나 운명이나 대충' 이 중생을 건지는 것이 아니라 '감각기관과 대상의 모임인 12처' 가 중생을 건진다고.

부처님 가르침대로 하려면 어떻게 해야 할까? 어떻게 하면 괴로움에서 벗어나 자기구제를 할 수 있을까? 제대로 건지려면 감각대상을 제대로 인식할 수 있도록 수련을 해야 한다. 있는 그대로 보고, 있는 그대로 듣고, 있는 그대로 맡고, 있는 그대로 맛보고, 있는 그대로 느끼고, 있는 그대로 알아차리는 것이다. 그렇게 하면 얼마나 좋겠는가? 그러면 그것이 괴로움dukkha에서 벗어나는 것이요 그것이 바로 행복sukha이다. 그것은 어려운 일도 아니고 쉬운 일도 아니다. 아무것도 하지 않으면서 그것만 누리려고 한다면 어려운 일이다. 그러니 생활 속에서 한 번씩 수련해보자. 나에게 달콤한 말을 해주는 가족과 이웃이 좋은가? 나를 찡그리게 하는 말을 해주는 이웃이 나쁜가? 어느덧 칭찬하고 아부하는 말에 익숙하지는 않는가? 맛있는 음식과 편안한 몸을 유지하는 것에만 관심을 가지고 있는 것은 아닌가?

행복과 깨달음은 멀리 산 속에, 바다 깊숙이 있는 것이 아니다. 바로 나의 삶 속에 있다. 부처님께서 감각기관을 잘 다스려야 구제받는다고 하신 말씀의 뜻이 바로 거기에 있다. 보이는 대로, 들리는 대로, 그저 있는 그대로 받아들이되 다시 하던 일로 돌아와 편안하게 살아가면 그 자리에서 행복을 느낄 수 있다. 🪷

05

깨닫고도 예전 그대로 살지요!
– 새 교황을 소개하는 책 발간을 축하하며

농사짓다 깨달으면 그 뒤에도 농사짓고, 장사하다 깨달으면 또한 장사하고,
가르치다 깨달으면 가르치며, 놀다가 깨달으면 깨달은 뒤에도 논다.

"깨달음을 얻으면 어떻게 달라지느냐? 깨달음을 얻고 나면 하던
일을 하지 않고 새로운 일을 하는가?"

꽤 많이 듣는 질문이다. 어쩌면 그 세계를 알지 못하는 사람들에
게는 당연한 질문이라고 할 수도 있다. 그때 흔히 이렇게 대답한다.
"농사짓다 깨달으면 농사짓고, 장사하다 깨달으면 장사하고, 가르
치다 깨달으면 가르치며, 놀다가 깨달으면 깨달은 뒤에도 논다."고.
그러면 모두들 깜짝 놀라는 듯하다가도 유쾌하게 웃는다.

아마도 교황으로 선출되면 그동안 신부로서, 신부들의 지도자인
추기경, 주교, 대주교로서 할 일을 했던 것처럼 좀 더 넓고 보다 높
은 일들을 할 것이다. 그런데 대개의 경우는 그렇지 않을 것이라는
생각을 하게 되는데, 수행자들의 이적과 교황들의 복식및 여러 가
지 뒤따르는 것들이 다른 대주교들과 다르기에 그렇게 느끼는 것이
리라. 그러나 이번에 즉위하신 프란치스코 교황께서는 익히 알려졌

다시피 앞에서 내가 말한 것들에 다가가는 모습을 보여주는 것 같아서 대중들에게 흥미를 일으키고 내게도 친근한 느낌을 주고 있다. 교황이라면 자연스럽게 누려야 할 여러 가지의 특혜 같은 의전을 마다하고 하던 대로, 신던 대로 신고, 입던 대로 입고, 타던 대로 타는 것이 보도를 통해 알려진 바 있다. 그래서 더욱 궁금해 하던 차에 그에 관해 알아볼 수 있는 책이 나와서 눈길을 붙잡았다.

가까이서 살펴 볼 기회가 많았던 것은 아니지만 정확한 시선으로 보았던 교황청 홍보분야 전문가인 잔니 발렌테가 쓴 글을 생활성서사 편집부장인 박점례 수녀가 옮긴 것이다. 세상 끝에서 온 프란치스코! 어찌 이리 성스럽게 나타내려고 했을까 싶지만 그 분의 삶과 책의 내용은 세상에서 가장 끝에 있는, 즉 힘의 중심이 아니라 가장자리에서 온 분이라는 뜻이 강하다. 가장 가까운 거리에서 하늘나라를 느끼고 있는 이들과 함께 해 온 이가 프란치스코라는 이야기를 여섯 주제로 나누어 실었다. 생애까지 끄트머리에 덧붙인 책에서는 그를 객관적으로 살핀 이야기와 직접 언론에 인터뷰한 것을 실었다.

새 교황 프란치스코 신부는 경제적으로 힘들고 정치적 이유로 여러 가지 어려움을 겪을 때 앞장서서 민중들을 어려움에서 벗어날 수 있도록 노력하셨다. 늘 예수님의 눈으로 보고, 말하고, 행동하는 데 초점을 두었으며 그것은 어려운 신학적인 차원의 견해가 아니라 누구나 할 수 있는 믿음의 차원이었다는 것이 그의 말과 행동 속에서 배어온다. 아르헨티나라는 특수한 경제와 사회상황을 겪는 이들을 교화하고 있던 이전 이름 호르헤 마리오 베르골료 신부는 그러나 늘 하느님의 나라에 이르기 위한 기도와 성례 준수가 해야 할 일이라고 믿는 신부이다. 굉장히 많은 자리에서 아주 많은 일을 한 분이라고 책에서 소개하지만 가장 중요한 일은 역시 미사를 집전하는 것이라고 여기는 것 같다.

그러리라. 그래야 하리라. 불교에서도 수행자는 어떠한 자리에 나가더라도 그 이름이 달라지지 않는다. 그런데 사람들은 직책으로 부르고 또 그렇게 불리기를 좋아하는 이들도 꽤 많다. 다만, 가톨릭에서는 성인의 이름을 세례명으로 쓰듯이 또한 교황으로 선출되면 그 이름을 하나 더 가지는 것으로 그의 새 이름은 프란치스코이다.

이 책을 읽으면서 교황의 영도로 더욱 많은 이들이 진지한 미사를 드림으로써 그가 꿈꾸는 사랑 그득하고 평화로운 세상이 이루어지기를 공부중에 새기고자 한다. ✿

06

꽃에서 배우는 마음공부

우담바라는 꽃이 가려서 안 보이는 까닭에 3천 년 만에
한 번 핀다는 전설이 만들어진 것이다

불자들뿐 아니라 시인 묵객 등 많은 사람들이 좋아하는 꽃이 매
화다. 요즘은 매실엑기스를 만드느라 더욱 익숙하다.

티끌 벗기 그리 쉬운 일 아니니
실마리를 꼭 쥐어 끝까지 가서
찬 기운이 뼛속까지 사무치지 않고서야
코끝을 찌르는 매화향기 얻겠는가
塵勞逈脫事非常　緊把繩頭做一場
不是一番寒徹骨　爭得梅花撲鼻香

황벽희운黃檗希運(-850) 선사의 게송이다. 당나라의 선승으로 백
장선사百丈禪師 회해懷海의 지도를 받고 『황벽산단제선사 전심법요傳
心法要』를 남긴 분이다. 뒤에 우리에게 더 유명한 임제의현臨濟義玄(-
867)의 스승이다. 아름답고 향기로운 매화가 피어나는 때가 찬바람

이 쌩쌩 불 때 이후이니 깨달음도 그런 어려움을 겪은 후라야 가능하다는 가르침이다.

하지만 요즘은 아무 때나 피게 만드는 힘이 있다. 조건이 갖추어지면 피어나는 것이다. 그러나 그 조건을 갖추려면 많은 노력이 필요하다.

매미의 애벌레는 굼벵이다. 싯타르타가 농부의 쟁깃날 아래 꿈틀거리다 새에게 물려가는 굼벵이를 보고 인생의 허무함을 느꼈다고 하는 그 벌레다. 굼벵이는 땅 속에서 7~17년을 살다가 세상에 태어나 1개월 정도 매미로 살다가 죽는다고 한다. 참 힘들고 무서운 세월이다. 그런데 더 한 놈이 있다. '오래 살다 보니 단맛 쓴맛 다 보고 죽는다'는 우스갯소리의 주인공인 하루살이란 놈은 땅 속에서 3년을 살다가 세상에 태어나 단 하루를 산다고 한다. 그렇게 고통을 참으며 살아낸 세월이 있어야 맛있는 과일을 맛보는 것이다. 우리가 성인으로 자라나 공부 마치고 하고자 하는 일을 해서 성공하기까지는 하루살이나 매미가 기다렸던 것보다 더 길고 어두운 땅속 같은 세월을 기다려야 할지 모른다. 하지만 기다려야 그날이 온다.

봄에 씨앗 뿌려 봄에 피어나거나 여름에 피거나 혹은 다음 해쯤만 피어나고 열매 맺어도 그것은 꽤 실용적이고 결과를 확인하기가 쉽다. 하지만 한 3년이 걸려서 피거나 매미처럼 7년이 걸리는 것도 힘이 드는데 3천 년이 지나야만 피어나는 꽃이 있다면 어떨까? 그 전설속의 꽃이 바로 우담바라다. 우담바라는 인도말로 우담발화優曇鉢華 또는 금발라화金鉢羅華라고 한역한다. 우담바라가 피어나면 좋은 일이 일어난다고 한다. 세상을 평화롭게 다스리는 전륜성왕轉輪聖王

이 나타나거나 중생을 깨달음으로 인도하는 부처님이 나타난다는 것이다. 그런데 그것이 어려워서 그런지 보았다는 사람을 역사 속에서 보기 어렵다.

우담바라는 꽃이 가려서 안 보이는 까닭에 3천 년 만에 한 번 핀다는 전설이 만들어진 것이다. 무화과도 꽃이 피는데 꽃이 꽃받기 속에 피어서 잘 모르는 이들이 무화과라고 한 것이 굳어서 아직도 무화과라고 부르는 것이다. 무화과의 일종인 우담바라 꽃을 한 번 보면, 아니 꽃이 한 번 피어나면 좋은 일이 생긴다고 하니 풀 잠자리 알을 우담바라 꽃이라고 하여 문제가 일기도 한다. 아무튼 이렇게 오랜 세월이 걸리더라도 그러한 환경이 갖춰지면 꽃이 핀다. 그리고 예정된 사실을 믿고 준비하였으면 결과를 기다려야 한다. 기다리자. 그러면 좋은 결과를 맞이할 것이다.

선운사 동백꽃보다 더 유명해진 상사화相思花. 선운사 주변에 지천으로 피어 있어서 관광객들에게 마음다움을 더해주는 꽃 상사화. 사실 그것은 상사화라 알려져 있지만 석산石蒜이라고도 불리는 꽃무릇이다. 모양이 비슷하다보니 상사화라고 알려진 것이다. 물론 상사화와 꽃무릇은 비슷한 종류의 꽃이다. 둘 다 수선화과의 식물이다.

상사화는 조금 더 연분홍빛이 돌고, 꽃무릇은 진한 주황색이 돈다. 상사화는 꽃잎이며 줄기가 더 굵고 꽃무릇은 상대적으로 꽃잎의 크기도 작고 야무진 느낌이다.

상사화는 슬픈 전설을 가지고 있다. 하나는 오누이가 사랑에 빠져 있는 것을 좋지 않게 본 옥황상제가 꽃과 잎으로 태어나게 했다는 전설이다. 또 하나는 스님을 사랑한 처녀 또는 처녀를 사랑한 스님이 꽃으로 피어난 것이 상사화라는 전설이다. 그래서 절에 상사화가 많다는 이야기도 덧붙여진다.

그것은 이치에 맞지 않는 이야기다. 본디 봄에 피는 꽃들은 대개 꽃이 먼저 피고 나중에야 잎이 피어나서 꽃과 잎이 서로 만나지 않는 것들이 많다. 같이 돋아나거나 스쳐 지나가듯 돋아난다. 여름부터 초가을까지 피어나는 꽃들은 대개 잎 속에 꽃이 있어서 같이 돋아나는 것이다. 그런데 유독 상사화와 꽃무릇은 꽃이 진 다음에 잎이 돋아난다. 그래서 서로 만나지 못하는 것처럼 생각하고 그런 마음 아픈 이야기를 누군가 만들어내고 입에서 입으로 옮기면서 전설로 굳어진 것이다.

하지만 사찰에 상사화나 꽃무릇이 심어진 데에는 숨겨진 진짜 이유가 있다. 하나는 불교적인 교리가 배어있는 이유이고 다른 하나는 실용적인 이유이다. 먼저 불교적인 이유를 살펴보자. 밝음과 어둠은 동시에 존재하지 않는다. 빛이 많은 상태를 밝다하고 빛이 적어 없는 상태를 어둠이라 한다. 아무리 수천 년 동안 어두웠던 곳, 동굴이나 땅굴이라도 빛이 비치기만 하면 어둠은 흔적도 없이 사라진다. 아니 어둠이라는 것 자체가 원래 없었다. 본디 밝지 않은 것을 어둠이라고 하는 것이다. 어둡다는 실체가 있는 것이 아닌 것이다.

그와 같이 어리석음과 지혜는 동시에 존재하는 가치가 아니다. 마찬가지로 번뇌와 깨달음은 동시에 존재하는 가치가 아니다. 어리석음이 없어져야 지혜가 드러난다. 마찬가지로 번뇌가 없어져야 드러나는 것이 깨달음이다. 이런 단순하고도 명쾌한 진리를 상징적으로 가르쳐주기 위해 심은 것이 상사화이다.

한편 상사화의 뿌리는 독성이 있고 방부성이 있어서 뱀이나 벌레가 싫어하고 좀이 슬지 않는다고 한다. 그래서 사찰에 심어 뱀이나 벌레의 접근을 막았다. 부처님을 그린 탱화에 상사화즙을 바르면 상하지 않는다. 그래서 절 주변에 상사화가 많은 것이다. 번뇌도 막고 독사와 독충을 막으라는 것이다. 그리고 오로지 공부에 전념하여 깨달음을 얻으라고 심은 것이다. 이것이 상사화와 꽃무릇을 절 주변에 심은 참 뜻이다.

조금 다른 꽃 이야기를 해볼까?

같은 것이 여럿 있으면 아름답다. 꽃무릇이 지천으로 피어 붉은 꽃 사태가 난 것을 보면 누구나 탄성이 나온다. 매스게임massgame의 법칙이다. 북한 사람들이 체제와 관련된 것이기는 하지만 매스게임을 통해 벌어들이는 수입과 일체감 확보라는 더 큰 수익이 있다는 것도 함께하는 효과이다. 요즘 지자체에서 홍보가치와 수익성을 높이기 위해 각종 축제를 벌인다. 예로부터 내려온 것도 있고 많이 자라고 있는 대량군락 식물들을 외지의 사람들이 보게 한다. 진해의 벚꽃축제 등은 오래된 것이고 이천의 산수유축제라든가, 공주의 구절초축제 등은 새롭게 시작한 것이다. 많이 심어서 가꾸기도 한다.

나도 십여 년 전에 어떻게 가꿔갈 것인가를 불교의 차원에서 조언 해준 적이 있다. 10만 평이 넘는 논을 연못으로 개량해서 이미 유명해진 무안의 연꽃축제가 그것이다. 화순군은 배롱나무(백일홍)를 곳곳에 대량으로 심어 군나무를 홍보하고 있다. 아직 널리 알려진 것은 아니지만 곧 무성하게 자란 배롱나무와 아름다운 꽃을 볼 수 있을 것이다.

어려서 논일 밭일을 거들던 아이들이 배고프다고, 좋은 옷 입고 싶다고 보채면 어른들이 꼬임말을 하였다. '저 배롱나무 꽃이 세 번 색깔을 바꾸면 흰 쌀밥도 배불리 먹고 이쁜 옷도 사줄 테니 조금만 참아라' 고 그렇게 꼬이던 배롱나무 꽃이 두 번째 색깔을 바꾸고 세 번째에 들어섰다. 곧 풍요의 가을이 온다는 희망이다. 지금 사람들은 배롱나무 꽃잎이 세 번 색깔을 바꾼다는 의미를 모른다. 자세히 살피면 같은 꽃잎이 백일을 가는 것이 아니라 세 번 정도 새 꽃잎이 나서 그때마다 조금씩 앞에 핀 것보다 옅은 색깔이었다가 붉어져서 지기 때문에 생겨난 말이다.

많이 있는 것은 대개 다 보기가 좋다. 혼자서 하는 것보다 함께 하는 즐거움을 알면 이루고자 하는 것이 더 빨리, 더 확실하게 이루어질 것이다. ✿

꿩 잡는 게 매인가?

흔히 꿩 잡는게 매라고들 한다. 그러나 정말 그런가? 매가 아니어도
꿩만 잡으면 다 매인가? 매일지라도 꿩을 못 잡으면 매가 아닌가?

삼십 년 동안
칼을 찾은 나그네
몇 번이나
잎은 지고
또 가지 돋아났던가?

복숭아꽃을
꼭 한 번 본 뒤로는
그 때부터 지금까지
다시는 의심하지 않았네.

선사들의 선시는 한편으로 멋지기도 하고 다른 편으로는 어렵기
도 하다. 그래서 관심이 많이 가는 분야이기도 하다. 깨달음의 과정

이나 내용 및 느낌을 시로 표현한다는 것이 얼마나 멋진 일이며 또 얼마나 어려운 일인가? 그리고 얼마나 힘든 과정을 거치는가? 그런 것들을 생각한다면 접하는 것만으로도 커다란 공덕이라고 해야 할 지. 선방 문고리만 잡아도 부처님 앞에 다가간 것이라고 하지 않는가?

'내가 수행자다', '중노릇 했다'고 볼 수 있는 기간이 적어도 30년은 되어야 한단다. 그 30년 내내 진리를 찾아 다녔는데 진리라는 것이 어디 있는 것일까? 진리라는 것이 어느 골짜기에 숨어 있는 것이 아니라 어느 햇빛 다사로운 봄날에 동산에 올랐다가 아름다운 복사꽃이 핀 것을 본 후로는 다시는 이리저리 헤매지 않고 흔들리지 않아 평안했다는…참으로 그림처럼 그려지는 마음 소식이다.

이 게송을 지은 영운은 중국 선종 5가의 위앙종의 시조인 위산 영우선사의 법을 이어받은 선사다. 그런데 재미있는 것은 영운의 사제인 현사사비玄沙師備가 사형인 영운의 글을 보고 비평한 내용이다.

"지당하고 지당하지만 사형에게는 아직도 뚫지 못한 곳이 있음을 내 보증합니다."

선사들의 담금질이 아무리 심하다지만 사형의 공부를 이렇게 부셔 놓다니. 황당한 일 아닌가? 더구나 덜 된 것을 자기가 보증한다니. 그러나 더한 재미는 그 말을 듣자마자 영운이 되물은데 있다.

"그래 사제께서는 뚫었다는 말이지?"

그때서야 사비는

"그렇지요, 그래야지요. 그렇게 나오셔야지요!"

그랬다고 한다.

『현사광록玄沙廣錄』이라고 현사사비라는 선사의 법어집에 실려 있는 당나라의 스님인 영운지근靈雲志勤 스님의 게송에 얽힌 이야기다.

세상에서 벌어지는 여러 가지 일들을 지켜보며 문득 마음공부 이야기가 생각났다. 북한의 핵실험과 우리 정부의 원자력 정책, 4대강 이야기, 세 빛 둥둥섬 이야기, 제주 강정마을 해군기지 이야기, 경제민주화 이야기, 창조과학부 이야기, 일본 아베정부의 엔저 정책과 신사참배 등 우경화 이야기 등을 접하면서 느끼는 것이 있다. 유명 연예인 등이 성범죄자가 되어서 전자 팔찌를 차거나 거세형을 받는 것도 나름의 필요성이 있지만 효과가 얼마나 나는지. 그리고 그 사람의 인권은 어떻게 하는지. 사랑 넘치는 부부생활을 하면 참 좋지만 세상살이의 관계는 그렇게 쉽지 않은 법이다. 그래서 이혼하기 전에 조금 기다리면서 생각해보자는 이혼숙려제도에 나름의 기여를 한 바 있다. 다니면서 이야기 하니 많은 사람들이 좋아해서 뿌듯했다. 그런데 어느 자리 그리고 여성의 전화 등 상담기관에 있는 분들의 이야기는 그렇지 않았다. 숙려기간이 아주 피 말리는 고통의 기간이라는 것이다.

불교적으로는 부처님이 수행한 방법이 무엇이며, 인간에게 도움이 되는 것은 무엇인가라는 넓은 주제에서부터 수행자의 세속 생활이 수행과 전법에 어떤 관련이 있는가를 계율의 관점과 수행의 관점에서 보는 이야기 등이 있다. 법률적으로 윤리적으로 그리고 학술적으로 더 나아가 현실적으로 도움이 되는 연구는 어떤 것일까?

흔히 '꿩 잡는 게 매'라고들 한다. 그러나 정말 그런가? 매가 아니어도 꿩만 잡으면 다 매인가? 매일지라도 꿩을 못 잡으면 매가 아닌가? 매가 언제부터 꿩 잡는 일을 하게 되었는가? 인간이 길을 들여 꿩사냥에 써 먹으면서 비롯된 것이 아닌가? 꿩 잡는 게 매가 아니라 설사 꿩을 못 잡더라도 매라야 매인 것이라는 것을 생각했으면 한다. 길이를 잴 때는 자를 쓰고, 무게를 잴 때는 저울을 쓰듯이 학문적 연구 결과를 검증하기 위해서는 학자와 연구 기관이 나서야 한다. 공연히 아무나 이래라 저래라 하는 것은 문제가 많다.

복숭아꽃을 한 번 본 뒤로 다시는 의심을 하지 않는 경지야 쉽지 않더라도 그런 굳은 손잡음이 이뤄지는 모습이 그리운 때다. 뭐 별수 없지. 나부터 조금씩 그리해서 더 해 가야지. 🪷

08
닭 벼슬? 그게 어때서?

나름 멋있게 생긴 닭 벼슬처럼
소임을 맡았으면 맑고 향기롭게 봉사 해야한다

스님들이 그렇게 말한다. '중 벼슬 닭 벼슬보다 못하다' 고. 그런
가? 그런데 왜 큰 사찰 주지나 종회의원, 원로의원, 총무원장이나
그들을 뽑는 사람들이라는 선거인단 선거에 스님들이 열을 내서 달
려들고 돈을 쓰고 하는 추한 짓을 벌이는 것일까? 그러면서도 한결
같이 '중 벼슬 닭 벼슬보다 못하다' 고 하니 알다가도 모를 일이다.

'할애사친' 이라 하여 '사랑하는 이를 버리고 어버이를 떠나는'
것이 출가라는 뜻에 들어있다. 세상에서 가장 아끼는 존재가 될 사
랑하는 아내나, 자기의 분신이랄 수 있는 아들딸을 곁에 두고는 수
행하기가 쉽지 않으니 떼어내고 나와야 한다는 것이다. 그 뿐 아니
라 자신을 낳아서 이 세상에 있게 해 준 부모님마저도 수행에는 방
해가 될지 모르니 벗어나야 한다는 것이다. 참으로 대단한 각오가
아닐 수 없다. 한편으로는 대단히 비정한 행동이다.

나는 어려서는 종교를 몰랐다. 아버지가 예수쟁이도, 불교쟁이

도 되지 말라고 하셨기 때문이다. 그런데다 고교시절 마음속으로
흠모하던 여선생님이 '누구를 의지한단 말이냐?'고 한 말이 가슴을
울렸기 때문이기도 하다. 아버지는 살고 있던 시골 마을의 목사가
못된 짓을 많이 해서 기독교를 싫어했다. 그리고 전설 따라 삼천리
에 나오는 승려들의 파계행을 듣고 불교도 싫어했다. 그래서 어머
니도 절에는 물론 예배당에 가 볼 꿈도 꾸지 못하고 젊은 시절을 보
내셨다. 여선생님은 본인이 철학적인 문학도라서 무엇인가에 의지

하는 것이 싫었던 모양이다. 아니 나중에 들으니 사랑의 열병을 앓게 한 이가 어떤 교를 믿었다고 한다. 그런데 맺어지지 않았기에 그런 생각을 가지게 된 것 같다.

사실 종교를 모른다고 해서 밥을 못 먹거나 옷을 못 입거나 잠을 못 자는 것도 아니다. 살아가는 데 필요조건이 아니라는 말이다. 충분조건일 따름이다. 또한 교단과 교당에 속하는 것이 종교 그 자체는 아니다.

그런데 나의 아버지 어머니가 참 어렵게 사셨다. 사회적 학력과 경제적 배경은 턱없이 부족하지 지금 나의 모습으로 살펴보듯 나의 출발지인 아버지의 성정이 남의 일에도 관심을 꽤 많이 가진 오지랖이었다. 한때 산아제한이 정부시책이라서 '하나씩만 낳아도 삼천리는 초만원'이라는 표어가 유행할 때 꽤 많은 아낙네들이 조그마한 선물과 함께 육아의 고통을 덜어준다며 하는 불임 시술에 동참하곤 했었다. 그런데 나의 기억에 의하면 아버지는 장터에서 돌아오는 길목에 서서 지나가는 동네 아낙들이 그런 시술을 하러 가거나 하고 왔음직하면 영락없이 다가가서 큰 소리로 야단을 치곤하는 것을 보았다. 그런 성정을 닮아서 그런지 정말로 부처가 되는 길을 좋아하고 그것을 남들에게 전해서 함께 행복하기를 좋아하는지 모르지만 곳곳의 행사에 열정적으로 참여한다.

불교적 오지랖의 본능이 활발하게 발동하는 것이다. 그러면서 출가하여 주로 종단 전체의 일을 보는 곳인 총무원에서 여러 가지 소임을 맡아 살아온 세월이 20여 년을 훌쩍 넘었다. 그러다 보니 소위 닭 벼슬보다 못하다는 것을 여러 가지 한 경력의 소유자가 되었다. 소위 나라를 대표하는 정부기구와 대등한 역할을 해보겠다는 뜻에서 대표는 대통령과 같은 총무원장, 장관에 해당하는 부장, 그리고 국장의 순서로 직위가 나눠진다. 총무, 교무, 기획 국장을 거쳐서 총무, 교무, 사회부장과 교류협력실장이라는 직책과 총무원 부원장을 겪었으니 벼슬살이는 더 이상 하기 힘들만큼 한 셈이다.

그런데 나의 생각은 다른 사람들과 다르다. 출가 수행자라 할지라도 그들이 소속되어 있는 조직인 승가(승단)가 있어서 구성원이 되고 쓰임에 따라 만들어 놓은 소임을 맡을 수가 있다. 그것은 벼슬이라고 보기에는 조금 뭣하지만 보기에 따라서는 벼슬이라고 해도 어쩔 수 없다. 나름의 힘이 있기 때문이다. 그런데 개념을 제대로 파악하지 못하고 쓰거나, 뱉고 있는 말이 마음과 다르거나 아니면 행동이 말과 다른 경우가 아닌가 생각한다.

쓰임새가 필요한 자리에 능력이나 마음이 있는 사람이나 있어 보이는 사람에게 자리를 맡기면, 또는 그런 믿음을 주어서 자리를 맡았으면 이름과 자리에 맞는 마음과 말과 행동을 하면 될 일이다. 여러 가지 노력을 기울여서까지 맡아 놓고 속마음과 다르게 별 것 아니라는 듯이 말을 하는 것 자체가 당당한 일은 아니다. ⑦

09
벙어리도 꿈을 꾸나니

깨달음을 얻도록 노력하게 하는 계기를 마련해 주거나, 계기를 마련한 사람에게
정진하는 방법을 일러주어서 그 방법대로 행해서 지극한 경지에 도달해야 한다

⊛

싯다르타 태자가 출가하여 수행정진 끝에 깨달음을 얻어 부처님
이 되신 지 2602주년을 맞이하여 불자들이 스물다섯 분이나 나와
함께 참선으로 밤을 새우는 용맹정진을 하였다. 우리 부처님이 무
슨 수행을 하셨을까? 물론, 과거 전생에 보살이었을 때 십바라밀을
실천하였지만 결정적인 수행의 방법은 참선공부였다.

6년 동안 다른 이들의 가르침을 따라 함께했던 선정禪定, samatha
을 기본으로 하고, 모든 것이 주의를 온전히 기울여 날 마음이 되지
않고 온 마음專念, sati이 되게 하여 몸과 마음의 현상을 자세하게 살
폈다. 세밀하고 자세하게 잘 살피는 것을 위빳사나觀, vipassana라고
한다. 몸身, kaya과 감각受, vedana과 마음心, citta과 지각대상法, dhamma
을 살피는 것이 '반드시 붓다에 이르는 길ekayana maggo. 一乘道' 이라고
말씀하시다. 부처님은 그렇게 하여 전생前生도 보고, 업業의 작용도
알고, 연기緣起를 깨달아 윤회를 벗어나는 길을 알고 고요한 기쁨,

움직이지 않는 평화를 얻으신 것이다.

그래서 남방의 미얀마, 스리랑카, 인도 등을 중심으로 사마타와 위빳사나 수행이 현대까지 진행되고 있다. 그런데 티베트를 들어가면서 밀교수행인 주력공부가 보리도차제수행菩提道次第修行까지 합해서 진행되고, 중국에서는 '간화선看話禪' 즉 '화두참선話頭參禪'이 시작되어 발달하였다. 우리나라의 수행방법도 정토행淨土行의 칭명염불稱名念佛과 함께 간화선이 발달했다.

간화선이 무엇인지 간단하게 알아보자. 이런 말씀을 무엇으로 하고 여러분은 무엇으로 이해하는가? 말씀으로 하고 말씀을 들어서 이해하지 않는가? 그냥 다 바로 이해되던가? 이해되는 것도 있고 아닌 것도 있지 않은가? 우리나라 사람에게 우리말로 하는데 이해가 되는 것도 있고 그렇지 않은 것도 있다는 것이 재미있지 않은가? 말하는 사람의 여러 조건과 듣는 사람의 상황에 따라 이해되기도 하고 그렇지 않기도 하다. 그 말씀에 들어있는 '참뜻眞意, 본뜻本意, 숨은 뜻密意, 행간의 뜻間意'을 알아내려고 무던히 애를 쓰지만 쉽지 않다. 그래서 그 말씀을 제대로 이해하면 스스로도 행복하고, 관계 있는 이와도 평화로운 행복을 누릴 수 있다고 생각했다. 더구나 수많은 이민족으로 이루어진 국가인 중국에서는 다른 이의 말을 이해하는 것이 아주 소중한 일이었다. 오해하거나 오해받으면 삼족이 멸해지는 아픔을 겪어야 하니까. 당송시대 수행자들이 말씀話頭을 주제로 명상하게 한 것이 간화선의 전통이다. 그래서 그 시절에는 출가수행자도 많이 했지만 재가자도 간화선을 많이 했음이 간화선을 확립시킨 대혜종고大慧宗(1089-1163) 스님의 『서장書狀』 등 여러 자료에 나온다.

그런데 요즈음 한국불교에서 참선을 상근기의 스님들이나 가능한 어려운 일이라는 생각이 횡행하니 안타깝다. 화두의 두頭는 뜻이 없는 허사라 '말머리'가 아니라 '말, 말씀'의 뜻이다. '말씀'을 주제로 누구나 할 수 있는 명상이 바로 '간화선'이다. 그리고 열심히 하면 누구나 성과를 얻을 수 있는 수행방법이다. 세상에 열심히 하지 않고, 일정한 시간 이상 하지 않고 얻어지는 결과는 없다. 아마도 현재의 어려움 이야기는 전국의 1만 개가 넘는 사찰에서 성도절 정진을 하는 곳이 많지 않고, 참선으로 하는 곳은 더욱 적어서 우리 열린선원 같은 열악(?)한 도량에서 '밤샘참선' 한다고 여러 언론에서 다루는 것도 바로 제대로 하는 곳이 드물다는 것을 증명하는 것이고 그래서 참선이 어렵다는 이야기를 그리 쉽게 하는 것으로 생각한다.

주제로 들어가서 화두이야기를 해보자.

화두는 공안公案이라고도 하여, 공문서가 신뢰 있는 문서인 것처럼 화두도 깨달음으로 가는 신뢰있는 문서와 같은 명상주제인 언어라는 뜻이다. 1천 700여 개의 공안이 있다고 하는데 사실은 반드시 풀어야만 하는 수행의 과제라는 뜻으로 이해하는 것이 좋겠다. 그 화두들을 모아서 공부하는 이들에게 나침반 같은 역할을 하는 책들이 있다. 원오극근圓悟克勤,(1063-1135) 스님의 『벽암록碧巖錄』, 무문혜개無門慧開 스님의 『무문관無門關』 등이 그런 화두와 수행자들의 문답 및 수행의 과정과 뒷이야기들을 싣고 있어서 후참들이 수행하는 데 도움이 되게 하고 있다.

‘무문관’ 제1칙에는 다음과 같은 대목이 나온다.

"이 관문을 통과하고 싶은 자는 없는가? 있다면 삼백육십 뼈마디와팔만 사천 털구멍 온몸 전체가 한 개의 의심덩어리가 되어, 이 ‘무無’ 자를 참구하라. 불철주야 끊임없이 참구하라. 그러나 이 ‘무’

를 허무의 무나, 있다有의 반대인 없다의 '무'로 잘못 참구해서는
안 된다. '무'의 참구는, 시뻘겋게 달아오른 쇳덩이를 삼키고 나서
뱉으려고 해도 뱉을 수 없는 상황에 빠진 것처럼 절박 절실해야 한
다. 지금까지 익혀온 일체 잘못된 견해와 생각, 지식을 완전히 떨쳐
내 버리고 오로지 일념으로 오래도록 참구하면, 자연히 안과 밖이
하나가 될 것이다打成一片. 마치 벙어리가 꿈을 꾼 것처럼啞子得夢, 그
경지는 오직 자기만이 알뿐이다."

여기서 말하는 관문, 즉 조사관이란 '무', 즉 '무자화두'를 가리
킨다. 이 무자가 바로 역대 깨달은 큰스님(조사)들이 수행자(납자)들에
게 꿰뚫어보라고 제시했던 관문, 즉 숙제이다. 그 세계는 언어도단
言語道斷, 즉 말로는 나타낼 수 없다는 것이다. 물이 찬지 뜨거운지는
오로지 마셔본 사람만이 알 수 있다는 것이다. 그러니 말 못하는
벙어리가 꿈을 꾸었다면 어떻게 남에게 전해줄 수 있을까? 도저히
전해줄 방법이 없어서 혼자만 알 뿐이라는 것이다. 수행을 통해서
얻는 깨달음 또한 마찬가지다. 누가 누구에게 깨달음을 전해서 얻
는 것이 아니라 깨달음을 얻도록 노력하게 하는 계기를 마련해 주
거나, 계기를 마련한 사람에게 정진하는 방법을 일러주어서 그 방
법대로 행해서 지극한 경지에 도달하게 해야 한다.

그것은 마치 대장간에서 풀무질을 해서 벌겋게 달귀진 쇠를 필
요한 만큼 두들겨서 마침내 필요한 하나의 쇠를 얻어내어 연장을
만들 듯하는 것이다. 그것을 타성일편打成一片이라고 한다.

그렇게 불을 지펴 쇠를 달구고 달귀진 쇠를 망치로 두들겨 조직
을 강화하듯이 의심덩어리가 정확하게 마음에 잡히어 떠나지 않게

되면 가든지 서든지 잠자든지 명상주제가 분명하게 되는 것이다. 그럴 때에도 다른 생각 없이 계속 주제에 몰두해야 한다. 그러다 보면 동산위로 보름달이 둥그렇게 떠오르듯 마음달이 떠올라 빛나게 될 것이다.

그렇게 되면 현실의 삶 속에서 가정에서나 사회에서나 주위 사람들과의 관계가 평안해진다. 스스로도 늘 기쁘고 남에게도 기쁨을 주는 사람이 된다.

읊은 이가 무문혜개 스님이라고도 하고, 조주 스님이라고도 하는데 게송하나 더 소개한다.

봄에는 꽃이 피고
가을에는 달이 뜨고
여름에는 서늘한 바람이 불고
겨울에는 눈이 내리네
쓸데없는 생각만 마음에 두지 않으면
이것이 바로 좋은 시절이라네
春有百花秋有月　夏有涼風冬有雪
若無閑事掛心頭　便是人間好時節 🪷

10

사랑하라

사랑이 바로 슬기를 이룩하게 하는 주요인이기 때문이다 사랑하는 이는 슬기롭다.
슬기로워야만 사랑할 수 있다.

사랑의 가장 중요한 덕목은 자기에게 있는 것을 나눠 가지는 것
이며 그것을 한 쪽에서 보면 베푼다고 표현한다. 뭐든지 나눠 가지
는 관계인 사람을 우리는 사랑한다고 한다. 사랑하는 사람을 뭐라
고 부르나?

여러분은 사랑하는 사람을 부를 때 뭐라고 부르시나요? '자기야~' 라고
하지 않는가요? 즉, 그 사람을 자기 자신만큼 아껴주고 사랑하라는 뜻이다.

내 이름을 넣어서 인터넷 검색을 해보면 이 글이 뜬다. 관악산
자운암에서 부처님 오신날 법문한 내용을 LuckyRio라는 분이 트윗
한 것이다. 우리나라 사람들이 사랑하는 이를 부르는 지시대명사
'자기' 라는 말 속에는 '너무나 사랑하여 자기처럼 느껴지는 이' 라
는 뜻이 들어 있다. 그래서 조금 더 마음 깊이 그 말을 받아들였으

면 한다고 대중들에게 설법하였더니 마음에 닿았는가 보다. '자기!'
참 좋은 말 아닌가?

어떤 여인이 있었다. 그녀는 마음에 드는 청년에게 편지를 보냈
다. 편지에 긴 글이 적혀있질 않고 짧은 한시의 뒷구절만 씌어 있
었다.

만일 혼에게 다니는 흔적이 있게 한다면
그대의 문 앞에 놓인 섬돌이 반쯤은 모래가 되었을 것
若使夢魂行有跡
門前石路半成沙

참으로 절절한 고백이 아닐 수 없다. 얼마나 다녔으면 그 큰 섬
돌이 반이나 모래가 되었을 것인가? 그것도 자취 없는 혼에게 있게

만들어서.

이런 고백의 편지에 청년이 멋지게 답하지 않으면 스토리가 이어지지 않는다. 한시로 보내온 여인의 마음을 순 한글인 시조로 받았다.

사랑이 거짓말이 님 날 사랑이 거짓말
꿈에와 보인단 말 그 더욱 거짓말
나같이 잠 아니 오면 어느 꿈에 뵈오리

그대가 사랑한다 하고 너무나 사랑하여 밤마다 꿈에 나를 보러 온다는데 그 말이 참말이라고 하는 것이오? 어찌 편하게 잠이 들면서 말이요. 나는 한 숨도 자지 못하는데…

앞의 시는 이 옥봉의 것이고, 뒤의 시는 누구 것인지 모른다. 어려서 배운 시조집에 무명씨라고 되어 있다. 하지만 더 이상의 좋은 표현이 없을 만큼 사랑하는 마음을 다한 시라고 생각한다. 이런 아름다운 시를 주고 받는 관계가 바로 자기 아닌가 싶다. 믿음과 소망보다도 좋은 사랑! 사랑하는 사이에 부르는 이름 자기! 너무나 사랑해서 꿈마다 보는 사랑, 아니 잠마저 들 수 없는 사랑! 그런 사람을 꿈꾸는가?

그렇다면 다음 여섯 단계의 사랑을 하게 될 것이다. 다른 사람보다 그녀(그이)가 뭔가 달라 보여 기억이 되고remember, 기억하면 함부로 할 수 없는 기품에 존경하고respect, 존경이 지속되면 좋아like하게 된다. 나아가 절실하게 필요need로 하게 된다. 이 필요성을 넘어 그 아픔까지 사랑하는 이해understand가 이루어진 뒤에야 드디어 사랑love이 다가오는 것이다.

이러한 사랑을 얻어 미래를 약속하게 되면 그 사랑을 모든 친지들에게 공시公示하는 의식을 치른다. 그것을 이름하여 화혼華婚이라 한다. 부처님이 전생에 보살행을 닦고 있었을 때에 구리선녀가 가지고 가던 꽃 다섯 송이를 구해 같이 올린 인연으로 결혼한 것을 꽃결혼華婚이라 하는 것이다. 그래서 화혼에서는 신랑이 일곱 송이, 신부가 두 송이의 꽃을 올리는데 사랑하는 모든 이들이 여섯 단계 사랑의 맛도 보고 꽃결혼을 하게 되기를 기원 드린다. 그래서 너人와 나我라는 생각山을 없애고破 공덕功德의 숲林을 기르는養 삶이 되기를 기원한다. 너와 나라는 생각을 없애고 공덕의 숲을 기르는 것破人我山 養功德林을 일러서 산림山林이라 한다.

본디는 사찰에서 특정 과목의 경전을 함께 공부하는 것을 산림이라 했다. 화엄경을 공부하면 화엄경산림, 법화경을 공부하면 법화경산림, 금강경을 공부하면 금강경산림이라 하였다. 그 법회라는 이름의 산림이 두 사람의 사랑을 통해 이뤄지는 새로운 생활에 붙여진 것이다.

그런데 우리말의 ㄴ과 ㄹ이 만나면 자음접변 현상에 의해 '살림'이 된다. 따라서 '살림을 차린다' 는 결혼생활의 의미가 규정되는 것이다. 살림이라는 말에도 지극한 사랑의 뜻이 배어있다. 그래서 사랑은 좋은 것이니 사랑하시라! 부디 사랑하시라! 남편을 사랑하고, 아내를 사랑하고 자녀들을 사랑하고, 이웃을 사랑하시라.

부처님의 수행자였던 시절인 보살菩薩이었을 적 이야기를 전생이

야기라고 한다. 그 전생이야기를 담은 것을 『본생경』이라한다. 현생의 드러난 삶을 화신化身이라고 하며, 드러나지 않은 뿌리같은 삶을 본생本生이라고 한다. 인도말 자따까jataka에서 왔다. 그 본생경에는 547가지의 이야기가 담겨있다. 그런데 그 이야기의 주제와 소재 가운데 가장 많은 것이 무엇인지 아시는가? 그것은 바로 베푸는 이야기이다. 바로 사랑 나누기이다.

왜 그랬을까? 사랑이 바로 슬기이기 때문이다. 사랑이 바로 슬기를 이룩하게 하는 주 요인이기 때문이다. 사랑하는 이는 슬기롭다. 슬기로워야만 사랑할 수 있다.

사랑(자비)과 슬기(지혜)는 다른 것이 아닌 한 짝이요, 한 몸이다. 그래서 부처님께서 전생 수행자인 보살이었을 적에 사랑을 베푸신 것이다. 그것이 열반을 얻는 바라밀행이 되어 현생에 싯타르타라는 태자로 태어나 수행을 완성하여 석가모니부처님이 되신 것이다.

사랑하시라! ❀

추워도 향기를 팔지 않는 매화처럼

재물이나 명예 등의 이익을 좇지 않는
맑은 삶을 살아보자!

거문고는 천 살을 먹어도 곡조를 머금고
매화는 평생 추워도 향기를 팔지 않으며
달은 천 번 이지러져도 본디 그대로이고
버드나무는 백 번 부러져도 새 가지를 낸다
桐千年老恒藏曲　梅一生寒不賣香
月到千虧如本質　柳莖百別又新枝

　처음 이 글을 접했을 때는 '매화는 평생 추워도 향기를 팔지 않으며 거문고는 천 살을 먹어도 곡조를 머금는다梅一生寒不賣香 桐千年老恒藏曲'는 내용만을 읽었고 누가 썼는지도 몰랐다. 그러나 아주 좋았다. 특히 세상에 나왔거나 세상을 벗어나 출가했거나 가리지 않고 벼슬이나 재산이나 명예를 대할 때 평소 입버릇처럼 말하는 초월한 삶을 곁에서 보기는 참으로 어려웠다. 스스로도 좋아하지만 그런 것들을 가진 이들을 만났을 때 보이는 태도는 참으로 실망스러운 것이었다. 대통령은 말할 것도 없고 국회의원이나 군수나 경찰서장 구청장을 만나면 고개를 90도로 숙이고 그냥 절에 오는 신도를 만나면 고개를 뻣뻣이 하는 모습을 보고 바로잡는 노력을 기울여왔다. 그래서 연수교육 때에는 스님들에게 그런 유명하고 높은 사람을 만나면 고개를 반듯이 하고 악수만을 하기를 권했다. 물론 상대방이 합장하고 공경하게 인사하면 또 그렇게 받아주라고 했다.

『법화경法華經』에 나오는 인물인 상불경보살常不輕菩薩은 누구에게나 존경하는 예경을 하였으므로 비록 높은 이라고 하나 고개를 숙이지 않는 것은 잘못이다. 하지만 매스미디어 시대에 그것은 필요한 방편方便이라고 생각하여 그리 한 것이다. 그것을 아주 자랑스럽게 생각하고 살았다. 나의 기개를 보여주고 실현하는 것이라 믿었다. 또 수행할 때 나의 자세는 누구에게도 굽히지 않는 것을 기본으로 삼았다. 설봉雪峰이라는 중국스님의 어록에 '천지에 나와 짝할 이가 누구인가?'라는 글귀가 내 맘에 쏙 들었음은 말할 것도 없다. 비록 부처님이나 큰스님이라 할지라도 예절로 높이는 것은 할지라도 공부의 경계만큼은 누구에게도 양보할 수 없다는 자긍심으로 똘똘 뭉쳐 있었다. 그것을 당연하게 생각하고 자랑스럽게 생각하였다.

그런데 한 해 두 해 지내면서 생각하니 그것만이 전부가 아니었다. 나이 먹어서, 수행을 많이 해서, 공부를 많이 해서 얻고자 하는 것이 무엇이었나를 곰곰이 생각해 보았다. 그것을 바로 부처님께서 가르치신 명상법을 통해 자세히 살폈을 때 모든 것은 실체實體가 없고 시간에 따라 변해감을 제대로 앎으로써 마음의 고요寂 즉 평화安

=滅를 느끼고 체험하는 것 아니겠는가? 그렇게 되었을 때 너니 나니 하는 구별이나 차별의식이 어디 개입하겠는가?

그럴 때 바로 공자孔子가 강조한 '모든 공부의 마무리가 바로 노래요, 음악이다' 하는 말이 마음에 닿았다. 그 경계가 거문고는 비록 천 살을 먹을지라도 곡조를 지닌다는 말이다. 참 멋이 있고 맛이 있는 표현이다.

이런 멋있는 표현을 보고 이 말을 한 이는 분명 스님이라고 생각했다. 그런데 그것은 내 좁은 생각이었다. 본디 세상 모든 것은 주인이 따로 없고 쓰는 이가 임자인 것을! 알고 보니 조선 중기의 유림儒林인 상촌象村 신흠申欽(1566-1628)선생의 시였다. 선생은 1586년 승사랑으로서 별시문과에 병과 급제하여 성균관 학유, 예문관봉교, 사헌부감찰, 병조좌랑, 이조정랑, 함경도어사, 동부승지, 형조참의, 예문관제학, 도승지, 한성부판윤, 병조, 예조판서, 경기관찰사, 우의정, 좌의정, 영의정을 지냈다. 상촌선생은 조선중기 한문 4대가로 이정구李廷龜, 장 유張維, 이 식李植과 함께 문장으로 이름을 떨쳤으며 『상촌집象村集』, 『야언野言』 등의 저서를 남겼다. 선조宣祖를 섬기다가 광해군光海君의 핍박을 받으면서 고생을 하였던 이라 아마도 그 때쯤의 절개를 읊은 것이 아닌가도 생각되는 시이다. 김 구 선생 등이 애송하면서 절개를 강조하느라 뒤의 2행이 더 알려져 있기도 하고, 또 어떤 이들에게는 앞의 2행이 애송되고 있지만 나에게는 4행이 모두 같은 의미와 느낌으로 다가온다.

초승에는 초승달, 초승부터 보름 전까지는 상현上弦달, 보름에는 보름달, 열엿새부터 그믐 전까지는 하현下弦달, 그믐에는 그믐달이라 불리며 그 모습이 변해가는 달. 달은 스스로 모습을 변하는 것일까? 대답은 아니다. 지구의 그림자에 가려 다르게 보일 뿐 달의 크기가 달라지는 것은 아니다. 그렇기에 천 번을 이지러진다 한들 그 본디 크기가 달라질 리 있겠는가? 어쩌면 권력이나 명예, 재산의 변동을 따라가는 이들에게, 또는 그것을 강요하는 이들에게 에둘러 표현한 것인지도 모르겠다. 한편으로는 질량보존의 법칙을 나타내는 말인 것 같기도 하다. 그러니 아직까지 언제적 계수나무 아래 토끼가 방아 찧고 있겠는가!

물가에 심어진 나무들은 물이 가까이 있어서 뿌리가 깊지 않고 줄기나 가지의 껍질이 조금만 비틀려도 비틀어진다. 그래서 껍질만을 따로 벗겨내서 활용하는 일이 있다. 버드나무 같은 경우가 특히 그렇다. 어렸을 적 누구나 해봤음직한 악기놀음이 바로 버들피리 불기 아니던가? 그런데 백 번을 꺾이더라도 새 가지를 낸다는 것은 참으로 신축성이 뛰어나다는 것을 나타내는 말이다. 물론 백골이진토 되더라도 일편단심이라는 뜻도 있겠지.

재물이나 명예 등을 좇지 않는 맑은 삶을 살아보자. 추워도 향기를 팔지않는 매화처럼 말이다. 🌸

12
계획을 세워 뜻대로 살자

───

이따가, 내일 하면서 말로 한다고 마당이 깨끗해지느냐?
한꺼번에 쓸어내겠다고 하다가 하나도 쓸지 못하지는 않겠느냐?

❀

봄의 계절이 돌아옴을 알리는 날짜가 바로 입춘立春이다. 뜻을
세우면 입지立志요 봄을 세우면 입춘이다. 하지만 세운다는 표현을
해서 그렇지 세우는 것은 참으로 어렵다. 우리 스스로가 열심히 노
력하다 보면 어느 새 그것이 서 있음을 알게 된다. 시리고 추운 겨
울에 우리가 봄을 생각할 때는 이렇게 추운 바람이 얼굴을 훑고 지
나가는데 봄이 언제 오겠느냐 싶게 느껴지지만 언젠가 칼바람의 날
이 약해진다는 느낌이 들 때면 봄은 어느 새 우리 코앞에 와 있음을
알게 된다.

뜻도 또한 우리가 아무리 세우려 해도 세워지지 않다가도 그 노
력을 쉼 없이 해 나가다 보면 어느 틈에 그 뜻을 이미 세운 성인으
로 자라있음을 알게 되는 것이다. 입춘을 기점으로 해서 봄이 오며
봄을 맞이한 세상과 만물은 따뜻한 기운이 돌고 새로운 생명이 태
어나는 희망으로 가득 차게 된다. 하루의 계획은 새벽에 하고, 한

달의 계획은 초순初旬에 하며 일년의 계획은 봄에 세우고, 일생의 계획은 교육 시기에 세운다는 말이 있다. 그 때가 어느 때든지 그것을 알아차린 때가 제일 적당한 때이다. 한 해와 몇 년 더 나아가 십 년뿐 아니라 평생의 계획을 세울 필요가 있다.

속이 좋지 않고 지치기를 잘하는 어떤 사람은 의사와 주위 사람의 권유를 받고 달리기를 하기로 하였다. 매일 아침 일어나 달리기를 하다 보니 힘들고 비오거나 전날 한 잔 뒤에는 힘이 들어 쉬고 싶기도 하였다. 하지만 억지로라도 조금씩 뛰기를 일 년 가까이 했더니 어느 틈에 종아리가 굵어지고 감기 등 잔병이 없어졌다고 한다. 어떤 학생은 고등학교 다닐 때 늘 위장병에 시달렸는데 산비탈에 있는 대학교에 진학해서 어쩔 수 없이 하루에도 몇 번씩 교정을 오르내리다 보니 위장병이 씻은 듯이 나았다고 한다. ABC도 몰랐던 할머니가 하루에 한 마디씩 3년을 했더니 해외여행에 같이 갔던 동료 할머니들의 물건 사거나 호텔에 목욕탕 갔을 때 통역까지 하게 되더라는 이야기는 남의 것이 아니라 바로 나의 것이 될 수 있다. 이렇게 습관처럼 지속적으로 할 수 있는 일을 계획해야 한다.

어느 날 큰스님이 제자를 데리고 사찰 경내를 거닐고 있었다. 참선이나 경전 공부하는 여가에 잠시 피곤한 눈도 쉬고 걸음으로써 심신을 건강하게 하기 위해 경행經行을 하신 것이다. 이리 저리 별 목적도 없어 보이게 거닐고 있는데 갑자기 바람이 불어왔다. 바람이 불자 나뭇잎들이 바람에 흔들리고 그 중 몇 잎이 떨어져 내렸다. '평소 도량을 깨끗이 하는 것이 내 마음을 깨끗이 하는 것과 같다. 저 바보 판타카도 부처님 말씀을 따라 도량 청소를 하다가 얻은 바

가 있지 않느냐?'고 가르쳐 오신 큰스님은 얼른 손을 내밀어 그 낙
엽 몇 개를 주워 주머니에 넣었다.

　판타카는 형제가 같이 부처님 곁에 출가해 수행 하였던 스님의

이름이다. 그런데 첫째에 비해 둘째는 매우 미련하고 기억력이 없
어서 남들에게 놀림을 받을 뿐 아니라 자기까지 바보형제라고 도매
금으로 묶어버리자 창피하게 여긴 형으로부터 쫓겨나게 되었다고

한다. 울면서 도량을 나서는 판타카를 만나신 부처님이 자상하게 보살피며 여래의 도량에서 수행을 계속하고 싶으냐고 물었다. 그가 그렇다고 대답을 하자 매일같이 빗자루와 걸레를 가지고 도량을 쓸고 닦으라는, 단순해 보이는 일을 지속적으로 시켰다. 그런데 보기에는 수행에 아무런 도움이 되지 않을 것 같은 단순 노동인 청소라는 활동을 통해서 자기를 보게 되고 법法을 알게 되어 마침내는 아라한의 과보에 이를 수 있게 되었다 한다.

큰스님이 나뭇잎을 줍는 것을 황망히 바라보던 제자가 미안해하며 '제가 이따가 빗자루로 쓸어낼 터이니 그만 두시지요.' 하고 말씀드렸다. 그 때 큰스님은 제자에게 '이따가, 내일 하면서 말로 한다고 마당이 깨끗해지느냐? 한꺼번에 쓸어내겠다고 하다가 하나도 쓸지 못하지는 않겠느냐?' 제자가 무안해서 아무 말도 못하고 있자 큰스님은 다시 자상하게 말씀하셨다.

"그리 거창하지 않게 보이는 그 순간 집어내고 쓸어내면 깨끗해지느니...."

중국 속담에 이런 말이 있다. '천천히 가는 것을 겁내지 마라. 다만 아주 멈춰 서 버리는 것만 걱정해라.' 그렇다. 결과가 예측되지도 않을 정도로 미약한 움직임이 나중에는 큰 수확으로 변할 수 있지만 아주 서 버리면 그것은 되지 않는 일이다. 물론, 그대는 불교 신도이니까 부처님의 가르침을 열심히 배워서 잘 익혀 실천해서 부처님과 같이 되려는 희망이 있을 것이다. 그렇다면 하루에 경전 한 구절이라도 읽는 습관을 들이고, 그저 읽기만 해도 좋다. 더 나아가 마음에 드는 구절이 나오면 밑줄도 치고 빈 곳에 느낌을 적어 넣기도 하고, 기독교의 성서나 다른 책에서 읽은 것이 생각나도 적어 넣고, 모르는 단어가 나오면 불교 사전을 찾거나 스님께 여쭤서 알아보기도 해 보라. 이렇게 1년이 가고, 2년이 가면 '아함경에 보니 이렇더라', '유마경에 보니 저렇더라', '법화경에 나오는 대로 이렇게 해야지' 하는 이야기와 생각을 할 수 있게 된다.

분명히 알아야 한다. 예수님뿐 아니라 부처님도 말씀으로 설법하셨고, 참선으로 깨우친 선사禪師님들도 말씀으로 설법하셨다. 따라서 우리 불자들도 부처님이 하신 말씀을 담은 경전을 열심히 읽고, 선사스님께서 하신 말씀을 담은 어록을 부지런히 읽어서 내 안에서 소화시켜야 한다. 그래가지고 자신이 믿고 있고, 알고 있는 최고의 진리를 비슷하게나마 말로 설명할 수 있어야 한다. 계획대로 자그마한 일이라도 착실하게 실천하면 그 끝은 분명히 있게 마련이다.

단단하기 이를 데 없는 바위를 뚫는 것은 표시도 나지 않는 방울물이 지속적으로 똑똑 떨어져 내린 결과다. 그래서 『중아함中阿含』 유경喩經에서는 "만일 한량없는 좋은 법을 얻을 수 있다면 이는 게으르지 않음을 근본으로 하고, 게으르지 않음을 원인으로 하며, 게으르지 않음을 머리로 하나니 게으르지 않음은 모든 좋은 법에서 가장 으뜸이 되느니라."고 하신 것이다.

어느 부잣집에 머슴으로 들어온 사람 하나가 주인이 시키는 대로 묵묵히 일을 하는 것을 지켜 본 주인이 어느 날 그를 불러 창고 열쇠를 주면서 말했다. 앞으로는 허드렛일을 그만하고 창고를 지키는 일을 하라고. 요즘이야 창고지기가 별 일 아니지만 예전에 곳간 열쇠를 맡긴다는 것은 재산을 믿고 맡기는 일이어서 믿음이 가는 후손에게나 하는 일이었다. 그 모습을 본 게으른 후손이 자기 몫을 이야기 하자 부자가 말하기를 내 재산을 조금이라도 불릴 수 있는 사람에게 내 재산을 주려 하는 데 너는 게을러서 줄 수 없다고 했다.

『출요경出曜經』에서는 "깨끗한 행을 닦지도 않고 젊어서 재물을 쌓지도 않으면 못을 엿보는 학두루미 같나니 옛 일을 지킨들 무슨 이익이 있으랴."고 한다. 학두루미가 배가 고프면 먹을 것을 찾아서 논두렁도 가보고 개울가에도 가서 찬물에 몸을 적시며 부리를 활발히 움직여야 먹을 것을 찾을 수 있다. 못 가에 서서 가만히 침만 삼키며 바라보고 있는 모습을 보고 다른 날짐승들이 어리석다고 꾸짖으니 오히려 그 학두루미가 저 못 속에는 맛있는 물고기며 우렁이가 많이 있는데 어찌 여길 떠나겠냐고 어리석은 반문을 하는 것을 풍자해서 하신 말씀이다. 아무리 그림 속의 떡이 맛있게 그려져 있어도 쟁반 위에 올려져 있는 밀개떡만 못하다는 것이다. 현실성이 있고 실천력이 있어야 그 계획은 쓸모가 있다는 것을 웅변으로 가르치시는 말씀이다.

새해를 맞이해서 해야 할 일이 너무나도 많겠지만 그 중에서도 가장 중요한 일이 바로 계획을 잘 세우는 일이며, 그 잘 세운 계획을 하나하나 실천에 옮겨서 결과가 있도록 하는 일은 더욱 더 중요한 일이다. ❀

⑬
반드시 열반으로 이끄는
가르침dhamma, 法

수행에서 올바른 의지처를 찾지 못하면 공부가 진행되지 않는다. 바른 의지처를
찾는 것은 최고의 행복인 닙빠나(열반)을 얻기 위해서도 꼭 필요한 것이다.

어둔 밤길을 갈 때 무엇을 의지해야 안전하게 목적지에 도달할
까? 풍랑으로 험한 바닷길을 갈 때도 무엇을 의지해야 살아서 목적
지인 섬洲 또는 뭍洲에 도착할까? 경전의 말씀을 통해 알아본다.

아난다여, 이와 같이 비구는 자신을 등불(섬)로 삼고 자신을 의지
처로 삼아 머물고, 남을 의지처로 삼아 머물지 않는다. 법을 등불(섬)
로 삼고 법을 의지처로 삼아 머물고, 다른 것을 의지처로 삼아 머물
지 않는다. 아난다여, 누구든지 지금이나 내가 죽고 난 후에 자신을
등불(섬)로 삼고 자신을 의지처로 삼아 머물고, 남을 의지처로 삼아
머물지 않으며, 법을 등불(섬)로 삼고 법을 의지처로 삼아 머물고, 다
른 것을 의지처로 삼아 머물지 않으면서 공부하기를 원하는 비구들
은 최고 중의 최고가 될 것이다.

남을 등불 삼아 길을 가거나 의지할 것을 삼아 머물지 않는다는
것이다. 어린 아이가 힘이 들거나 누구에게 맞을 때 큰 목소리로 울

면서 엄마를 부른다. 그런데 엄마가 대강 어디 있을지 아는 아이는 엄마 있는 방향으로 시선과 고개를 빼고 목소리를 높인다. 밤에 산길을 갈 때 불빛이 나오는 곳이면 그곳을 지향점으로 삼아서 길을 찾으려고 한다. 그것이 가능하지 않으면 하늘을 보고 별자리를 보거나 그것도 안 되면 훤한 쪽을 바라보게 된다. 나름대로 갈 곳을 찾는 기준이나 의지할 곳을 찾는 것이다.

빠알리어로 된 초기 경전인 니까야 가운데 길이가 긴 것들을 모아 놓은 경전군을 『디가 니까야(장부경전)』라고 한다. 이 가운데 부처님의 열반에 관하여 설법한 「마하빠리닙빠나숫따(대반열반경)」에 나오는 말씀이다. 물론, 이 말은 다른 경전에도 같은 형식으로 많이 나와서 '정형구'라고 표현한다. 그런데 불빛이 새어나오는 곳이나 하늘을 보고 걸어갔는데 도둑의 소굴에서 나오는 빛이거나, 골짜기가 너무 깊어서 길이 나오지 않으면 낭패가 아니겠는가? 이와 마찬가지로 인생 전체를 걸고 하는 수행에서 올바른 의지처를 찾지 못하면 공부가 진행되지 않는다. 아니 더 나빠지는 경우도 있다. 그래서 바른 의지처를 찾는 것은 현실적인 길을 찾는 데서나 최고의 행복인 닙빠나(열반)을 얻기 위해서도 꼭 필요한 것이다. 바른 종교, 바른 가르침, 바른 스승이 더욱 필요한 이유이기도 하다.

기본적으로 자기 스스로를 의지하는 것은 당연하지만 어떤 법을 의지해야 할까?

담마는 잘 설해진 것이고, 즉시 확인할 수 있고, 결과가 바로 나타나니 와서 보라는 것이며, 도움이 되는 것이고, 스스로 체험해 확실히 알 수 있는 것이다.

이 말씀은 『상윳따 니까야』의 1권에 실린 「깃발경(다작가숫따)」에 담겨있는 말씀이다. 『상윳따 니까야』는 부처님 당시의 구어口語인 빠알리어로 된 경전묶음 가운데 주제별로 묶은 가르침 또는 가르침의 제목과 내용이 서로 상응하는 것들의 묶음이라고 할 수 있다.

담마dhamma는 중국에서 법法으로 번역했다. 법法이란 무엇일까? 우리들이 무엇인가를 알아차리는 것을 감각感覺과 지각知覺이라고 한다. 감각은 몸으로 느끼는 것을 말하고, 지각은 마음으로 느끼는 것을 말한다. 몸으로 느끼는 것은 다섯 기관을 통해서 한다. 눈眼, 귀耳, 코鼻, 혀舌, 몸身이 그것이다. 아다시피 눈으로는 모양이나 색깔色을 느낀다. 본다고 한다. 귀로는 소리聲를 느낀다. 듣는다고 한다. 코로는 냄새를 느낀다. 맡는다고 한다. 혀로는 맛을 느낀다. 맛본다고 한다. 몸으로 감촉을 느낀다. 대본다고 한다. 그리고 지각기관은 마음意이라고 한다. 마음으로 느끼는 것을 법法이라고 한다. 느낀다感기보다는 안다知고 표현한다. 합쳐서 지각知覺이라고도 한다.

그러니까 법의 첫 번째 뜻은 지각기관인 마음意의 지각대상을 말하는 것이다. 이 지각대상으로서의 법은 나누어 보면 현상現象이나 법칙法則이나 진리眞理를 말한다. 물론, 앞에서 말한 다섯 가지 감각기관으로 받아들인 감각대상에 관한 느낌을 정리하는 것도 또한 현상이나 법칙이어서 마음의 지각대상이다. 두 번째 뜻은 지각 대상의 법들 가운데 법칙이나 진리라고 인식되는 것을 법이라고 한다. 세 번째는 우리가 스승으로 믿고 따르는 부처님의 가르침을 법이라고 한다. 가르침 자체가 현상이나 법칙을 정확하고 알아듣기 좋게 가르치는 것이기 때문에 진리라는 뜻이기도 하다. 진리眞理, 가르침訓戒의 뜻으로 많이 쓰인다.

이 담마의 특징을 여섯 가지로 나타낸 말씀이다. 첫째, 잘 설해진 것이라는 말의 의미는 무엇일까? 부처님의 법인 담마는 성전聖典, pariyatti과 네 가지 수행 길, 및 네 가지 수행 결과 그리고 열반을 설한다. 성전은 진리의 말씀이라는 뜻이다. 네 가지 수행길은 수다원 길(道,向), 사다함 길, 아나함 길,아라한 길을 말한다. 수행을 통해 얻는 네 가지 성인의 과위에 오르는 수행방법, 즉 도道, magga를 말한다. 지향한다고 해서 향向이라고도 한다. 네 가지 수행결과는 수행 길을 닦아서 얻는 결과果, phala를 말한다. 수다원과와 사다함과 및 아나함과와 아라한과를 말한다. 수다원은 성인의 흐름流에 들어간入 이를 말하고, 사다함은 성인에 들었다가 다시 범부로 떨어지기를 일곱 번 하는 이七往來를 말한다. 아나함은 다시는 범부로 떨어지지 않아 불환과不還果라 한다. 아라한은 욕탐을 완전히 벗어나 누구나 공경하고 공양하고 싶어지는 이應供를 말한다. 그리고 열반은 욕탐을 완전히 벗어나서 다시는 태어나지 않음을 확실하게 아는 것이다. 그래서 다시 태어나지 않으므로 죽지도 않는 것이다. 이른바 삶과 죽음을 뛰어넘은生死超越 것이다. 이러한 가르침을 담되 문장의 구성이나 내용과 조리가 잘 갖춰져서 처음도, 중간도, 나중도 흠 잡을 데 없이 잘되어 있는 가르침이다. 그리고 어떠한 의심도 없어서 두려움이라는 것이 있을 수 없는 상태에서 가르친 법이다. 그래서 '잘 설해진 것' 이다.

둘째, 즉시 확인하는 것이다. 거룩한 도는 지체하지 않고 결과를 맺는다. 이익을 얻게 하는 데 시간이 걸리지 않는다. 세간적인 선업

善業이나 이익은 현재에 결과를 맺는다 해도 몇 년, 몇 달, 며칠이나 빨라도 하루나 최소한 몇 시간이 걸린다. 꽃이 피거나 열매를 맺거나 어떤 결과를 맺는 데는 시간이 걸린다. 하지만 도심道心, 즉 도의 마음은 단 한 번의 심찰나, 즉 짧은 순간의 마음에 일어나고 바로 과심果心, 즉 결과의 마음이 일어난다. 단 한순간의 틈도 개입하지 않는다. 도심만이 아니라 내 스스로 화나고 기쁜 마음 알아차리는 데 시간이 걸리지 않지 않는가? 바로 일어나는 마음의 현상이 아닌가? 그래서 '즉시 확인하는 것'이다.

셋째, 결과가 바로 나타나는 것이다. 그래서 스스로 본 것이기도 하다. 성인은 자신이 스스로 닦은 길의 지혜를 통해 그 결과果, phala

를 체험하고 끝내는 열반을 증득한다. 그 결과가 바로 나타난다. 그 래서 누가 가르쳐 준 것이거나, 책이나 신문이나 방송에서 보고 들은 것이 아니다. 그래서 '결과가 바로 나타난 것, 스스로 본 것' 이다.

넷째, 와서 보라는 것이다. 이 법들은 맑은 하늘에 떠 있는 보름달과도 같고, 흰 우단에 박힌 홍옥과도 같아서 한 점의 흠도 없는 실재이다. 그래서 가지고 있기 때문에 보여줄 만하고, 보여주어도 직접 해보지 않으면 보지 못한다. 그러나 해 보면 누구나 직접 볼 수 있다. 그러기에 '와서 보(하)라는 것' 이다.

다섯째, 도움이 되는 것이다. 불교에서 도움이 되고 선善하다는 말은 열반, 즉 깨달음에 보탬이 되는 것을 도움이 되고, 선한 것이라고 한다. 어느 때 부처님은 '내 손톱 위에 있는 흙과 대지 가운데 어느 것이 더 많은가?' 라고 물었다. 당연히 대지가 많다가 대답하자 '성자가 예류도에 의해 일어나지 않도록 막은 재생再生=輪廻의 수는 대지처럼 많고 일어나도록 남아있는 것은 손톱 위의 흙처럼 적다.' 하셨다. 깨닫게 하지 못한 숫자는 손톱 위의 흙처럼 적고, 깨닫게 한 숫자는 대지처럼 많다는 것이다. 깨달음으로 '인도하고', 깨닫도록 마음에 '새기는 것' 이라는 뜻도 있다. 그렇게 깨달음에 '도움이 되는 것' 이다.

여섯째, 스스로 아는 것이다. 겨울에 몸이 얼었을 때 먹은 따뜻한 국물 맛, 달고 맛있는 뜨끈한 군고구마 맛, 달콤한 호떡 맛처럼 먹어 본 사람만이 아는 그 맛은 먹어보지 않은 사람은 설명해 주어도 모른다. 그와 같이 도의 마음과 과의 마음을 얻어 본 적이 없는 범부는 도저히 알아낼 수 없는 것이 바로 깨달음이요, 열반이다. 그런데 많은 설명과 안내를 받고 나서야 점진적으로 진리를 이해하든, 가르침을 다 듣고 도과를 이루든, 요점만 듣고도 도과를 이루든 그 어느 성인이든 도를 이룬 뒤에 스스로 얼마나 자신이 성스런 수행을 했으며 도과를 성취했고 열반을 증득했는지를 알아낸다. 친구나 스승이 얻은 결과를 아무리 가까운 제자나 도반이라 할지라도 직접 닦아 얻지 못한 처지로는 알 수가 없으나 직접 닦아 얻으면 '스스로 아는 것'이다.

첫 번째의 잘 설해진 법이라는 말은 부처님 법의 특징이라고도 할 수 있고, 뒤에서 말씀하신 다섯 가지 특징을 가지고 잘 설한 것이라고도 할 수 있다. 이렇게 확실하고 훌륭한 법이기에 의지해서 삶과 죽음을 어쩔 수 없이 계속하는 인생이라는 파도, 괴로움으로 가득 찬 사바의 고해를 건널 때 믿고 의지하면 안심이 되고 힘이 생긴다. 그리고 끝내는 바라는 목표인 삶과 죽음이 끝나는 자리, 삶과 죽음을 뛰어 넘는 자리인 열반에 이르게 되는 것이다. 그것이 바로 풍랑이 거센 바다를 건널 때 좋고 큰 배를 의지해야 바람이 자고 쉬면서 먹을 것이 있는 섬이나 뭍에 이를 수 있는 것과 같다. 그래서 법(담마)을 믿고 의지해야 한다고 하는 것이다. ✿

여자도 성불할 수 있나?

불은 모든 장작에서 난다.
특별한 나무에서만 나는 것이 아니다.

여자도 성불할 수 있나?

신神, 남자男子, 저자著者 셋이 없는 시대라는 삼무三無의 시대에 이 무슨 도발적 질문인가? 하지만 이런 이야기는 인도에서부터 있어왔고 지금도 진행형이다. 인도를 벗어난 곳에서의 이야기도 물론 비슷하다. 이유는 인류사 전체가 남성이 이끌어왔기 때문이다. 물론, 아마조네스처럼 여성이 이끌어온 곳이 없지는 않지만 아주 작은 지역에 아주 짧은 시기만을 그리했기 때문에 남성위주의 이야기가 주류를 이루는 것이다.

아마조네스는 그리스신화에 나오는 여성 전사부족이다. 나중에 유럽의 원정대가 브라질 큰 강에서 여성 전사를 만나서 그 이름을 아마존이라고 붙였다고 한다. 여성부족이기에 사내아이는 추방하고, 여자아이는 활을 쏘기 불편하게 만드는 한쪽 유방을 어려서 태워 없애버려서 아마조네스라는 말 자체가 '한쪽 유방이 없는' 이라는 뜻이라고 한다.

　신은 2천여 년 전부터 많은 신학자들이 아무리 많은 노력을 기울여왔어도 아직까지 입증하지 못했으므로 없다는 것이다. 이 말을 듣고 비 기독교인들은 좋아하고 기독교인들은 싫어할지 모르겠다. 하지만 그럴 일은 아니다. 신이 없다는 것도 증명하지는 못했기 때문이다. 아무튼 신이 없다는 시대라는 것이다. 그리고 이 시대에 남자의 존재 근거는 아주 약해졌다고 한다. 그저 DNA 확보에나 도움이 될까 별 쓸모가 없는 존재여서 남자의 위기라는 말까지 들린다. 딸을 낳으면 비행기 타고 아들을 낳으면 버스타기도 힘들다는 우스갯소리도 들린다. 그리고 인터넷, SNS 시대에 누구나 검색해서 보고 긁어다가 쓰면 되기에 특별히 지은이, 저자라는 인식이 없고 공유의 공저자, 활용자라는 인식만 있는 시대라는 것이다.

　그런데 여성은 성불할 수 없다라는 과감한 주장을 하면 제대로 견딜 수 있을까? 이런 이야기는 왜 나온 것일까?

　본디 여성은 전륜성왕 제석천 범천 마왕이 될 수 없다고 한다. 세계를 제대로 다 지배하는 왕을 전륜성왕이라고 하는데 여성은 곤란하다는 것이다. 그런데 마거릿 대처를 보았고, 아키노를 보았고, 메르켈을 보았으며, 박근혜를 보고 있는 세상이다.

　하늘의 제석천,범천 뿐만 아니라 나쁜 역할을 하는 존재인 마왕도 여자는 가능하지 않다고 한다. 게다가 무상도無上道를 이룰 수 없다는 것이 인도사상의 흐름이었다. 그런 내용은 증일아함 『중본기경』, 『법화경』, 『오분율』 등의 자료에 나온다. 그렇게 아주 안 된다는 이야기만 있을까? 그렇지는 않다. 그러다 잠시라도 여인의 몸을 남자로 변하면 성불할 수 있다는 변화신變化身 사상이 『초일명삼매경』, 『법화경』 용녀품 등에 나온다. 그러나 이는 잘못된 것이다. 초기자료인 『율장』 비구니건도에 법과 율에 따라 출가하면 아라한阿羅漢이 될 수 있다고 했다. 즉 여자도 깨달을 수 있다는 것이다. 아라한은 번뇌를 다 없애서 다시는 태어나지 않는다는 사실을 깨달아 안 이로서 누구든지 그(그녀)를 보면 훌륭해보여서 무엇이든지 아낌없이 바치고 싶은 느낌이 드는 사람應供이라는 뜻이 들어있다.

『내녀기역인연경』이라는 경전에는 꽃에서 태어났다는 세 여인이 출가해서 부처님의 가르침을 따라 깨달음을 얻어 아라한이 되었다는 이야기가 있다. 그 밖에도 '장로비구니들의 시'라는 뜻의 『테리카타』에도 수많은 깨달은 비구니들의 시가 실려 있다. 장로비구들의 시는 『테라카타』라고 한다. 이 경전의 놀라운 스토리는 비구니들이 즉 여성들이 깨달음을 얻었다는 이야기보다 더 극적인 스토리가 들어있다. 요약하면 다음과 같다.

능금 꽃, 붉은 연꽃, 수만꽃 속에서 태어났다는 전설적인 인연을 가진 여인들이 뭉쳐서 500명의 수행단체를 이루어 부처님께 귀의하고자 하고 부처님을 찾아가 비구니계를 내려주시고 그 전에 공양을 받아주시라고 하자 그러마 하였다. 그런데 그 뒤에 그 나라의 왕이 찾아와서 자신이 부처님께 공양을 올리고 싶다고 하였으나 부처님은 선약이 있다며 나중에 하라고 하셨다. 왕은 그녀들의 수준이 낮은 데다가 왕인 자신이 궁중에서 훌륭한 공양을 올릴 테니 순서를 바꿔달라고 요청하였다. 그러나 부처님은 이를 거절하고 순서대로 공양을 올려야 하며, 그녀들은 출신이나 하는 일에도 불구하고 그 삶을 깨끗이 버리고 마음을 씻어내어 이미 깨끗해졌다고 하셨다. 어찌 보면 왕의 말이 아주 잘못된 것이 아니라고 생각할 수도 있다. 그는 왕이며 신심이 장한데다가 그녀들의 우두머리 내녀는 남자들에게 몸을 파는 일을 했었다. 그러기에 순서를 바꿔주어도 됨직한데도 부처님은 순서대로 해야 하고, 어떤 신분이나 일을 했던지 좋은 가르침을 따르거나 따를 것을 마음 먹기만 해도 이미 출발점인 의도心行 가 맑아진 것이라고 보는 것이다.

부처님은 출신이나 직업에 관계 없이, 성별에 관계 없이 마음, 말, 행동을 맑게 하는 계율을 지키고 선정禪定을 닦아 지혜를 계발하면 누구나 깨달은 존재인 아라한이 될 수 있다고 한 것이다.

『숫따 니빠따』에도 태생을 묻지 말고 행동을 물으라고 해서 평등을 말하고 있다. 이 경전의 평등 이야기는 두 가지로 나온다. 부처님과 그 제자들은 스스로 음식을 지어먹지 않아 얻어 먹는 탁발托鉢을 하였다. 그래서 사람들이 주는 대로 먹을 수밖에 없다. 이는 종류와 요리에 관한 탐착을 없애고 수행하는 힘을 얻는 데에 집중하기 위한 것이다. 그래서 주는 대로 먹는 것이다. 음식 그릇에 채식을 주면 채식을, 육식을 주면 육식을 가리지 않고 먹었다.

그리고 부처님의 제자 가운데는 훌륭한 가문인 브라만이나 크샤트리아도 있지만 평민이나 심지어 노예계급인 수드라 출신도 있었다. 요즘으로 말하면 법무장관쯤에 해당하는 계율제일의 제자가 바로 우팔리라는 노예 출신이었다. 그래서 이웃종교인들이 부처님 교단을 비난하며 말했다.

"저들은 비린내 나는 것을 먹고, 천한 것들이 섞여있는 깨끗하지 못한 집단이다."

그때 부처님은 단호하게 말한다.

"출신이나 냄새가 높고 낮은 것이 아니다. 그들이 가진 마음이나 하는 말이나 행동에 따라 그의 냄새나 품격이 높고 낮은 것이다."라고.

그리고 불은 모든 장작에서 난다고 하였다. 수행은 장작을 비벼서 또는 다른 불을 붙여서 번뇌를 태우는 불길이 일어나야 하는데 특별한 장작에서만 불이 일어나는 것이 아니라 어느 장작에서도 불이 일어난다고 하면서 평등성을 말하는 것이다.

몸과 몸으로 느끼는 감각, 마음과 마음으로 인지하는 현상(법)을 제대로 살피면 누구나 깨달음으로 이르게 되어있다는 것이니 깨달음에 남녀차별이 있을 수 없다. ⑰

15
금강경 게송으로 닦는 마음

금강경은 반야부에 속하는 경전이다. 반야는 인도 말인 빤냐panna를
음사한 것으로 지혜를 강조하는 경전들이다.

만일
모양에서 나를 보려하거나
소리에서 나를 구하려 한다면
그는
그릇된 길을 가는 이
여래를 볼 수조차 없으리라.

모든 개념은 헛되니
개념이 개념 아님을 알면
여래를 보리라.
모양 소리 냄새 맛 촉감 현상(법칙)에
끄달리지 말고
마땅히

흐르듯이 자연스러운 마음이어야 하리.

모인 것은 어느 것이나
꿈이며 신기루
거품 그림자
이슬 번개처럼
한 때의 것

若以色見我 以音聲求我
是人行邪道 不能見如來
凡所有相 皆是虛妄
若見諸相非相 卽見如來
不應住色生心 不應住聲香
味觸法生心 應無所住 而生其心
一切有爲法 如夢幻泡影
如露亦如電 應作如是觀

−금강(벼락)경 사구게

　사구게는 4구로 이루어진, 즉 짧은 문장으로 이루어진 시詩라는
뜻이다. 부처님이 열반하신 뒤 부처님의 가르침을 500명의 깨달은
스님들이 모여서 함께 암송했다. 이른바 합송合誦 또는 결집結集이라
한다. 그 가르침이 많기 때문에 8만 4천의 가르침이라는 말과 고려

시대에 몽고의 침입을 신앙심으로 극복하기 위해 만든 대장경판의 숫자가 8만여 개라는 이미지가 겹쳐서 우리에게 많은 가르침이라는 느낌으로 다가온다. 많은 가르침을 일반 사람들이 다 공부하고 외우며 실천하기가 어려우니 단 몇 구절만이라도 읽어, 외우고, 실천하며, 남에게 전해주면 그 효과가 아주 좋다는 뜻에서 공덕이 크다고 말하는 경우가 있다. 이는 특히 대승불교에서 많은 이들에게 도움이 된다는 의미에서 더욱 확대하여 사구게만이라도 전해주는 공덕이 그 어떠한 재물을 남에게 보시하는 것보다 더 뛰어난 공덕이 있다고 설한다.

　위의 게송들은 『금강경』이라는 경전에 나오는 게송으로 한국의 불자들에게 특히 애송되는 것이다. 한국의 불자들은 살아서도 『금강경』, 죽어서도 『금강경』을 좋아한다고 염라대왕이 알고 있다 한다. 한국의 불교종파가 나눠지기 전까지 소의경전이 중국 선종과 같은 『금강경』이어서 그런 경향이 있다. 그리고 죽어서 저승에 갈 때 심판역할을 한다고 알려져 있는 염라대왕이 『금강경』을 좋아한다고 하여 생전에 『금강경』을 많이 읽은 사람들은 특별히 좋은 곳으로 인도 한다는 믿음을 가져서 그렇다. 오죽하면 생전예수재 등 특별행사에 『금강경』이 씌어있는 종이를 잘라 가지고 적은 부분은 가지고 있고 많은 부분은 태우면서 나중에 죽어서 염라대왕 앞에 가서 나머지 부분을 보여주면 태운 부분은 저승에 도착하여 붙여보아서 귀가 맞으면 『금강경』을 읽었다는 증거로 삼는다는 웃지 못할 이야기도 성행한다.

　『금강경』은 반야부에 속하는 경전으로 반야는 인도 말인 빤냐 panna를 음사한 것으로 지혜를 강조하는 경전이다. 지혜의 힘으로 번뇌를 태워버리고 부숴버리며 슬기로운 삶을 밝힌다. 그래서 지혜가 다이아몬드처럼 단단하다고 해서 『금강경』이라고도 하고, 벼락처럼 엄청난 에너지로 소리와 빛을 내어 번뇌를 부순다고 해서 벼락경이라고도 한다. 다만, 중국이나 한국 등 극동아시아 불교에서는 벼락보다는 금강석의 이미지를 더 좋아하기에 『금강경』이라는 이름으로 불린다.

눈, 귀, 코, 혀, 몸으로 느끼고 마음으로 안다. 다섯 기관이 느낌 대상인 모양 소리 냄새 맛 촉감과 닿을 때 받아들인 정보를 전달해서 분석하고 비교하고 추리하고 종합해서 판단하고 알고 나서 행동하게 된다. 눈이 빛나거나 미간이 움츠러들게 한다. 코를 벌름거리거나 왼쪽 혹은 오른 쪽 코에 힘을 준다. 혀를 안으로 말거나 밖으로 내민다. 몸을 충분히 늘이거나 오므리는 일들, 그리고 기쁨과 슬픔 등의 감정이 일어난다. 해야겠다 말아야지 등의 의지가 생긴다. 처음부터 마음에서 이래야지 말아야지 하는 것이 아니라 다섯 문으로 접한 정보를 여섯째 문으로 파악해서 얻어진 정보를 그동안 쌓아둔 정보와 약간의 변화의지를 통해 작용하는 것이다. 다섯 문은 눈, 귀, 코, 혀, 몸이다. 여섯째 문은 마음이다.

세상 모든 것은 홀로 저절로 있지 않고 비슷한 것 끼리끼리 또한 다른 것 끼리끼리 뭉쳐서 뭔가를 이룬다. 그랬다가 이뤄야할 일이 없어지거나 시간이 흐르면 흩어진다. 본디 내게 있었던 것이 아니다. 그러니 내 것이 아니고 당연히 나도 아니다. 그런데 어찌 모양에서 보고 소리에서 찾을 것인가?

받아들인 정보를 최대한 정화해서 자연스럽게 맑아지면 마음이 시키는 대로 내키는 대로 마음 쓰고 말 쓰고 몸 써도 어긋나지 않는다는 말이다. '마땅히 머무르는 바 없이 그 마음을 낼지니라' 라고 옮겨온 말은 제대로 한다면 '마음 닿는 대로 생각하고 말하며 행동하는 것' 이라고 옮겨야 한다. 그렇게 해도 어긋나지 않는다는 것이다. ✿

부처님 오신 날과 아버지의 추억

아들놈이 아프다 하니 한 숨도 못잤네

어렸을 때 여우가 나오는 산골에서 살았다. 마을 앞 뒤와 양 옆이 모두 산으로 둘러싸이고 그 사이에 자그마한 시내와 몇 마지기씩 지어먹는 논이 있었다. 그 논에 물을 대기 위한 저수지가 있어서 여름에는 수영장으로, 겨울에는 얼음을 지치는 썰매장으로 매우 쓰임새가 좋았다. 저수지 위에는 소나무 숲이 넓게 펼쳐져 있었는데, 할아버지 등에 업혀가서 시원한 바람을 맞았던 추억이 아스라이 남아 있다.

이런 시골에서 자라난 내가 청운의 꿈을 안고 아버지, 어머니를 따라서 서울 근교인 평택으로 올라와 학교를 다니게 되었다. 아버지는 약주가 들어가서 거나해지면 나를 불러놓고 친구 간의 우애나 형제 간의 사랑 등 여러 가지 교훈적인 이야기들을 재미나고도 간곡하게 해 주셨다.

중학교, 고등학교는 한 시간여를 걸어서 다녔는데, 돈도 시간도 아끼기 위해서는 산길을 걸어서 다녀야 했다. 어쩔 수 없이 다니는 길이었지만 나는 호젓한 산길을 사랑했다.

그러던 어느 날 지나는 길에 '불교학생법회' 안내가 붙어 있는 것을 보고 명법사라는 작은 절에 가서 처음으로 스님의 법문을 듣게 되었다. 그런데 이상하게도 전혀 처음이라는 느낌이 들지 않고, 내가 이미 잘 알고 있었던 이야기를 듣는다는 생각이 강했다. 그날 이후 부처님에 대한 나의 믿음은 날로 커졌고 청년회 회장, 어린이 법회 교사, 학생회 지도법사 등을 맡으며 신앙의 길을 걸어가게 되었다.

그런데 그런 나의 모습을 바라보는 아버지의 안색은 썩 좋아 보이지 않았다. 그것은 '세상에 태어나서 누구에게 기대서는 안 된다'는 것이 당신의 소신이었는데, 불교라는 게 '부처에게 기대고 무엇을 달라고 비는 것이 아닌가?' 하는 뜨악한 생각에서 그런 것이었다. 그래서 가끔 절에 한 번 오시라는 권유에도 빙그레 웃으면서 '아드님이나 잘 다니라'고 하셨던 당신께 어느 부처님 오신 날 절에 오시라고 말씀드렸다.

당시는 민요에도 나오듯이 '화전놀이'와 '관등놀이'를 하던 시절이고, 연세 드신 분들에게는 정말로 좋은 '휴가'로서의 의미를 갖는 날이 '초파일'이어서, 하루 종일 산에서 친구분들과 약주도 드시고 노래도 부르며 노시다가 해질 무렵에서야 아들 생각이 나셨던지 절에 찾아오셨다.

취흥이 도도한 모습으로 찾아오신 아버지를 부축해서 도량 곳곳과 법당을 소개하고 스님들께 소개를 시켜드렸다. 아버지도 스님들

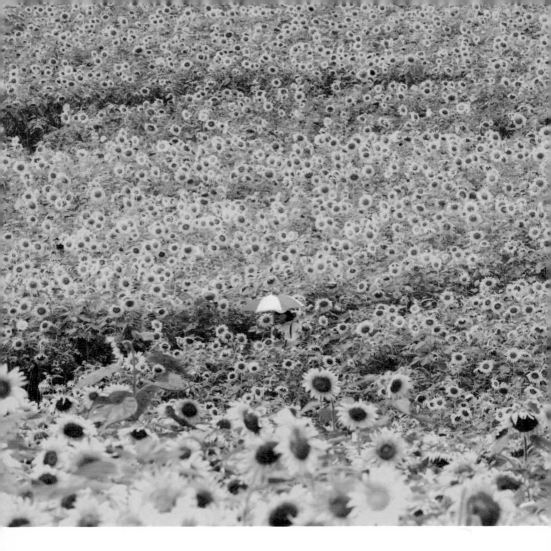

도 다들 기뻐하셨고 나도 속으로 정말이지 기뻤다. 부처님 오신 날 약주에 취해서 비틀비틀 오신 것이 어색하게 느껴지기도 했지만, 그 취기에도 아들의 당부를 기억하고 찾아오셨다는 것이 더욱 크게 느껴졌던 것이다. 이제 그렇게 찾아오실 아버지는 저 세상으로 가시고 나는 출가해서 수행자가 되었다. 부처님 오신 날 도량에 등을

걸면서 가끔씩은 비틀거리면서 산문 안으로 들어오시는 아버지를 만나는 꿈같은 상상을 해 본다.

『죄와 벌』, 『카라마조프가의 형제』 등으로 유명한 러시아의 문호 도스토예프스키의 딸이 어려서 죽었다. 도스토예프스키는 너무나 슬퍼서 먹는 것도 잊고 자는 것도 잊으며 슬픔에 잠겨 있었다.

곁에서 지켜보던 친한 친구가 위로하며 '소피아 말고도 자식이 여럿 있으니 너무 상심하지 말고, 소피아 같은 딸 하나 더 낳도록 하게나. 그리고 기운 차려야지' 하고 말했다.

그랬더니 도스토예프스키는 '나에게 소피아 같은 딸이 어떻게 또 있을 수 있으며, 아이를 더 낳는다고 소피아가 다시 태어나지는 않지 않는가?' 하면서 슬픔을 거두지 못했다고 한다.

아버지의 사랑은 바로 그런 것이다. 흔히 어머니의 사랑에 비해 아버지의 사랑은 건조한 의무감이나 목적 의식으로 낮게 이야기 하는 경우가 있는데, 아버지의 사랑 또한 절절한 것이다.

친구 사이인 조정 대신 두 사람이 어느 날 밤 야근을 하는데, 한 친구의 조카가 아프다는 전갈이 왔다. 그 친구는 하룻밤에 무려 열 번을 조카에게 다녀왔다. 또 다른 어느 날 야근을 할 때 이번에는 그 친구의 친아들이 아프다는 전갈이 왔으나 그는 한 번도 가보지 않았다.

다음날 아침 친구가 물었다. "조카가 아플 때는 열 번이나 가보더니 아들이 아프다고 할 때는 왜 한 번도 안 가보는가? 그래, 그 느낌이 어떻던가?" 친구는 말했다. "말도 말게. 조카가 아플 때는 열 번을 가보았어도 틈틈이 잠을 잤네. 하지만 아들놈이 아프다 하니 한 번 가보지 못했지만 한숨도 못 잤네."

부처님께서는 『심지관경』에서 '자비로운 아버지의 은혜는 산처럼 높다.' 고 말씀하셨다. 그래서 유교에서도 '임금과 스승을 아버지처럼 섬기라君師父一體'고 한 것이다. 단 하루만이라도 산처럼 높은 아버지의 은혜를 가슴 깊이 새기는 마음을 가졌으면 좋겠다. 🏵

마무리 글

수행도, 전법도 저잣거리에서

저잣거리에서 수행도 하고 교화도 한다는 것이다. 저잣거리에서 하루하루
근근덕신 살아가는 일반인들이 언제 깊은 산에 들어가서 집중수련을 얼마나 해야
열반을 체험하고 견성해서 성불하겠는가 하는 생각에서다.

1) 마음의 출가, 몸의 출가

내 어릴 적 살던 곳은 전라도 화순의 골짜기의 골짜기. 걸어서 1
시간여를 가야만 시장이 있고, 학교가 있고 버스가 다니는 곳에서
자란 나는 철따라 달래를 캐며 송기를 벗겨 먹었고, 진달래 꽃을
따 먹고 감꽃을 목걸이로 걸고 다니다 따먹기를 하며 자랐다. 구지
뽕나무 열매를 맛있게 따 먹고 그 나무에 매달린 사슴벌레를 잡으
러 다니면서 삼나무를 벗겨서 나온 삼실로 시위를 만들고 삼대와
대나무를 가지고 화살과 활을 만들어 쏘고 다녔다. 나락을 다 베어
서 훤하게 뚫린 논배미를 향하여 힘 있게 화살을 재어서 잡아당기
면 몇 배미의 논을 지나서 화살이 날아가는 바람에 쏜살같이 찾으
러 다니는 것이 또 하나의 즐거움이기도 하였다.

어느 날 서울의 대학 교정에서 양궁을 쏘고 있는 선수들과 교수를 보고 한 번 쏘아볼 수 없겠느냐고 했더니 '아서' 라고 하던 이들이 나의 활 쏘는 솜씨를 보더니 '고향이 예천 아니냐?' 고 했던 기억이 새롭다. 살이 아리도록 추운 날이면 마을 사랑방에 모여서 청년 남녀들이 재미있게 놀면서 추렴도 하고 먹을 것을 사다 먹기도 하고 몰래 잡아다가 먹기도 하던 시절이었다. 감을 따서 곶감을 만들어 먹기도 하고 곶감 만들려 벗겨놓은 감 껍질 말린 것이나 고구마 꼬투리 삶아서 말린 것들을 먹을거리 삼아서 먹었던 기억도 있다. 그래도 시절이 좋을 적에는 가래떡을 데워서 김이 모락모락 나는 것이거나 살짝 구워서 따뜻한 놈으로 내어 놓으면 조청에다가 찍어 먹는 행운이 오기도 하였다.

그러던 시절에 어머니들이 모여서 이야기를 나누면 그때나 지금이나 소시민들의 삶이란 게 어렵고 앞이 보이지 않기는 마찬가지여서 궁금한 앞날 풀이에 관한 이 야기들이 대화의 꺼리였다. 그들이 풀어가는 앞날이란 게 별 것이 없어 토정비결이나 보고 그런 것이지만 그런 것들도 아무나 볼 수 없어서 옆 동네 누구에게 얼마를 주고 보았다는 것들이 이야기의 전부였다. 그런데 그러한 이야기를 들은 아버지는 어머니에게 절대로 그런 곳을 가지 말라 하셨다. 그뿐 아니라 절에도 예배당에도 절대로 가지 말라 하셨다. 옛날부터 내려오는 이야기의 잘못된 점을 짚어서 스님들도 문제가 많고 자신이 바라보았던 교회의 목사도 싸잡아 이야기 하면서 어느 종교 할 것 없이 제대로 된 것이 없으니 믿어 보았자라고 하는 것을 듣고 자랐다. '믿기는 누구를 믿느냐? 이 좋은 세상 만나서 자기 노력을 다해 열심히 일하면 그것이 좋은 결과를 가져다주는 것이지 무슨 절대자이고 뛰어난 이를 믿어서 영검이 있겠느냐?' 는 것이었다. 가만히 지금 생각해도 나의 아버지는 꽤 괜찮은 종교관을 가진 것이 아닌가 싶다.

그래서 어려서는 종교와 별 관계가 없을 성 싶었다. 그런데 시골에 살아서는 아홉 살부터 지게를 졌던 자신처럼 평생 품팔이 노동일 하면서 살 것이기 때문에 어떻게 하든지 아들 하나 있는 것 공부시켜 출세(?) 하는 것 보고 싶어서 고향을 떠나 실험살이를 하였다. 가족들은 놓아두고 서울에 와서 리어카를 끌고 다니면서 장사를 하다가 얼마 모아 놓은 것으로 이북에서 온 이와 동업을 하기로 하였는데 밤중에 다 가지고 도망가 버려서 팔도 사람들이 다 이북사람들의 생활의지와 좋은 점을 칭찬하여도 아버지는 믿지 않았다. 그렇게 밑천을 다 날려버리고는 살길이 막막해지자 진외가眞外家의 형님뻘 되는 이가 경기도 안성에서 고아원을 운영하고 있었는데 그분에게 부탁해서 평택에 있는 천혜보육원이라는 데에 취직을 하게 되었다. 그래서 눈이 무척 많이 내리는 날 찰밥을 해 먹고 그야말로 어머니가 머리에 이고 아버지가 지게에 진 것이 이삿짐의 전부인 우리 가족의 타향살이가 시작되었다.

그렇게 된 것은 좋았는데 내 학교를 옮기려면 전학증을 떼어 와야 하는데 그냥 올라와버려 서류가 하나도 없었다. 그래서 학교에 가지 못하고 부모님이 취직한 고아원에서 몇 달이나 빈둥빈둥 놀았다. 그러고 나서야 학교에 가게 되었는데 신분이 고아여야만 학비를 면제해 준다고 고아로 만들어버렸다. 그런데 묘한 것이 고아원은 거의가 다 미국과 기독교, 천주교의 영향을 입고 있어서 그들의 종교라고 할 수 있는 기독교의 예배를 보면서 살았는데도 후원을 하는 미군이나 사회단체 및 교회에서 위문을 와서 노래를 하라고 하면 많이도 불렀던 찬송가는 나오지 않고 일반 학교 노래만 나오는 것이었다(학교에서 노래를 부르면 찬송가를 불렀다). 그곳에서 예수님 이야기를 읽고 주일학교 공과를 공부하게 된 것이 종교하고 맺은 첫 인연이다.

그곳에서 부모님이 나와서 마을의 공회당에 세를 살면서 동네 허드렛일을 도와주고 방세를 면제받고 살았는데 동네 심부름의 일정부분은 내 차지였다. 마을 회의 통지서나, 적십자 회비 납부고지서, 부고나 청첩장 등을 내가 돌려야 부모님은 품팔이를 할 수 있었기 때문이었다. 그런데 혹시 나와 같은 처지에 있었던 다른 이들은 어땠는지 몰라도 나는 아버지의 심부름을 하러 동네에 통지서를 가지고 다니는 것이 아주 즐거웠다. 통지서 나눠 주고 동네 어른들이 들려주는 칭찬이나 이야기가 좋았는지도 모르겠다. 그러면서 학교를 다녔는데 초등학교 고학년 시절에 학교에서 빌려 온 '석가모니 이야기' 인가 하는 책을 읽어 보았는데 그리 큰 느낌이 없었다. 오히려 그 책을 다른 친구에게 돈을 받고 팔아먹어 버렸는데 뒤에 참회를 하게 되는 계기가 된 것이었고 그것이 인연이었는지 불교학생회에 나가게 되었다. 그것이 종교와의 두 번째 인연이다.

학교에 오가는 길이 산으로 나 있었는데 그 산 기슭에 자그마한 절이 있었다. 어느 날 불 교학생회 법회가 있다는 알림판을 보고 절에 나가게 되었다. 그런데 불교학생회에 처음 나가게 된 날이 음력으로 12월7일이었는데 나중에 알고 보니 그날이 바로 부처님이 출가 수행해서 깨달음을 얻고 부처님이 된 하루 전 날이어서 절에서 밤새워 정진하게 되었다. 그래서 그날 밤 절에 가서 밤새워 참선을 하였는데 좋은 추억이 되었다. 눈을 감는지 뜨는 지도 제대로 몰랐기 때문에 살그머니 옆으로 보아 뜨고 있으면 뜨고 감고 있으면 감으면서 밤을 새웠다. 새벽에 샛별을 보고 깨달았다는 스님의 법문을 듣고 '싯다르타가 샛별을 보고 깨달을 때 샛별은 뭘 하고 있었을까?' 를 생각했는데 나중에 보니 다른 선사禪師도 그런 비슷한 이야기를 법문으로 한 것을 보았으니 참 좋은 인연이었다.

그렇게 불교학생회에 적응을 하다가 대학을 서울로 가게 되었고 학교까지는 기차를 타고 통학하였다. 절에서는 어린이법회 교사를 맡았고, 대학에서는 불교학생회에 들어갔다. 청년회를 만들어 회장을 맡고 어린이법회뿐 아니라 학생회의 지도교사까지 맡았으며, 대학의 불교학생회 회장과 서울 전체 대학불교학생회의 모임인 대학생불교연합회의 서울 지부장을 맡았다. 그러면서 불교 공부에 관한 열정이 있어서인지 서울에 있는 조계사 청년회, 법륜회, 법련사청년회, 대원회 등의 청년회와 어린이법회 지도교사 교육 모임에 나가면서 신심을 키웠다. 어린이 법회 지도를 제대로 하기 위해 불교 교리 공부와 수행을 하는 틈틈이 YMCA에 나가서 레크리에이션대학도 다니고 평택YMCA 청년 간부도 하면서 사회단체 활동을 하기도 하였다.

부처님 말씀이 너무 좋아서 기차, 버스, 전철 타고 통학하는 길에 포교 전단이나 월간 〈불광〉, 월간 〈법륜〉 등의 잡지를 승객들에게 나눠주면서 포교를 하였다. 그리고 동국대학교와 불교단체에서 진행하는 세미나가 있으면 틈이 나는 대로 찾아다녔다. 이때 출가를 권하는 이들이 참으로 많았다. 그런데 당시에는 출가를 하려면 할애사친割愛捨親이라 하여 글자 그대로 '사랑을 없애고 어버이를 버려야'만 출가를 할 수 있다고 생각해서 출가를 마음으로 하기로 하였는데 서산대사나 육조 혜능대사의 몸출가身出家와 마음출가心出家 이야기를 해 주면서 이미 출가하였노라고 말해 주었다.

그러다가 대학을 졸업하면서 동국대학교 대학원 불교학과에 입학하고 태고종 총무원이라 는 곳에 취직을 하였다. 그 전까지는 태고종을 몰랐는데 알고 보니 불교의 주류종단이며 제일 큰 종단이었다. 본디 이름이 조계종이었는데 기독교와 미국에 뿌리를 둔 이승만정권과 쿠데타로 집권한 박정희정권에서 16년간이나 탄압을 하여 거의 없어질 뻔 했다가 선조사스님들의 눈물겨운 구종 투쟁으로 살아난 종단이었다. 한국불교의 정통 법맥을 이어 받은 종단인데다가 부모를 모실 수 있다는 점이 마음에 들어서 출가를 하였다.

처음에 출가할 때는 대학 이상의 고학력자에게 적극적 포교의지를 고양시키려는 목적으로, 머리를 기른 채 승려가 될 수 있게 하는 제도인 유발승有髮僧 제도가 마음에 들어 유발 득도를 하였다. 하지만 많은 이들에게 설명하는 것이 힘이 들고 성인도 시속을 따르는 것이 있다는 이야기를 들어 삭발하여 오늘에 이르고 있다. 태고종 총무원에서는 총무간사, 교무과장, 교무국장, 기획국장을 거쳐 총무부장, 교무부장, 사회부장, 교류협력실장 소임을 보았고, 선출직인 교무부원장을 역임하였다. 밖으로는 불교레크리에이션포교회장을 10여 년 하면서 여름, 겨울 불교학교 지도자, 불교레크리에이션 2급 지도자들을 배출하고, 여름캠프를 도입하였으며 『놀이놀이놀이』라는 레크리에이션 지도서도 쓰고 그 뒤에는 조계종 스님에게 회장 자리를 넘겨주었다.

불교 전체의 공식기구인 한국불교종단협의회의 사무국장을 맡아 3년간 활동하면서 템플스테이를 기획하고, 불교문화 및 한국문화체험프로그램을 국제포교사나 외국인 스님들에게 시행하고, 남북불교 교류 및 한·중·일 불교 교류에 기여하고자 노력해 왔다. 한국종교인 평화회의 감사를 지내고 종교간대화위원으로서 종교간 대화와 교류 협력에도 관심을 가지고 있으며, 인터넷 포교를 위해 다음사이트에 '열린 선원'이라는 카페와 홈페이지를 운영하고 있다. 근래에는 카카오톡과 카카오스토리를 전법과 소통의 장으로 활용하고 있다.

대학에서는 중앙대학교 기계철학(?)과를 졸업하고, 동국대 대학원 불교학과에서 엔트로피증가의 법칙을 불교의 연기설로 증명하는 논문으로 석사학위를 받았고, 그 뒤 박사과정에 진학하였다. 불교문화 포교에 관심이 있어서 『불교차례의식 정립에 관한 고찰』, 『불교화혼법회고』 등의 논문을 썼을 뿐 아니라 현장에서 직접 적용하기 위해 이벤트를 활발히 벌이고 있다. 누구나 쉽고 재미있게 불교를 공부하고 유익하게 살도록 하기 위해 '저잣거리 포교'를 지향하는 의미에서 재래시장 건물에 '열린선원'이라는 포교원을 개원해서 '열린 불교아카데미 3개월 기초 1, 2과정'을 개설해서 운용하였으며, 불교의 교육방법론에 입각한 포교 방편을 제시하기 위해 각 분야의 중견 전문가를 모아 "선교방편善巧方便연구소"를 설립해서 운영할 계획이다.

불교방송(bbs)에서 인기있었던 밤 프로그램인 '살며 생각하며', 아침시사프로인 '불국토의 아침'을 진행하였으며, '고성국의 아침 저널'에서 '즉문즉답'을 진행하였다. 불교텔레비전(btn)에서 '어린이 팔만대장경'을 진행하였으며, '법현스님의 신해행증' 설법과 '천안통'에서 '저자거리 소통'과 '절반의 소통'을 강의하였고, 자문위원으로 활동하고 있다.

공해추방불교인협회의 활동과 경제정의실천불교연합 활동을 하다 잠시 대표를 맡은 적도 있었고, 불교생명윤리협회 집행위원으로 탈핵분과에서 활동하고 있다. 불교사찰림연구소 창립멤버로서 등기이사이다.

대통령이 대표인 대통령직속 기구 민주평화통일정책자문위원으로 김대중, 노무현, 이명박, 박근혜정부 시대를 자문하고 있으며, 열린선원이 자리하고 있는 서울 은평구 갈현2동의 두레복지위원, 공동체복원추진위원, 서울시 복지기준 선정 천인의 원탁회의 멤버이고 6.15실천 남측 공동대표의 일인이다.

흔히 좋아하는 '진인사대천명' 또는 '일을 꾀하는 것은 사람이지만 일을 이루는 것은 하늘'이라는 말 보다는 '일을 꾀하는 것도 나요, 일을 이루는 것도 나'라는 말을 새기며 산다. 누구나 부처님의 가르침을 쉽고 재미있게 접해서 깨달음을 얻어 유익한 삶을 살

도록 하기 위해 교육과 포교 및 마음공부 하는 법을 제대로 연구하
고 가르치며 실행하는 기구와 문화포교의 전당인 수련원과 학교를
설립 운영하는 것이 꿈이다.

나) 수행도, 전법도 저자거리에서

나의 스승은 운산대행雲山大行화상이다. 태고종 총무원장을 두 번
역임하였으며, 칠십 평생을 독신으로 수행하며 태고종과 태고종 총
무원만을 알고 살아온 분이다. 태고종의 대표적인 행정승이며 조계

종과의 대치국면에서 다른 많은 스님들이 현장에서 투쟁하는 모습을 보였다면 운산스님은 헤드쿼터로서 정부 각 기관과의 교섭을 활발히 하였다.

　대한민국 국민이라면 누구나 다 사랑하는 전통사찰인 순천 선암사는 현재 태고종 사찰이지만 정부의 편파적인 행정에 의해 조계종으로 등기가 되어있는 사찰이다. 태고종에서 마지막 보루인 선암사를 뺏길 수 없어서 불교와 태고종을 옥죄는 악법인 불교재산관리법의 재산관리인 제도를 유익하게 활동하여 순천시장(처음에는 승주군수)을 선암사 재산관리인에 임명하여 실제 살고 있는 태고종을 옹호하게 만드는 데 기여했다. 막강한 행정력과 재력 그리고 비불교적인 힘을 가진 조계종측 인사들이 선암사 대중까지 매수하고 힘으로 밀어붙여 선암사를 점령했을 때 정부 정보기관 관계자들에게 눈물로 호소하여 경찰을 동원해 조계종 인사들을 산문 밖으로 다시 내보내서 태고종에 되돌리게 한 주역이다.

당시 쌍암 우체국에 근무하며 전화교환원을 했던 어느 보살이 내게 들려준 바에 의하면 이상하게도 태고종 간의 전화는 연결하고픈 마음이 들었고 조계종 간의 대화는 연결하기가 싫었다고 한다. 여러 사람들의 도움으로 선암사가 오늘에 이르게 되었음을 알 수 있다.

나는 1984년 겨울에 운산스님을 선배의 소개로 만났고 1985년에 제자를 두지 않겠다고 스승인 용봉화상을 은사로 모시라고 고집하는 분을 끝까지 설득해서 제자가 되었다. 종단의 합동득도수계산림 접수 마감 전날에서야 허락하면서 이름을 네 스스로 지으라고 하여 깨달음과 전법의 의미가 들어있는 법현法顯으로 지었는데 한국에서는 그저 그렇지만 중국과 일본스님들을 만나면서 잘 지었다는 생각이 들었다. 인도여행기인 불국기를 짓고, 열반경 등을 번역한 유명한 고승 법현스님과 이름이 같기 때문에 한 번 만나 이름을 말하면 다 기억을 하였다.

법호인 무상無相도 7~8년 전 운산스님을 법사로 건당建幢하면서 스스로 지었다. 초기불교나 대승불교에서 중요한 개념인 상相을 없애고 상에 끄달리지 않는 삶이 중요한데다 중국에서 5백 나한으로 모시는 무상선사無相禪師의 이름과 같다. 그는 신라왕자출신의 승려이며 중국에 가서 도를 깨치고 정통선맥을 이었으며 정중종淨衆宗의 개창조로 추앙되는 분이다. 마조선사의 실질적 스승이다. 법호 역시 중국과 일본 승려들이 잘 알고 있기에 국제교류에도 도움이 된다고 생각한다. 스님을 은사로 모신 인연은 이렇게 30여 년을 이어가고 있다. 그런데, 안타깝도 최근 말로 표현할 수 없는 어려움을 겪고 계시다. 하루빨리 상황이 좋아지기를 기원한다.

2005년 어느 날 현대불교신문을 펼쳤는데 역촌중앙시장에 있는 포교원을 넘긴다는 광고를 보게 되었다. 당시 사찰음식을 강의하던 적문스님이 운영하던 것이었는데 나중에 알고보니 전통사찰 주지를 맡아서 그런 것이었다. 대개 포교원을 넘기면 시설비 등을 보전해달라고 하는데 내가 돈이 없어서 그냥 달라고 하니 한참 생각하다가 '스님이 오시면 그냥 드리지요.' 하였다. 게다가 한 마디 덧붙이는데 내게는 과분한 이야기였다. "스님은 부루나존자시잖아요." 아! 고마운 말씀.

그래서 열린선원이라는 이름으로 6월5일 개원을 하였다. 지은지 50년이 넘은 전통시장 건물 2층의 일부를 세내어 모자란 준비로 개원한 포교원 개원법회를 은사스님을 법사로 모시고 봉행했는데

200여 명이 넘게 다녀가시는 바람에 시장 주변에 난리가 났다. 그런데 나는 그런 것도 모르고 그날 저녁에 비행기를 타고 모스크바로 날아갔다. 9.11테러를 일으킨 이들이 모슬렘들이다보니 지구촌 가족들이 이슬람의 폭력성을 생각하게 되자 세계적 사회계몽운동가인 페트라 귤렌씨가 운영하는 그룹에서 '세계종교평화회의'를 개최하는데 초대되어 간 것이다. 그때 한국에서는 통역하는 터키 젊은이 웨이스 니오 플라크와 나 단 둘이었다. 태고보우 국사께서 주석하셨던 북한산 태고사太古寺 흙을 한 봉지 가지고 가 합토하면서 '한 방울의 물로 사막을 다 적실 수 없지만 그 한 방울의 물을 빼고도 역시 사막을 다 적실 수 없다'는 연설로 대화의 중요성을 강조한 바 있다.

아무튼 이렇게 열자마자 문을 닫아걸고 돌아다니기 일쑤였다. 3개월 과정의 열린불교아카데미와 일요법회 등을 진행하였지만 총무원의 부장 소임 등을 맡아서 돌아다니는 것이 어쩔 수 없는 일이었다. 그러나 찾아오는 불자들에게는 여간 미안한 일이 아니었다. 그런데 어느 날 더 많이 미안하게 생각되는 전화를 받게 되었다. 청년회 시절부터 인연을 맺고 있는 김인택 거사께서 전화를 걸어 다짜고짜 '아! 열린선원이 아니라 닫힌 선원이네요.' 하는 것이었다. 그러나 밖에 나가는 것을 멈추기는 어려워서 번호키로 문단속 방법을 바꾸고 조금 더 드나들기 편하게 하였다.

열린불교아카데미를 개설할 때 언론과는 가까워서 홍보도 잘 되었고, 은평구 지역에 40여 개의 현수막과 신문 간지 그리고 지하철역 여섯 군데에 홍보게시판을 설치하고 몇 개의 동에 홍보전단을 붙였으나 효과는 미미하였다. 나중에 전문가에게 들어보니 그렇게 3개월 정도에 한 번씩 3년 정도는 해야 광고효과를 볼 수 있다고 하였다. 그런데 돈이 없으니 더 이상 할 수 없고 그저 열심히 정진하는 수밖에 없었다.

　　열린선원에서 예불하고 밥먹고 참선하고 경전 읽으면서 태고종 총무원에 사회부장, 교류협력실장을 하면서 종교간 대화나 시민사회 운동도 나름 열성을 지니고 참여하였다. 그리고 교류협력실장을 끝으로 종단 공직을 맡지 않으려고 했으나 새로 된 총무원장 스님께서 나이도 있고 경험도 부족하니 대신 총무원을 이끌어달라면서 열흘 동안이나 다음 인선을 하지 않는 바람에 나로 인해 어려움이 있으면 안되겠다 싶어서 뒤늦게 수락하여 다른 두 분의 선배스님들과 함께 총무원 부원장직을 맡아서 1년간 뛰었다. 다른 분들은 비상근으로 일했지만 나는 상근직으로 뛰었다. 물론 내가 태고종 총무부장을 96년도에 맡은 이래 총무원 간부로서 받은 돈은 매달 40만원의 교통비 밖에 없다. 그만큼 태고종의 사정이 열악하다. 그래도 다른 분들은 월세 포교원을 가지고 있는 나보다는 상황이 나은 절을 가지고 있기에 조금 낫지만 어렵기는 마찬가지였을 것이다.

그렇게 5년을 나다니면서 일하고 이제 3년 정도 그나마 조금 밖의 일을 덜 보면서 지내왔다. 지난 8년간을 생각하면 여러 가지 일들이 주마등처럼 스쳐 지나간다. 무료 합동 천도재를 지내준다 하여도 죽은 사람이 집안에 없다는 사람, 불공법회를 진행하는데 문을 확 열어제끼며 시끄럽다고 하는 사람, 왜 옆 가게에 가서 물건을 사느냐고 하는 사람 등도 있었다.

그래도 지나갈 때마다 매무새를 만지고 나서 합장 인사를 하는 사람, 언제 가더라도 김밥을 공짜로 주는 사람, 스님의 염불소리를 들으면 마음이 가라앉으면서도 기운이 난다고 하는 사람, 알고 보니까 신문에도 나고 방송에도 자주 나오고 행사를 하면 총무원장스님이 오시고, 구청장 국회의원이 빠지지 않고 오시는 스님이 어째서 이런 낡은 시장 건물에 그리 어렵게 사느냐고 하는 사람도 있다. 들어오는 입구에는 지금까지 교회가 있고, 3층에도 교회가 있어서 에피소드도 참 많다. 하지만 나와 마찬가지인 작은 교회들의 어려움도 많음을 알고 있으며, 이웃 종교와의 대화에 관심을 많이 가지고 있어서 잘 지내는 편이다. 교회에서 어려운 일이 생기면 나에게 상담을 하는 정도이고 교회 신도들이 내 차 번호를 외고 있을 정도이다.

법회는 가능하면 양력으로 하고, 법요는 한글로 내가 번역하고 편집하여 진행하며, 아카데미를 수료하여 5계를 수지한 사람을 정회원 불자로 하고 나머지는 준회원불자라고 한다. 추석과 설날 차례 지낼 때 차례상에 차를 올리자는 캠페인을 차인도 아니고 의식 전공도 아닌 스님이 25년 정도 하니까 이제는 어느 정도 알려졌지만 더욱 더 확산시키기 위해 기업의 후원과 정부기관의 후원을 받아서 이웃 종교 또는 차인단체와 함께 하고자 하는 생각을 한다.

현재 한국불교에는 조계종 태고종 등 참선을 하는 종단과 진각종 총지종 등 밀교를 하는 종단 그리고 천태종 등 염송을 하는 종단, 정토종 등 정토업을 하는 종단 등 여러 갈래의 불교수행을 하는 길이 있다. 참선을 하는 경우에도 초기불교 또는 남방불교의 사마타 위빠사나를 하는 경우와 대승불교 선종의 간화선을 하는 경우로 나뉜다. 나는 통불교적인 회통을 지향하는 편이다. 어려서는 불교를 잘 몰랐고, 고등학교 2학년 말에 불교학생회에 들어가고 대학 때부터는 참으로 열심히 활동하면서 불교의 참맛을 느끼려 애썼다. 금강경 5가해를 청강하기도 하고, 사마타 위빠사나 집중수행, 빠알리어 공부, 간화선 집중수행 등을 비롯해 교학과 수행의 기회를 어떻게든 접하려고 노력했다.

사실 나는 출가수행자이기는 하지만 여러 가지 사정으로 인해서 강원講院을 나온 것도 아니고, 선원禪院에서 안거하면서 참선에 집중해보지도 못했고, 박사과정을 수료하였지만 예전에는 기계공학을 전공한 공학도였으며, 사찰에서의 생활 경험도 짧은 탓에 여러 가지로 부족한 면이 많았다. 그래서 그 부족한 점을 메우기 위해 나름의 노력을 하였다. 동국대학교 불교학회나 각 교수들이 진행하는 불교, 철학, 수행관련 세미나, 수련대회 등에 관심을 가지고 옵저버라도 참석하였으며, 이웃 종단인 조계종의 중진, 원로스님들을 만나 뵈면 옛 시절의 공부에 관해서 여쭤보기를 열심히 하였다. 그분들도 이웃 종단의 젊은 스님이 그저 인사치레나 하는 것이 아니라 옛 전통이나 수행에 관해 묻는 것이 기특했던지 잘 가르쳐 주었다.

우리 종단에서는 운경스님이나 지허스님, 원법스님이나 혜초스님 등 어른 스님들께 여러 가지를 여쭤서 부족한 것을 메운 것이 아니라 새로 시작해서 나의 모든 것을 그 어른 스님들의 지도에 의해 채워가고 있는 것이다. 그러면서 살펴보니 초기불교(남방불교)의 지향점과 대승불교의 지향점이 꽤 다른 것을 알게 되었다. 그런데 그런 차이점을 일반 스님들이나 재가불자들이 다 알 필요는 없어보였다. 전문적인 연구를 하는 학자나 지도자들이 제대로 알고 지도를 하면 될 것으로 보았고 나는 연구자이기도 하고 지도자이기도 하므로 제대로 알 필요가 있다고 생각해서 이론적으로도 실제적으로도 자세히 살피고 경험하며 실천해가고 있는 중이다. 초기불교의 관점은 아주 세밀해서 실수가 적고 단계별로 지도자의 지도력이 좋은 영향을 미친다. 좋은 교육방법이라고 생각한다. 대승불교의 정토업이나 진언행 그리고 화두 참선 또한 대단히 활용 가치가 높은 방법론이다. 사람들의 기호와 수준이 천차만별이기 때문이다. 그래서 그 방법들의 같은 점과 다른 점을 살펴서 함께 하거나 따로 하는 것을 프로그램화해보고 싶다.

세계기독교총회를 부산 벡스코에서 열었는데 나도 참석해서 종교간 대화의 장을 마련한 바 있고, 몇 년 전 그 자리에서 젊은 기독인들이 불교계에 상처를 준 점에 관해서 정중한 입장을 표명하는 것이 거대종교다운 일이라는 제안을 해서 공식 기록에 남겼다는 점도 의미있는 일이라 생각한다. 또 '피스 포 라이프peace for life'라는 30여 개국 종교대화모임에 참여해서 명상을 지도한 바 있는데 꽤 많은 관심을 가져줘서 고맙게 생각하고 있다.

그래서 저잣거리에서 수행도 하고 교화도 한다고 하는 것이다. 저잣거리에서 하루하루 근근덕신 살아가는 일반인들이 언제 깊은 산에 들어가서 집중 수련을 얼마나 해야 열반을 체험하고 견성해서 성불하겠는가 하는 생각에서다. 나는 내가 살아온 재가불자로서의 10여 년과 출가 수행자로서의 30여 년이 대단히 소중하고 긴 시간이라는 생각이다. 열반을 이루고 견성 성불하는 것은 대단히 소중하고 필요한 과정이지만 그 가능성을 확인하는 것만으로도 충분하다고 생각한다. 그리고 가능성을 확인하는 순간 계속 할 것인가 간헐적으로 할 것인가는 자신의 판단에 달렸다고 생각한다. 그래서 생활인들은 생활 속에서 그리고 아침에 일어나기 전,밤에 잠들기 전에 잠깐씩의 세우기와 마무리하기 정도는 좋은 수행방법이라고 생각하여 권유한다. 이는 종교의 다름에도, 신행 연도와 방법의 다름에도 누구나 활용할 수 있다고 생각하기 때문이다. 나의 수행 장소도 저잣거리, 전법 장소도 저잣거리이다. 조용한 곳? 물론 그런 곳이 내게 주어지면 그 또한 마다하지 않는다. 그런 곳만 찾지는 않는다는 것이다. 🯊